Clube do Crime é uma coleção que reúne os maiores nomes do mistério clássico no mundo, com obras de autores que ajudaram a construir e a revolucionar o gênero desde o século XIX. Como editora da obra de Agatha Christie, a HarperCollins busca com este trabalho resgatar títulos fundamentais que, diferentemente dos livros da Rainha do Crime, acabaram não tendo o devido reconhecimento no Brasil.

A GATA VIU A MORTE

DOLORES HITCHENS

Tradução
Ulisses Teixeira

Rio de Janeiro, 2023

Copyright © 1939 by Dolores Hitchens, renewed.
Copyright da tradução © 2023 por Casa dos Livros Editora LTDA. Todos os direitos reservados.
Título original: *A Cat Saw Murder*

This edition is published by arrangement with Penzler Publishers through Yáñez, part of International Editors' Co. S.L. Literary Agency.

Todos os direitos desta publicação são reservados à Casa dos Livros Editora LTDA. Nenhuma parte desta obra pode ser apropriada e estocada em sistema de banco de dados ou processo similar, em qualquer forma ou meio, seja eletrônico, de fotocópia, gravação etc., sem a permissão do detentor do copyright.

Publisher: *Samuel Coto*
Editora executiva: *Alice Mello*
Editora: *Lara Berruezo*
Editoras assistentes: *Anna Clara Gonçalves e Camila Carneiro*
Assistência editorial: *Yasmin Montebello*
Produção editorial: *Mariana Gomes*
Copidesque: *Luiza Amelio*
Revisão: *Amanda Tiemi e Alanne Maria*
Design gráfico de capa: *Angelo Bottino*
Projeto gráfico de miolo: *Ilustrarte Design e Produção Editorial*
Diagramação: *Abreu's System*

Dados Internacionais de Catalogação na Publicação (CIP)
(Câmara Brasileira do Livro, SP, Brasil)

Hitchens, Dolores, 1907-1973
    A gata viu a morte / Dolores Hitchens ; tradução Ulisses Teixeira. – Rio de Janeiro : HarperCollins Brasil, 2023.
    (Clube do crime)

    Título original: A Cat Saw Murder
    ISBN 978-65-6005-081-5

    1. Crime 2. Ficção norte-americana 3. Ficção policial e de mistério (Literatura norte-americana) I. Título. II. Série.

23-170446   CDD-813

Índices para catálogo sistemático:
1. Ficção : Literatura norte-americana   813

Eliane de Freitas Leite – Bibliotecária – CRB-8/8415

Os pontos de vista desta obra são de responsabilidade de seu autor, não refletindo necessariamente a posição da HarperCollins Brasil, da HarperCollins Publishers ou de sua equipe editorial.

HarperCollins Brasil é uma marca licenciada à Casa dos Livros Editora LTDA.

Todos os direitos reservados à Casa dos Livros Editora LTDA.
Rua da Quitanda, 86, sala 601A – Centro
Rio de Janeiro, RJ – CEP 20091-005
Tel.: (21) 3175-1030
www.harpercollins.com.br

Nota da editora

Julia Clara Catherine Maria Dolores Robins Norton Birk Olsen Hitchens, mais conhecida como Dolores Hitchens, foi uma importante romancista norte-americana. Seu primeiro trabalho publicado foi um poema em uma revista cinematográfica quando tinha treze anos. Anos mais tarde, ela recebeu um prêmio por um livro de poesia enquanto estava na faculdade. O primeiro romance de Hitchens, *A Clue in the Clay*, foi publicado pela Phoenix Press em 1938, enquanto seu segundo romance, *A gata viu a morte* (*A Cat Saw Murder*, no original), foi publicado em 1939, no fim da chamada Era de Ouro da ficção policial.

Hitchens foi uma escritora muito versátil, disposta a experimentar com diversos tipos de ficção de crime ao longo de sua carreira. Com o nome Dolores Hitchens, ela escreveu um romance de faroeste, *Night of the Bowstring* (1962), *cozy mysteries*, como *The Cat Wears a Noose* (1944), até *hard-boileds* — subgênero da ficção policial que conta com histórias mais cruas e violentas, pelo qual era mais conhecida —, como *Sleep with Slander* (1960), que foi considerado "o melhor *hard-boiled* escrito por uma mulher — e um dos melhores escritos por qualquer pessoa".[*]

---

[*] MULLER, Marcia; PRONZINI, Bill. *1001 Midnights: The Aficionado's Guide to Mystery and Detective Fiction*. Gettysburg: Arbor House Publishing, 1989.

A gata viu a morte é o primeiro de uma série de doze romances policiais da autora, publicados entre 1939 e 1956, na qual gatos estão sempre presentes nas tramas protagonizadas pela detetive amadora srta. Rachel Murdoch, uma senhora de setenta anos que é muito mais atenta, observadora e ativa do que a maior parte das forças policiais a quem ajuda. Originalmente publicado sob a assinatura D.B. Olsen, um dos três pseudônimos usados por Hitchens dependendo do gênero de suas obras, ele foi um dos precursores do "mistério de gato", escrito antes de os felinos se tornarem um elemento básico do subgênero da ficção policial *cozy mistery* — uma trama leve, pouco gráfica no que se refere à descrição dos crimes, e focada nas relações entre os personagens. Nesse estilo narrativo, o crime costuma ocorrer em uma cidade pequena, com personagens amáveis. Uma das principais expoentes do subgênero é Agatha Christie, com a personagem Miss Marple. O termo foi cunhado na metade do século XX, quando diversos escritores tentavam recriar a Era de Ouro da ficção policial.

Hitchens traz consigo algumas questões presumíveis quando se trata de uma escritora norte-americana de sua época. Quase todos os personagens dos seus livros são pessoas brancas e, quando não o são, a diferença é muito enfatizada. Um "altiva como um indígena [...] embora nunca tivesse visto um espécime de pele-vermelha em carne e osso" ou "rosto quadrado e marrom", "dedos marrons" — quando referente ao detetive Mayhew e mencionado com mais frequência do que o necessário — pode aparecer em uma frase ou outra. Nesta edição, optou-se por manter tais trechos de forma a trazer um retrato fiel da autora e de sua época, e, desse modo, permitir que seja lançado um olhar crítico sobre eles.

Embora tenha sido altamente reconhecida em vida, com mais de quarenta títulos publicados, e apesar de sua novela *Fool's Good*, de 1958, ter sido adaptada para o cinema por Jean-Luc Godard em 1964 com o nome *Banda à parte*, Dolores Hitchens e sua obra acabaram sendo esquecidas. *A gata viu a morte* voltou a ganhar uma edição nos Estados Unidos em 2021, mais de oitenta anos depois da publicação original, e retorna agora ao mercado brasileiro, com tradução de Ulisses Teixeira e posfácio de Cora Rónai.

Boa leitura!

A GATA VIU A MORTE

1. LILY ESTÁ ASSUSTADA

Algumas pessoas já ouviram o tenente-detetive Stephen Mayhew reclamar que o assassinato daquela mulher, Sticklemann, foi o caso mais maldito em que já trabalhou; que resolvê-lo foi como montar um quebra-cabeça de cabeça para baixo e de trás para a frente; que a investigação ficava cada vez pior conforme se arrastava; e que o fez cumprir atribuições insanas, como arrancar pelos da gata da srta. Rachel ou forçar uma mulher gorda e tímida a gritar. Ele já disse, com floreios, que odiou a coisa toda, do início ao fim.

A srta. Rachel, do alto de seus setenta anos, pensa de forma diferente. Embora admita a postura truculenta de Mayhew, acredita que era um mero disfarce para a alegria. Diz que os olhos do oficial brilhavam e que ele saltitava, sem conseguir se conter. É de sua opinião que Mayhew se alimentou bem durante aquele tempo e dormiu feito um bebê. Ela tem tanta certeza de que ele sorriu ao encontrar o alfinete na janela quanto tem de tê-lo colocado ali ela mesma. Era um alfinete pequeno e comum, mas desencadeou a primeira intriga cuidadosa do assassino. Aquilo deve ter agradado ao tenente.

Para a própria Rachel, houve choque, dor e um momento em que os dedos gélidos da morte quase se fecharam ao redor dela. Havia o enigma do crime, que atraía sua mente matemática tanto quanto um problema de álgebra. Ela ficou desesperadamente assustada em apenas uma ocasião, e isso foi durante a noite que passou no sótão, ouvindo o assassino procurá-la logo abaixo, em seu quarto. Soprava um vento frio no local e estava tão escuro que a srta. Rachel sentiu o corpo desencarnando. Até espirrar. Então ela se tornou muito presente em carne e osso — uma coisa que não respirava e que era toda ouvidos para saber se a pessoa lá embaixo havia ouvido o espirro e estava vindo atrás dela. O vento soprou sobre a srta. Rachel pelo sótão bolorento; a escuridão pressionava seus olhos feito punhos fechados; e ela não ousava se mexer por medo de fazer qualquer barulho.

Um minuto se passou. Talvez dois. Logo abaixo, o farfalhar sussurrante de alguém mexendo nos pertences dela continuou. A srta. Rachel voltou a respirar.

Então a gata abriu a boca com um ruidozinho úmido na escuridão, e a srta. Rachel foi tomada por um novo terror. Samantha estava se preparando para miar — ou para apenas bocejar? A idosa esperou.

No entanto, o tenente Mayhew faria uma objeção e diria que a história não deveria começar naquele ponto — que não era apropriado. Deveria começar do início, antes mesmo de ele ter aparecido.

Então, a cena retrocede e retrocede até...

As srtas. Murdock tomando o café da manhã.

No espaço lúgubre da sala branca de desjejum, a mesinha parecia deploravelmente fora de lugar, como se tivesse fugido de uma quitinete qualquer e não soubesse como voltar para casa. As próprias srtas. Murdock pareciam perdidas, de alguma forma. Eram pequeninas, grisalhas e muito velhas; duas figuras peculiares usando xadrez, envoltas em xales de lã para se protegerem do frio da mansão sem aquecimento, empoleiradas nas cadeiras, mastigando torradas e bebericando leite.

Com uma leve reprovação costumeira, a srta. Jennifer observou as imponentes paredes brancas e, pela porta, a vastidão da cozinha contígua, e estremeceu. Os tremores também eram costumeiros, assim como as palavras que se sucederam:

— Temos que abrir mão deste lugar, Rachel. Alugar a casa para uma grande família, arrendá-la para alguém. É grande o suficiente para quarenta pessoas e grande demais para nós duas. — Ela puxou o xale para cobrir uma orelha transparente, cheia de veias azuis. — E é fria de manhã, também. Se morássemos em um lugar menor, talvez pudéssemos arcar com o aquecimento.

A srta. Rachel, sentada à sua frente, não demonstrou surpresa ou preocupação diante daquelas palavras. Nem deu resposta alguma além de erguer as sobrancelhas brancas acima dos olhos escuros e brilhantes. Mesmo aos setenta anos, alguns traços da antiga beleza deslumbrante permaneciam. A linha do couro cabeludo — embora o cabelo agora fosse branco e ralo — formava um bico de viúva perfeito, deixando o pequeno rosto no formato de um coração. Os olhos dela encararam a srta. Jennifer com uma vividez sombria, como a água de uma poça abalada pela corrente. As mãos partiram a torrada com graça.

A srta. Jennifer não lembrava muito a irmã. Era uma senhora comum, assim como fora uma jovem comum, e não tinha paciência para cuidados com o rosto. Parecia negligenciada.

A srta. Rachel falou, de forma meditativa:

— O nosso pai construiu esta casa, Jennifer.

A irmã olhou irritada para o leite.

— Eu sei. Por isso, permanecemos aqui. Mesmo congelando, permanecemos aqui. Mantendo a tradição dos Murdock. Se ao menos fosse possível partir uma tradição em pedaços para colocá-los no forno e gerar um pouco de calor... isso me deixaria feliz.

A srta. Rachel ficou com uma expressão magoada.

— Moramos aqui há mais de quarenta anos, Jennifer. Nenhum lugar pareceria certo depois de tanto tempo. Você mesma iria se recusar a se mudar quando chegasse a hora. Tenho certeza.

A GATA VIU A MORTE

Jennifer deu o braço a torcer, ainda infeliz.

— Imagino que seja verdade. Para ser honesta, não consigo nos ver morando em outro lugar. Estamos acostumadas a esta velha casa. Um local moderno, cheio de geringonças mecânicas, provavelmente nos mataria de susto. Mas, nos últimos tempos, estou sentindo tanto frio. Parece um celeiro aqui dentro. Os meus pés estão congelados.

Naquele momento, o telefone tocou. O chiado estridente foi multiplicado pelos grandes cômodos ressonantes, de forma que o chamado chegou às srtas. Murdock como sinos em uma torre. A srta. Jennifer se engasgou com o leite.

Houve um momento de silêncio questionador. Então a srta. Rachel limpou os lábios com o guardanapo de linho azul-claro e se levantou.

— Eu vou — disse ela, com calma, como se uma ligação antes das oito da manhã fosse a coisa mais normal do mundo.

Pouco a pouco, Jennifer ficava cada vez mais alarmada.

— Quem pode ser a essa hora? A mercearia certamente que não.

— Logo saberei — respondeu a srta. Rachel, baixinho, e se retirou.

A srta. Jennifer permaneceu na mesma posição até o retorno da irmã, sem comer, apenas encarando a parede com uma preocupação aborrecida, pegando farelos de torrada com a ponta dos dedos.

A srta. Rachel voltou sem pressa, da mesma forma que havia deixado o cômodo.

— Era Lily — falou em resposta à questão que Jennifer lhe lançou com o olhar. — Pediu que eu fosse visitá-la no lugar em que está morando. Hoje mesmo.

A srta. Jennifer mastigou a torrada com os dentes e foi assimilando a ligação com o cérebro, ambas aos poucos.

— Para quê? — perguntou ela.

— Lily não disse — falou a outra, sem mais detalhes.

O rosto da srta. Jennifer demonstrou indícios de surpresa.

— Ela quer que você vá até a praia Breakers para vê-la e não revelou a razão? Lily é mais estúpida do que pensei, se acha que você vai fazer uma viagem dessas. O longo trajeto de ida e volta...

— Ela quer que eu fique lá por alguns dias. — A srta. Rachel refletiu sobre a vista da janela.

— Ora, isso é ainda mais estranho! Ficar lá? Ela nunca pediu para fazermos isso antes. — O olhar ponderado no rosto da srta. Rachel chamou a atenção de Jennifer. — Não está pensando em...?

A srta. Rachel parecia observar a cidade ganhando vida ao pé da montanha íngreme. Houve um instante de quietude na sala.

— Estou tentada a ir — admitiu.

Jennifer quase tremeu de surpresa.

— Rachel! *Ficar* na praia Breakers? Ora, aquele ar úmido do oceano não lhe fará bem! Pode pegar uma pneumonia, ou asma, ou o que quer que as pessoas peguem nas praias. Ah, não faça isso!

— Bobagem! — respondeu a srta. Rachel, calma. — Preciso sair, me afastar daqui por um tempo. Você mesma sugeriu uma mudança minutos atrás. Não foi?

A srta. Jennifer balançou a cabeça de cabelos grisalhos.

— Não esse tipo de mudança. Quis dizer uma pequena. Não até...

A irmã lhe interrompeu de novo.

— Não seja boba. A praia Breakers fica a apenas uma hora de Los Angeles no trem elétrico. Não é como se Lily morasse em Tombuctu ou Nápoles, embora Deus saiba que eu bem que gostaria que fosse o caso. Só o nome desses lugares... No entanto, me pareceu interessante... Ir à praia, quero dizer. Você e eu não viajamos mais. Já notou isso, Jennifer?

A srta. Jennifer franziu os lábios e olhou para a irmã com reprovação.

— Na nossa idade, não deveríamos fazer isso. Somos *velhas*, Rachel. Precisamos de paz e descanso. Estou satisfeita em não ficar vagabundeando por aí país afora. Sei o que é melhor para mim.

— Mas será que é o melhor mesmo? — As sobrancelhas brancas da srta. Rachel se ergueram como as de uma criança. — Ou parece mais com... morrer, ficarmos assim sentadas esperando pelo fim?

A srta. Jennifer franziu o nariz.

— Não estou esperando pelo fim, como colocou. Estou confortável. Ou estaria, se este lugar fosse mais quente, e sei que é prudente permanecer aqui. Se está se sentindo inquieta de novo, então, por favor, faça a viagem à praia. Uma coisa é verdade: provavelmente não será tão danosa quanto aquela mania de ir ao cinema que você teve o inverno todo. Mistérios de assassinato!

A srta. Rachel corou um pouco.

— Eles eram interessantes — disse a idosa, defendendo os filmes com um sussurro.

— Só podiam ser! Depois de ver o terceiro... Como era o nome, *O horror roxo*...? Você ficou tão assustadiça quanto a gata. Bem, vá à praia e descubra o que Lily quer. Aposto que é dinheiro. Como sempre.

Naquele momento, um miado soprano soou da cozinha e uma gata preta de pelos sedosos passou pela porta. Ela observou as srtas. Murdock com os olhos dourados e reprovadores e mexeu o rabo peludo, presente do pai persa, com leve irritação.

A srta. Rachel observou a gata, divertindo-se.

— Ela não é assustadiça, não mais do que eu. Está um pouco nervosa porque quer o café da manhã.

— *Você* estava assustadiça — insistiu a srta. Jennifer, levantando-se para servir leite no pires da gata. — Aqui, Samantha. Beba seu café da manhã.

Samantha enfiou a língua rosada no leite. A srta. Rachel, ainda observando-a, falou em um tom casual elaborado.

— Você sabe, claro, que terei que levar Samantha comigo.

Jennifer deu meia-volta, ainda segurando a garrafa de leite.

— Levar a gata? *A gata!* Perdeu o juízo, Rachel?

A irmã dispôs o rosto delicado para indicar completa sanidade.

— Ora, não fique aflita. E nem seja tão esquecida. Você sabe que Samantha tem que ficar comigo. Caso se esforce um pouco, vai se lembrar de como ela se recusou a comer uma mordida sequer quando passei um tempo no hospital ano passado. Quando voltei para casa, ela era só pelo e osso. A gata é terrivelmente apegada a mim e terá que ir para a praia.

— Vai levá-la?

— Com certeza.

A srta. Jennifer suspirou.

— Você é tão teimosa, Rachel. Como diabos vai carregá-la?

— Temos aquela velha cesta de piquenique. No armário do corredor, não é? É só colocar algo no fundo... como sua antiga anágua branca, por exemplo. Vá pegá-la, Jennifer.

A srta. Jennifer abriu a boca angulosa de forma triste.

— Ainda não acho que... — reclamou.

— Vou fazer uma mala pequena. Poucas coisas. Provavelmente vou ficar lá só por alguns dias. — A srta. Rachel se levantou outra vez, esbelta, mas não magérrima, na sua roupa, e ajeitou uma mecha branca que havia se soltado do topo asseado de sua cabeça. — Pouquíssimos dias — insistiu, a fim de confortar a irmã.

Naquele momento, ela não tinha como saber do alfinete ou do sótão frio, nem mesmo do tenente Mayhew. Mas começava a seguir em direção a tudo isso.

Foi para o andar de cima, até o quarto, e tirou a maleta antiga do armário. Colocou nela uma escova e um pente com

A GATA VIU A MORTE   17

eixo de prata, um pote de creme para o rosto, uma caixinha de pó de arroz. A camisola, com perfume delicado de lavanda, foi retirada de uma cômoda no canto. Após refletir um pouco sobre as falhas presentes até nas melhores casas de praia, dois lençóis e uma fronha, também com cheiro de lavanda, seguiram a camisola. Colocou também um roupão, um par de pantufas, um vestido extra e outros artigos que considerava necessários.

Deu uma olhada na fileira de vestidos pendurados no cabideiro do armário e escolheu o de tafetá cinza, um conjunto com jaqueta. No entanto, não estava pensando de forma consciente nos vestidos. Repassava mentalmente a mensagem alarmante de Lily ao telefone.

"Venha para cá, tia. Por favor", implorara Lily, com a voz rouca. "Estou em uma espécie de enrascada e preciso muito de conselhos." Essa fora a parte principal do que ela dissera.

Lily não era a única que aguardava a chegada da srta. Rachel. O alfinete, o sótão e o assassinato também a esperavam, no lugar e no momento certo. Assim como aquele homenzarrão negro, o tenente Mayhew. Naquela manhã, ele estava arrancando informações de um batedor de carteira e, se tivessem perguntado, diria que se sentia razoavelmente feliz. Depois, após o início do caso Sticklemann, declararia que estava perdendo a cabeça.

Mas agora a srta. Rachel acha que ele bem que se divertiu.

Lily Sticklemann estava perigosamente perto dos quarenta, mas tentava, de maneira desesperada, embora não muito esperta, não aparentá-lo. Era uma mulher grande com a pele bastante branca, dentes proeminentes e massas montanhosas de cabelo pálido cortados na altura do ombro. Ela notara que o estilo deixava as jovens bem atraentes. Infelizmente, não tinha o mesmo efeito nela: enfatizava as bochechas caídas e os olhos azul-claro pequenos demais. A silhueta não era esguia. O volume continuava aparente, apesar do excelente esparti-lho, que só fazia deixar marcas da estrutura de metal visíveis sob o tecido. Mas Lily não se abalava.

Ela estava esperando, impaciente, no terminal interur-bano da praia Breakers, ignorando alegremente o fato de ser grande e aparentar ter a idade que de fato tinha. Percebeu o olhar de um suboficial da marinha seguindo-a. Debateu consigo mesma se deveria piscar para ele, pensou melhor e lançou um sorriso ao homem. O suboficial desviou o olhar rapidamente.

Uma expressão presunçosa se sobrepôs às outras em seu rosto sem, no entanto, obliterá-las: preocupação, ansiedade e uma determinação vacilante. Por trás do sorriso, que não ti-nha sumido, apesar da frieza do subalterno, Lily tomava uma decisão. No instante em que a srta. Rachel Murdock a visse, a velha e serena senhora saberia.

Se a srta. Rachel tinha algum ressentimento propriamen-te dito, era o fato de que Lily era tão óbvia e persistentemente idiota. Tratava-se de uma estupidez ativa, que tentava simular astúcia; amava pequenos mistérios, e era sonsa e entediante. Para o próprio espanto, ela nunca havia surpreendido qual-quer uma das srtas. Murdock. De fato, na privacidade do lar, as duas discutiam com liberdade as limitações de Lily.

Tais discussões não eram acometidas por um pingo de autocensura. Lily não era sobrinha delas por parte de sangue. Era a filha adotiva do falecido irmão, Philip, uma desgarrada do mundo humano que Rachel e Jennifer amaram de coração quando criança e de quem se sentiam um pouco envergonha-das, agora que era adulta.

A srta. Rachel suspirou ao descer do trem interurbano e ver Lily na estação. Achou o novo corte de cabelo desarruma-do, infinitamente pior do que o penteado curto e masculino que o precedera. A massa embaraçada de fios parecia simbolizar a vida confusa de Lily: os romances fracassados, as fases, as maneiras sempre em mutação.

A srta. Rachel lembrou-se, como sempre acontecia ao ver Lily, do casamento da sobrinha, uns dez anos atrás. Lily fora, cheia de malícia, animação e segredos, visitá-las. Na época, estava na casa dos trinta, uma mulher não completamente feia, embora já com tendência à robustez. Atrás dela, viera um homem que Lily timidamente apresentou como seu marido — um sujeito magro e carrancudo, de cabelo ruivo e passos desengonçados. O sr. Sticklemann fora vago e não era dado a prelúdios amigáveis com velhas solteironas. Fora Lily quem as convidara para visitá-los.

A srta. Rachel e a srta. Jennifer, como era apropriado, foram uma semana depois, conscientes de que deviam isso à memória de Philip.

As irmãs encontraram Lily em um apartamento pequeno atrás da desordem de uma oficina de aparelhos elétricos arruinada. O estabelecimento comercial era de propriedade do sr. Sticklemann e de sua irmã. Lily fez um comentário constrangido sobre o refinanciamento do local. O sr. Sticklemann grunhiu, observando a srta. Rachel. A conversa foi perdendo força. Em algum momento, no fim da visita, um rosto as encarara brevemente da loja. Uma face sombria e angulosa, coroada por uma boina preta atroz. A mulher não sorrira, apenas as fitara com olhos agudos e maldosos antes de se afastar.

— É Anne — falara Lily, apressando-se para esclarecer. — Ela estava na rua, acho. Tem tantas coisas que... *nós* precisamos, então...

A risada de Lily estava tão nervosa quanto suas mãos, brancas e gordinhas, que se enrolavam em um lenço.

— Anne gosta de fazer compras — comentou, para finalizar, sem olhar para as tias.

Naquele momento, a srta. Rachel percebeu que o sr. Sticklemann e a irmã dele, Anne, deviam estar devorando o dinheiro de Lily. Aquilo deixou uma sensação de náusea mental na cabeça dela.

Lily sentira um grande e tolo orgulho do seu casamento por alguns meses. Então vieram indícios do rompimento, de brigas com Anne sobre dinheiro e, por fim, uma admissão de que o sr. Sticklemann e a irmã sempre presente dele estavam fora de cena. De fato, surgira uma dúvida sobre o direito do sr. Sticklemann de ter se casado com Lily, mas ela não ficou sabendo daquilo, é claro, até o último minuto. E, então, o conhecimento de que vivera, sem saber, em matrimônio ilegal com o sr. Sticklemann, e que ele, sabendo disso, custara-lhe dinheiro.

O sr. Sticklemann veio a óbito quase exatamente um ano depois. A srta. Rachel teve a sensação, pela animação de Lily, de que o escoamento constante da bolsa dela havia acabado.

Desde então, Lily tivera uma série de pretendentes de todos os tipos. Gordos, magros, pobres ou ricos — houvera dezenas deles. Apenas nos últimos tempos não havia notícias de novos romances, por mais estranho que parecesse.

A srta. Rachel pisou no terminal, a cesta no braço.

Lily acionou o que acreditava ser charme. Sentia-se alegre, entusiasmada. Abraçou a tia, que se contorceu, e a beijou na frente de todos. Como estavam? Que bom que uma delas fora até lá para ver como andava Lily, a garotinha delas. E parecia tão bem! Que jaqueta *linda*. Uaaaaau — a cesta — era o almoço? *Não?* Será que poderia dar uma olhadinha rápida? Aaaaah! *A gata!* Que coisinha maravilhosa — ainda estava bem?

— Muito bem — respondeu a srta. Rachel, assegurando a sobrinha e suspirando. Ela odiava cenas em público.

Lily a acariciou de novo e partiu, deixando para trás um odor de perfume forte e o cheiro rançoso de cigarros com tabaco turco, para encontrar um carregador de bagagens. A srta. Rachel alisou o ombro de tafetá cinza amarrotado e a observou ir. Era claro que Lily estava preocupada com algo, como indicara na ligação — mas não preocupada demais — e ainda não decidira se resolveria a questão com a ajuda da srta. Rachel ou à sua própria maneira. Se escolhesse essa última opção, seria uma resolução bagunçada, com muita ação desperdiçada e dissimulação maçante. A srta. Rachel se perguntou o que estava acontecendo.

Distraída, sentiu a lingueta da cesta. Estava fechada, e a vibração de um ronronado satisfeito acariciou a ponta dos dedos quando a tocou.

Naquele momento, o tenente Mayhew desejava ter tido o dom da clarividência. Diz que teria mandado a srta. Rachel de volta para a casa: com a gata, a bagagem e tudo. Hoje, pensa, poderia ter tido o prazer de saber que duas pessoas imensamente desagradáveis estariam na prisão. Pessoas cruéis e brutas que mereciam um destino bem pior do que receberam.

A srta. Rachel o obrigou a deixá-las ir.

2. CARNE ENVENENADA

Sem um assassinato para ocupar a cabeça, a srta. Rachel era uma figura elegante, que atraiu o olhar de mais de uma pessoa na sala de espera. O rosto em formato de coração sob o bico de viúva branco estava sereno; o olhar era ágil e inteligente; a postura, reta. Abominava os chapéus que a maioria das mulheres de idade usava — os *pillboxes*, os gorros *poke* e os turbantes altos demais no cabelo escasso —, de forma que ela mesma usava algo completamente diferente. Os chapéus dela não eram de um estilo particular. Eles cobriam bem as orelhas, eram confortáveis, e as abas ficavam pouco acima da linha do couro cabeludo para emoldurar o rosto. Ela usava bastante tafetá porque gostava do som que o tecido produzia, e não porque era considerado apropriado para senhoras. Os sapatos eram pequenos e estilosos. Ela poderia ser a avó de qualquer pessoa, pois tinha a aparência gentil e tranquila que muitas avós têm — e diversas pessoas na estação pareceram desejar que, de alguma forma, a srta. Rachel fosse a avó delas.

Lily voltou, fumando. O sorriso dela se transformara em uma expressão de pura especulação. Um carregador a seguia. Encontrou a maleta da srta. Rachel na pilha de bagagens e chamou um táxi para as duas.

O motorista as cumprimentou rapidamente, arrancou com o carro e cenas passaram pela janela em alta velocidade. Viram um policial cochilando em uma esquina. A srta. Rachel acha que ele abriu um dos olhos para observá-los. O dia estava muito quente.

O boulevard Seacliff percorre toda a extensão da falésia sobre a praia. Há um parque estreito em frente ao mar e então uma queda repentina até a arrebentação, com atrações vistosas e barraquinhas, e, por fim, o Pacífico. A srta. Rachel se viu contemplando uma imensidão azulada que machucava os olhos.

Havia prédios na parte inferior da falésia de frente à praia — fileiras de pensões, lojas, cinemas e restaurantezinhos de cara para o calçadão com a areia e o mar mais adiante. A srta. Rachel, no entanto, não ligou nenhum desses lugares a si mesma ou à sobrinha, até que Lily se debruçou e pediu para o motorista virar na próxima esquina.

O homem assentiu de forma zombeteira sem olhar para trás, virou o projétil com dois pneus cantantes, foi em frente e parou de repente no meio-fio do calçadão de cimento. A srta. Rachel engoliu o coração. Ela ainda acredita saber como um piloto de testes se sente.

— Estou morando na Strand nesta temporada. É tão empolgante! — balbuciou Lily na orelha dela, arregalando os olhinhos. — Bem no meio de tudo. Tem gente aqui a noite inteira. E dá para ouvir as ondas se quebrando! É do balacobaco, tia!

— Um pouco barulhento, não? — comentou a srta. Rachel, recuperando-se e fitando um garotinho que tocava um tambor.

Uma menina, talvez a irmã mais nova dele, soprava em algo que parecia bastante um pífano. Eles marchavam para trás e para a frente com precisão militar, dando encontrões nas pessoas, mas performando como integrantes do *Spirit of '76*.

— Ah, um pouco, imagino — desconversou Lily. — Mas, claro, não se pode ter tudo, e sempre digo que a gente só vem para cá por causa da praia. Então, por que não ficar bem em frente a ela? As pessoas daqui também são interessantes.

E há montes delas! Consegue ouvir as ondas? Vê-las ali? — Lily deu uma risadinha com o cigarro na boca e ajudou a tia a desembarcar. Pagou o motorista com uma chuva de moedas prateadas. — Pode deixar a mala comigo. São só alguns passos pelo calçadão.

Elas seguiram, passando por transeuntes em roupas comuns e por grupos de banhistas indo e voltando da praia. Samantha miou quando um homem gordo deu um encontrão na cesta.

— Perdão, madame — disse o sujeito, com uma mesura.

A srta. Rachel ficou agradecida pela gata estar presa. Se tivesse tido a oportunidade, Samantha teria arranhado o sujeito.

— É aqui, querida! Nem um pouco chique, infelizmente. Mas é confortável. Venha cá...

A srta. Rachel congelou; ficou perfeitamente parada, de forma que Lily deu meia-volta para ver o que a mantinha no lugar. Os lábios que seguravam o cigarro estavam franzidos, mas Lily os moveu em um sorriso.

— Ficou surpresa? Eu avisei que não era chique.

A srta. Rachel moveu o pé pequeno para dar um passo lento.

— É... é tão diferente, Lily. De alguma forma... eu me lembro do último lugar em que você morou.

— Ah! Ficava onde Judas perdeu as botas.

— Mas era agradável. Lily... deu algo errado com seu dinheiro? O que Philip deixou aplicado para você? Você ainda recebe parte disso, não?

— Aquela ninharia? Sim, recebo. Mas não julgue esse lugar pela aparência. Os aluguéis são mais altos perto da praia. Este quarto me custa tanto quanto qualquer outro local. Entre. Não vai tirar pedaço.

Pode não tirar pedaço, pensou a srta. Rachel, subindo os degraus empenados, *mas parece pronto para desabar sobre os inquilinos.* A madeira não via tinta havia anos, e os ventos marinhos e a neblina desgastaram-na até deixá-la sem cor. A cumeeira parecia quebrada. As janelas cediam para o lado externo e estavam vermelhas de ferrugem.

Só havia um andar, com um corredor que percorria todo o meio da casa.

Elas saíram da praia bem iluminada e adentraram a escuridão bolorenta. A srta. Rachel estendeu uma mão exploratória.

— Está escuro aqui — admitiu Lily. — Eles deveriam manter as luzes acesas o dia inteiro. Cuidado por onde anda! Tem um ponto gasto no carpete que vai fazê-la tropeçar, se não tomar cuidado. Quase quebrei o pescoço na semana passada. Mas não chegou a doer muito — disse, apressando-se para acrescentar o comentário.

As duas passaram por várias portas, retângulos escuros na meia-luz do corredor. Uma delas estava entreaberta. Em contraste à escuridão da madeira, a srta. Rachel viu claramente a palidez fantasmagórica de quatro dedos. Havia alguém ali, parado atrás da porta, aguardando a passagem delas. Não se escondendo, exatamente. A mão à mostra indicava que a pessoa não se importava se sua presença seria notada ou não. Esperava apenas o corredor ficar vazio.

A srta. Rachel caminhou um pouco mais rápido. O volume avantajado dentro do espartilho de Lily tinha estacionado, e ouviu-se o barulho de uma chave na fechadura. Uma fresta de luz cada vez maior iluminou o saguão. Com um gesto, Lily indicou para que a srta. Rachel fosse na frente.

— Este é o quarto que peguei para a senhora, tia. É como o restante da casa: nada muito elaborado ou chique. Mas creio que vá considerá-lo confortável. O meu quarto é este ao lado, mais para o fim do corredor. Do outro lado, fica o sr. Leinster. Ele é jovem, mas não faz muito barulho. Não conheço as pessoas do outro lado do corredor, elas chegaram ontem. Uma moça com uma mulher que parece ser a mãe dela. Também não fazem muito barulho. Ou não fizeram na noite passada, ao menos. Tudo que vai ouvir é o som das ondas e, talvez, um pouco da música do carrossel na outra ponta da Strand.

— Ah, aqui está ótimo, Lily. Tenho certeza de que vou aproveitar a visita. Quando telefonou de manhã... — Ela observou o rosto da sobrinha para ver se entregava qualquer traço do alarme que a mulher expressara na mensagem. Mas não. Lily acendeu outro cigarro de maneira bastante casual. — Quando ligou e me pediu para vir para cá, a ideia realmente me atraiu. Jennifer achou que eu não deveria ter vindo...

— Querida tia Jennifer! — Bastante emoção foi colocada naquelas três palavras.

— Mas parecia ser uma boa chance de mudar um pouco de ares. Ficamos muito em casa nos últimos tempos, então eu vim. Além disso, você mencionou que estava em apuros.

— Mencionei? — Lily arregalou os olhos azuis o máximo possível. — No telefone? Hummm... vamos ver. Ah, sim. De fato! Acabei de me lembrar! — Ela fez um som de risadinha no fundo da garganta. — Será que soei dramática demais? Estava um pouco... bem, *preocupada*. Sabe como as pequenas coisas podem chatear uma pessoa às vezes; tempestade em copo d'água, acho que é assim que se fala. Não foi grande coisa. Sinto muito por assustá-la, tia, ou tê-la feito pensar que havia algo de errado. Você queria vir de qualquer maneira, não? Para me visitar?

— Ah, sim. Claro.

A srta. Rachel começou a tirar as coisas da maleta. Lily não contaria, então. Qualquer que fosse a confusão, ela a manteria em segredo. A sobrinha amava misteriozinhos até eles explodirem sobre a cabeça dela, o que, via de regra, sempre acontecia. E então ela gritava "Lobo!" e clamava por ajuda. Lily nunca ouvira falar do menino que pastoreava ovelhas e esgotou a paciência dos possíveis salvadores.

A GATA VIU A MORTE

A srta. Rachel colocou o conjunto de utensílios de prata para banheiro sobre a cômoda, tentando ignorar a camada grossa de poeira que já ocupava o móvel. Quando olhou para cima, assustou-se com a própria imagem distorcida no espelho rachado. A idosa teve um sobressalto.

Lily observava a fumaça do cigarro com interesse. Começou a falar imediatamente das apresentações musicais na praia.

— Toda noite, com exceção de segunda-feira — explicou —, e a música deles é de fato incrível. O sr. Malloy... ele mora aqui também, um sujeito maravilhoso! Me ensinou a apreciar os concertos. A senhora me conhece. Não ligo muito para isso, embora sempre tenha admirado um bom jazz. Mas depois de o sr. Malloy ter falado comigo e de ouvirmos juntos... talvez tenha sido o luar.

Ela riu com a agudez estranha de uma garotinha, o que fez a srta. Rachel prestar atenção na mesma hora. Havia um rubor nas bochechas da sobrinha, e a boca estava recatada. A srta. Rachel conhecia aqueles sintomas. Voltou a desfazer a mala.

— O sr. Malloy ama o luar. Ele o faz parecer muito romântico também. Conhece poesia... todas as coisas. É instruído. Vai gostar dele.

— E vou conhecê-lo? Hoje?

Uma espécie de ansiedade temperou a vermelhidão de menina.

— Ah, vai conhecê-lo. Quero muito que isso aconteça. Ele é bastante agradável, não como os outros que apresentei a você ou à tia Jennifer. Alguns deles não eram nada de mais, se pensarmos bem. Embora o sr. Malloy sempre diga para jamais revirarmos o passado!

— Suponho que ele esteja trabalhando no momento?

— Não. Está longe. Em algum lugar... eu não... — A testa um pouco franzida, muita fumaça. — Mas vai voltar. Sei que sim. E então vai conhecê-lo.

A srta. Rachel fez o favor de parecer levemente interessada.

— Ele é agradável, você disse? Hummm. E o que faz?

— Da vida? Ah, ele... ele trabalha. São apenas coisas diferentes. Sabe como é hoje em dia. Esteve em algumas das lojas da Strand. Era ator, mas foi demitido.

— Mais velho do que você?

— Um pouco. Cinquenta e três, acho. Cabelo grisalho, e é alto. Não dá para notar sua idade. É tremendamente bonito. Manteve a silhueta. Tenho uma foto dele no meu quarto. Deixe as suas coisas aí, quero mostrá-la a você.

As duas foram para o quarto de Lily, que estava em completa desordem. Era impensável imaginar a sobrinha sem a ajuda de uma empregada.

Havia roupas em todo o lugar — algumas limpas, mas a maioria suja. A cama, diferente da do quarto da srta. Rachel, era do tipo articulada, colocada em um cubículo preso à parede durante o dia para permitir que o cômodo ficasse com a aparência de uma sala de estar. O móvel ainda estava abaixado, com os cobertores enrolados no meio. Havia uma cadeira ao lado. No assento, uma embalagem velha de bolo ainda com migalhas, e um copo vazio, manchado de leite.

A srta. Rachel desaprovou sobretudo as cortinas. Para início de conversa, eram baratas, mas agora estavam sujas e velhas, e em uma delas havia um grande rasgo triangular que revelava o papel de parede desbotado abaixo do peitoril. A srta. Rachel olhou rápido para a sobrinha. Lily revirava uma cômoda enorme em busca da fotografia do sr. Malloy. A idosa, então, pegou um alfinete da lapela do casaquinho de tafetá e foi consertar a cortina.

A poeira invadiu as narinas dela em uma nuvenzinha pungente. O material era tão velho que apodreceu, recusando-se a manter o alfinete no lugar. A srta. Rachel, trabalhando com agilidade para não incomodar Lily, enfiou o alfinete no peito-

A GATA VIU A MORTE

ril de madeira da janela, e ele se prendeu ali. A cortina parecia intacta de novo.

Ela olhou além do vidro sujo. A janela estava fechada. Na verdade, encontrava-se assim havia tanto tempo que uma pequena teia de aranha flutuava junto a ela.

Lily segurava o retrato do sr. Malloy. A srta. Rachel viu o busto de um homem perto dos cinquenta anos, com cabelo grisalho, nariz e queixo grandes e um olhar altivo.

— Uma gracinha, não acha, tia?

A srta. Rachel optou por um termo mais formal.

— Bonito. Sim, realmente.

— Gostaria que ele estivesse aqui, para que pudesse conhecê-lo. Assim, perceberia como ele pode ser fascinante.

— Que pena que o sr. Malloy não se encontra. Talvez volte antes de eu ir embora. Acha que é possível?

A testa de Lily voltou a franzir de leve.

— Gostaria de saber. Parece estranho ele sumir assim sem avisar. Embora, com certeza, tenha uma boa razão. No entanto, isso não vai garantir o nosso almoço.

Ela abriu uma porta no canto do quarto que dava para uma cozinha minúscula.

— Tenho ingredientes para fazer um sanduíche. Venha.

A srta. Rachel a seguiu para aquele cômodo pequeno e deprimente.

— Um pouco apertado aqui, não é? Podemos... podemos abrir a janela?

Lily lançou um olhar para o vidro manchado sobre a pia e riu de leve.

— Nunca consegui abrir essa janela. Veja só. — Ela tentou fazê-lo com os braços gordos e pálidos, esforçando-se, mas sem conseguir movê-la. — Imagino que a tenham colocado aqui para ajudar as pessoas a desenvolverem os músculos.

Lily começou a espalhar manteiga nas fatias de pão e distribuir nelas linguiças de fígado. Ela cantarolava. Em uma ocasião, retirou um longo fio de cabelo loiro de um sanduíche e o largou na pia, onde ficou, desolado, sobre a louça suja. A srta. Rachel falou:

— Se há algo que lhe preocupa, Lily, gostaria de saber o que é. No telefonema...

Lily assumiu uma expressão de inocência confusa.

— O que foi, tia? O telefonema? Ah, não precisa ficar se desgastando por causa disso! Ainda está nervosa?

— Um pouco — admitiu a srta. Rachel. — Você parecia... assustada.

Lily parou de cantarolar. A srta. Rachel notou a concentração da sobrinha, a escolha cuidadosa de palavras.

— Bom, há uma coisa. Nada tremendamente importante. Decidi que posso cuidar do problema sozinha. — A srta. Rachel já havia percebido aquilo. — É só... só uma questão de dinheiro. Apenas isso.

A cena começava a parecer familiar. A srta. Rachel prosseguiu com gentileza.

— Algum dinheiro que deve a alguém? É isso?

Lily empurrou um prato de sanduíches para o meio da mesa e indicou uma cadeira para a tia. O rosto estava impassível.

— Sim. É uma dívida que tenho.

O olhar da srta. Rachel permaneceu nas duas fatias de pão com o recheio gorduroso e cinza.

— É muito grande? — perguntou.

Lily mastigou o sanduíche e obviamente pensou se deveria contar a verdade ou não. E então:

— Mais ou menos mil — respondeu ela.

Houve um instante de silêncio.

— Isso é quase o que você ganha em um ano, não?

— Quase.

— Você... queria que eu lhe ajudasse, Lily?

— Pensei nisso hoje de manhã. Foi quando liguei para a senhora. A minha memória está me pregando peças. Só lembrei mais tarde de que seu dinheiro está aplicado tanto quanto o meu.

A srta. Rachel, separando o joio do trigo, decidiu que aquilo não era totalmente verdade. A memória de Lily não era tão ruim assim; ela tivera vários lembretes disso no passado.

— Sim, está aplicado em fundos — disse a srta. Rachel com cuidado, como se fosse um tópico novo. — Eu mesma o apliquei alguns anos atrás. Veja bem, Jennifer e eu fizemos investimentos ruins com o dinheiro que o pai nos deixou. Philip aplicou a parte dele no negócio... e você se beneficia disso, Lily. Mas Agatha foi a única de nós que transformou a herança em dinheiro de verdade. Ela foi deveras astuta.

Lily riu de forma grosseira e amarga.

— E é Samantha quem se beneficia *disso*!

A srta. Rachel estendeu a mão gentilmente.

— Tente não ficar tão ressentida, Lily. Lembre-se de que o dinheiro era de Agatha. Ela ficou bem... estranha no final. Não confiava em ninguém. Dizia várias vezes ao dia que a gata era a sua única amiga e esbanjava toda a afeição da pobre alma no animal. Parece cruel, para você, que precisa desse dinheiro, vê-lo pertencer a uma gata. Mas não há nada que possamos fazer senão esperar. Eu e Jennifer não nos incomodamos mais. Temos o suficiente para as nossas necessidades.

— É claro! Recebem a renda de tudo que Agatha deixou!

— Não. Tudo, não. Apenas o suficiente para pagar pelos cuidados de Samantha. Seja paciente, Lily.

A sobrinha respirou fundo pelo nariz e fitou a tia demoradamente. Havia uma ansiedade cansada naquele olhar, além de uma determinação crescente.

— Não importa, de qualquer maneira — disse ela. — Vou dar um jeito.

Antes de se preparar para ir se deitar, a srta. Rachel deixou Samantha passear no quintal por um tempo.

Não havia lua. No quintal estreito, sob a sombra da falésia, a escuridão era como veludo. Um barulho tênue vinha na direção da Strand — o ruído das armas nas barracas de tiro ao alvo, o grito fraco dos bilheteiros nas atrações e a bela música do carrossel. O som das ondas quebrando ficava acima de tudo isso. A srta. Rachel respirou o agradável ar fresco vindo do mar.

Uma brisa soprou e mudou de direção, trazendo consigo o cheiro de peixe frito do restaurante ao lado, onde ela e Lily jantaram. E mais alguma coisa. O corpo da srta. Rachel enrijeceu no alpendre apertado dos fundos. Virou o rosto, sorvendo o ar com força para os pulmões. Um olhar de medo surgiu no rosto dela. Colocou a mão no coração, mas este parecia estar batendo na garganta.

Teve dificuldade de fazer a voz funcionar:

— Aqui, gatinha, gatinha! — Então parou, juntando as mãos.

A gata não voltou de imediato. Por um longo instante, a srta. Rachel parou em uma posição estranha, as pernas tremendo como se tivessem ficado com frio de repente.

Samantha, então, apareceu, saindo da escuridão da noite. Os olhos dourados vagaram escada acima como se fossem as únicas partes da gata, mas, depois, a luz às costas da srta. Rachel iluminou o brilho do seu pelo. Ela esfregou a orelha no pulso da srta. Rachel, que a levou pelo corredor, carregando-a. Na boca da gata, havia algo vermelho — carne crua, bem fresca — cortada com afinco por uma faca.

A srta. Rachel abriu as mandíbulas relutantes da gata. Colocou Samantha no chão e analisou o pedaço de carne sob a lâmpada. Os retalhos se abriam, e, em suas profundezas, havia o fulgor refletido de alguma coisa cristalina não dissolvida.

A srta. Rachel foi para o quarto, a gata a seguindo de perto, como gostava de fazer. Colocou Samantha na cesta. A carne era um enigma. Por fim, a mulher esvaziou um pote

A GATA VIU A MORTE

de creme para o rosto, forçando o conteúdo pelo ralo do banheiro. Colocou a carne no vidro, fechou a tampa com força suficiente para não ser aberta por nenhum animal faminto e jogou-o pela janela, em direção à areia.

O tenente Mayhew diz que deveria ter sido chamado naquele momento, pois o caso já tomava uma forma bastante sinistra, com possibilidades surgindo em todo lugar. Ele acha que poderia ter feito alguma coisa; só não sabe o quê. Mas tem certeza de que o faro de detetive teria farejado o rato.

A srta. Rachel faz uma objeção e diz que não dá para sentir o cheiro de um rato que *quase* foi morto, e que, de qualquer maneira, não era um rato, e, sim, um gato. Ela também aponta que a única coisa de toda essa confusão que eles compreenderam desde o início era porque deram carne envenenada à gata.

Sempre souberam do motivo desse crime menor, mas isso não ajudou em nada o caso.

3. A SRTA. RACHEL RECEBE UMA CARTA

A srta. Rachel estava ciente, naquele primeiro momento do despertar, de várias coisas: do luar que mais parecia uma mão branca na janela, do tique-taque soturno do pequeno relógio, do estrondo da arrebentação, do próprio batimento cardíaco forte e rápido. E também... *de mais alguma coisa*. Ela observou o quarto mergulhado na penumbra. Não havia mais ninguém ali além dela.

Do outro lado da porta, então, veio aquele arranhar, aquele som de garras. De alguma forma, ela sabia que eram unhas, raspando na parte de baixo da porta que dava para o corredor.

— Quem está aí? — perguntou a srta. Rachel para a noite.

Não houve resposta, e o arranhar parou subitamente. O reloginho tiquetaqueou; a arrebentação ribombou. Um minuto se passou sob o luar.

A srta. Rachel ergueu as costas e o frio a afagou. Colocou um pé no chão, escutando. Demorou algum tempo antes de juntar coragem suficiente para ir até a porta, destrancá-la e dar uma olhada pela fresta.

Era Lily, deitada de bruços no corredor. Não usava espartilho, o corpo estava solto no robe sujo e na confusão de cabelo que escondia os seus traços.

No entanto, não estava morta. Quando a srta. Rachel se ajoelhou para tocá-la, a sobrinha gemeu e se agitou. A srta. Rachel ouviu a própria voz ecoar pelo saguão vazio e parcamente iluminado. Estava rouca, com uma espécie de secura apertada na garganta, e as palavras saíram abaladas:

— Lily! Lily! Levante-se! — Ela agarrou o roupão, mas Lily rolou, arrancando o tecido de suas mãos. — Lily, responda! Está machucada?

De repente, havia outras pessoas no saguão. Chegaram como espectros vindos de todas as direções, a corrente de ar soprando sobre os robes. A primeira a alcançá-las foi uma mulher de meia-idade alta, cuja magreza exagerada ficava evidente na luz amarela do outro lado do corredor. Ela também se ajoelhou perto de Lily, encarando-a com atenção. Por um instante de pânico, a srta. Rachel teve a impressão de que sabia o nome da mulher, de que poderia falá-lo se quisesse. Havia sido o susto que levara com Lily, é óbvio. Quando o olhar da mulher magérrima se voltou para cima e a srta. Rachel viu a raiva e o escárnio nele, a impressão se dissipou.

— Que algazarra é essa? O que aconteceu com a sra. Sticklemann para ela estar deitada no chão?

Lily gemeu uma resposta incompreensível.

— Sou a senhoria. Não posso permitir coisas assim. Esta é uma casa respeitável.

Ela voltou os olhos para baixo novamente, e, mais uma vez, a srta. Rachel teve o ímpeto estranho de chamá-la de algum nome quase esquecido. Ela, porém, sabia o real nome daquela mulher, e não havia nada de familiar nele. Lily havia revelado o nome da senhoria. Aquela era a sra. Turner.

Então, alguém muito jovem, com um rosto oval e cabelo comprido como uma meada de seda amarela, ajoelhou-se ao lado da srta. Rachel. Estava tão limpa e brilhante, e o perfume era tão fragrante, como flores com orvalho, que a srta. Rachel — mesmo em meio ao pavor e à perplexidade causada por Lily — teve que notar a moça. Havia outra mulher com ela, sob a soleira da porta em frente ao quarto da srta. Rachel. Era mais velha, com olhos arregalados e, ainda assim, amargos, e cabelo grisalho. A moça ajudou a srta. Rachel a virar Lily, e conseguiu ver o rosto dela. Então se levantou de imediato e sussurrou algo para a mulher mais velha.

As duas se afastaram, e a jovem tinha uma expressão de quem havia posto as mãos em algo que preferia não ter encostado. No entanto, ao ver os braços frágeis da srta. Rachel tentando em vão levantar o corpanzil molenga de Lily, ela se ajoelhou novamente e a ajudou.

Os dois outros, um homem e uma mulher, vieram da parte frontal do prédio, mas ficaram para trás e não prestaram socorro. Relutante, a sra. Turner ajudou.

— Se ela estiver tendo uma crise — avisou, de forma rude —, tome cuidado para que não a morda. Eles fazem isso.

Levaram Lily até a cama e todos saíram do quarto, com exceção da srta. Rachel. A sobrinha não estava de todo inconsciente; os olhos dela vagavam pelo cômodo, que tinha a luz acesa quando entraram. Ela parecia fraca e apalermada. Havia uma escoriação vermelha à plena vista no queixo, como se tivesse sido acertada por um soco atravessado de um bruto. Uma série de marcas escurecidas em sua garganta pareciam pontas de dedos. A respiração de Lily preenchia o cômodo.

Não tentaram conversar por um bom tempo. A srta. Rachel observou a janela, o luar desvanecendo, mudando, e o lado de fora começando a reaparecer de leve no início da aurora. A neblina foi carregada por uma brisa da manhã. Uma luz nos fundos do restaurante ao lado se acendeu e um ruído de panelas batendo começou. A srta. Rachel sentiu cheiro de café.

Após o quarto ficar bem iluminado, a tia olhou para Lily e descobriu o olhar da mulher corpulenta já sobre ela. A srta. Rachel se inclinou na cadeira para encostar gentilmente nos lençóis.

— Está se sentindo melhor?

Os olhos de Lily estavam vidrados.

— Estou bem.

— Pode me dizer o que aconteceu? Gostaria de saber.

— *Não posso contar.*

A srta. Rachel recuou, aborrecida.

— Não estou tentando bisbilhotar, Lily. Só quero ajudá-la, se possível.

— A senhora não pode me ajudar. Ninguém pode. Estou enterrada até o pescoço.

A srta. Rachel voltou a se inclinar, mas só um pouco.

— Não há como ter certeza. Pode ser que tenha algo que eu possa fazer. Deixe-me tentar. — Lily olhou para o teto e não respondeu. — Não pense que quero... interferir nos seus assuntos. Não é a minha intenção. Se for algo que consiga resolver sozinha, tanto melhor. Mas se não for... Veja bem, Lily, não consigo me esquecer de que você foi a garotinha de Philip. O restante de nós não teve filhos... Certa vez, você caiu na escada da nossa casa. Eu fiz o curativo no seu joelho. Lembra-se disso?

Ainda não houvera resposta. Lily olhou na direção da janela, e a srta. Rachel percebeu o brilho refletido de lágrimas.

— Conversar um pouco pode ajudar. Parece que alguém... atacou você. Tem a ver com o dinheiro que deve... a dívida que mencionou?

Lily assentiu uma única vez, sem falar nada.

A srta. Rachel continuou com muito tato:

— E a questão de estar morando aqui, neste lugar estranho. É tão diferente dos outros locais em que morou. Entendo se estiver aqui provisoriamente, até encontrar algo melhor. É apenas por um tempo... Está tentando economizar para pagar a dívida?

Ela tomara cuidado, mas viu na expressão da sobrinha que havia cometido um erro. A mulher se virou abruptamente, na defensiva, os olhos raivosos.

— Gosto desta casa — disse ela, colocando tudo para fora. — E é por isso que moro aqui... porque gosto. Não tem nada a ver com a dívida. Nada. Então esqueça isso.

A srta. Rachel pediu desculpas. Sentiu que havia ultrapassado limites invisíveis que deveriam ter sido respeitados.

— Só estava imaginando... — murmurou ela. — Por favor, não se zangue.

Lily se acalmou e pegou a mão frágil da tia.

— Não estou zangada, tia. Peço desculpa se soei irritada. É apenas que, às vezes, você me lembra o papai. Na maneira como analisa as coisas, quero dizer. Ele sempre falava sobre bom gosto e distinção... coisas do tipo. Papai não teria gostado desta casa. Você sabe que não. Mas sei quando estou feliz. Eu era... *sou*, quero dizer, feliz aqui. E vou ficar. É vergonhoso no momento, porque as pessoas a quem devo dinheiro também moram aqui. Mas vou pagá-las. E não me mudarei.

A srta. Rachel apertou a mão dela ainda mais ansiosa.

— Mas está em perigo aqui. Não pode ficar! Mesmo que seja... agradável, não pode. É *perigoso*. Consigo sentir. Por favor, mude-se.

Lily, no entanto, balançou a cabeça.

— Não, tia. Não posso. Há uma razão especial pela qual devo ficar. Não posso explicar, mas também não posso abandonar este local.

— Então, ao menos, precisamos providenciar esse dinheiro. Voltarei para a cidade hoje. Não percebi que estavam tão... tão ávidos... — Parecia uma palavra inadequada para descrever os credores de Lily, mas a srta. Rachel sentia-se cansada demais para pensar em outra.

Lily balançou a cabeça outra vez, o cabelo fazendo um movimento monótono e flácido no travesseiro.

— Não. Não faça coisa alguma. Não há o que possa fazer para ajudar.

— Talvez eu consiga levantar mil dólares.

Lily encarou a idosa com o rosto austero.

— Não são mais mil dólares, tia. Eles... eles querem dois mil agora.

A srta. Rachel nem tentou responder. Não parecia haver muito a ser dito. Os pensamentos a deixaram enjoada; ela sentia que, dessa vez, o problema de Lily era bem mais profundo e sinistro. A sobrinha fora atacada no quarto ou no corredor, e a enforcaram quase ao ponto de ela perder a consciência. A dívida dela dobrara em algum momento nas horas em que a srta. Rachel dormira. Era tudo confuso e assustador em demasia.

Um arrepio desceu pela espinha da srta. Rachel, sentada ao lado da cama de Lily. Ela se lembrou, com repentina nostalgia, de que hoje era o dia da faxineira na sua casa, e que Jennifer, de touca e avental, receberia a sra. Brannigan à porta da mansão em alguns minutos. Preferiria estar lá, em vez de estar naquele quarto proibitivamente sufocante com Lily encarando o teto através das lágrimas.

Sentiu a urgência de retornar. Mas Lily fora a garotinha de Philip naqueles anos saudosos da juventude da srta. Rachel, e aquela mesma garotinha — de alguma forma, transformada em uma mulher repugnante — precisava de ajuda agora. Ela via pelos olhos da sobrinha, suplicava com a voz de Lily. A srta. Rachel se perdeu em memórias, lembrando-se do passado.

Foi Lily quem a despertou do devaneio. A mão dela a assustou, porque estava bastante gelada.

— Volte para a cama, tia, e durma mais um pouco. Vai ficar tudo bem. Pode ir.

A srta. Rachel se levantou, sentindo a rigidez e o cansaço ecoarem pelos ossos. Lily não virou o rosto para observá-la sair...

Enrolada nos cobertores sobre o colchão mole, a srta. Rachel chamou o sono, mas ele não veio.

Por fim, um miado baixo lhe deu uma desculpa para se levantar. Saiu da cama e libertou Samantha da cesta. A gata preta se espreguiçou com elegância, fechou os olhos para bocejar, fitou a tutora como se pedisse desculpas e foi explorar o quarto com passos silenciosos, farejando tudo. A srta. Rachel se vestiu.

Quando foi para o corredor com a gata debaixo do braço, encontrou-se com a moça e a mãe dela, as mulheres que tinha visto ali durante a noite. A jovem estava vestida de forma simples e elegante, de branco, com o cabelo loiro preso na nuca. Tinha uma boa postura — *altiva como um indígena*, pensou a srta. Rachel, embora nunca tivesse visto um espécime de pele-vermelha em carne e osso. A mãe da garota, ao lado, parecia fraca e exausta. A boca dela estava fechada por alguma emoção reprimida. Era da mesma altura da filha, mas a coluna ereta da jovem tinha se perdido nela — a mulher era curvada feito uma árvore retorcida.

A srta. Rachel hesitou, esperando que perguntassem sobre Lily. As duas murmuraram uma saudação breve e passaram por ela no caminho até a porta.

A tia encontrou a porta de Lily em completa escuridão e trancada, mas logo a sobrinha a abriu. Lily estava com o pescoço enfaixado por uma tira de algodão cru. *Para esconder as marcas*, pensou a srta. Rachel — e as manchas de lágrimas eram óbvias no rosto dela.

— Entre, tia Rachel. Pode se sentar. Imagino que esteja com fome, já passa das nove. Tenho algumas coisas para o café da manhã. Vou prepará-lo agora.

A srta. Rachel afirmou não estar com apetite. Tinha notado as manchas de tinta nos dedos grossos de Lily e o envelope, com seu nome escrito em um garrancho grande, sobre a cômoda. Foi até lá e perguntou:

— Isso é para mim?

Lily fitou o envelope de forma relutante.

— Sim. É para você. Eu ia lhe entregar depois do café, mas acho melhor, então, fazê-lo agora. — Ela pegou o envelope e o observou de maneira curiosa antes de passá-lo para a srta. Rachel. Evidentemente, ela ainda estava pensando sobre ele.

A GATA VIU A MORTE

— Aqui está, tia. Mantenha-o em algum lugar seguro. Não deve abri-lo a não ser que algo aconteça comigo. — Ela encarou os olhos da tia, e, daquela vez, a srta. Rachel não encontrou dissimulação alguma no rosto dela. — Quero dizer *no caso da minha morte*. Então pode abri-lo e ler o texto.

A srta. Rachel apertou o envelope.

— Lily, está com medo de alguém? *Sabe* que está em perigo aqui, não?

Lily balançou a cabeça em aprazível determinação.

— Acho que não. Não em perigo real. Mas a coisa está piorando. A senhora sabe disso.

— Lily... — Contudo, a inércia insípida forçou a súplica da srta. Rachel a bater em retirada.

A senhora sentia que falava com o nada. Mas precisava seguir em frente. Implorou mais uma vez para a sobrinha ir embora.

Lily queria tomar o café da manhã. Riu, não de todo desonesta, e levou a tia à pequena cozinha. Comeram torrada, carne de porco curada e frita e ovos mexidos. A mulher mais jovem engolia a comida com gosto, mas a srta. Rachel não conseguia se forçar a ser cordial.

Se algo parecia preocupar Lily, era o sr. Charles Malloy. Falava fervorosamente sobre aquele único assunto. O sr. Malloy estava fora havia quase três semanas.

— Eu saberia no instante em que ele tivesse voltado — confidenciou Lily. — A porta dele fica bem em frente à minha, e eu o escutaria. Mas ele não apareceu... durante esse tempo todo. Sinto saudade dele.

Os olhos brilhantes da srta. Rachel olharam para a sobrinha, compreendendo.

— Você gosta muito do sr. Malloy, não? Vocês estão noivos?

Lily abaixou o garfo e limpou um pedaço de ovo do lábio inferior com a ponta da língua, sem parecer notar o que fazia.

Algo além de surpresa escapou dos seus olhos, que encaravam a tia — alarme, medo, espanto.

— A senhora fala cada coisa! — exclamou ela, por fim, lambendo os lábios sem perceber de novo. Estava recuperando a compostura. — Ora, tia! Não tente me provocar! Somos muito bons amigos... amigos...

A srta. Rachel não ofereceu resposta além de erguer de leve as elegantes sobrancelhas. Aquilo pareceu assustar Lily outra vez. Ela partiu o pão com as mãos nervosas.

— Dê um tempo a ele! Afinal, nós mal nos conhecemos... — disse Lily.

A sobrinha não conseguia deixar o assunto em paz ou parar de observar a tia.

— Por que disse isso, tia? É engraçado, muito engraçado! O sr. Malloy é bom para mim. Vamos juntos ao cinema, a bailes e a apresentações de bandas. É um bom homem. — Conseguiu dar uma risada baforada, cuspindo algumas migalhas de pão pelo prato. — Noivos! Ah, tia! Se soubesse como isso soa engraçado. Somos *apenas amigos...*

A srta. Rachel olhou pela janela da cozinha, para o reboco manchado do prédio vizinho. Manteve as sobrancelhas baixas, no lugar em que deveriam ficar. Pensava consigo mesma, moldando suas considerações a partir da tagarelice de Lily. Queria que a sobrinha se calasse. Lily estava mentindo, e a srta. Rachel sabia disso...

Na calidez salgada do meio-dia, a srta. Rachel foi até o solário para escrever algumas cartas.

A Casa da Arrebentação — o local exibia o nome em uma tábua sobre a porta — não tinha saguão para os inquilinos, mas o que teria sido o apartamento à direita depois da entrada tinha amplas janelas que davam para a praia, e era mobiliado com um canapé barato de vime, uma escrivaninha, algumas cadeiras de balanço abandonadas e um pedestal de samambaia. A vista era bonita. Após os degraus ficava o calçadão de cimento, depois a extensão de areia com guarda-sóis coloridos feito cogumelos, e, ao longe, o brilho azul do mar.

Uma menininha de talvez cinco anos brincava com alguns papéis na escrivaninha. Era uma criança pequena com cabelo claro, rosto acentuado e pálido e joelhos e cotovelos pontudos. Ela observou a srta. Rachel com um desgosto casual.

— Sou Clara — anunciou ela, permanecendo à mesa.

A srta. Rachel reconheceu a apresentação com um sorriso agradável. Perguntou se poderia usar a escrivaninha por alguns minutos.

Clara olhou para o lado, virando o rosto de maneira semelhante à de um pássaro.

— Posso emprestá-la para a senhora — disse ela, de forma astuta —, se me der uma moeda.

A srta. Rachel remexeu a bolsa de mão.

— E o que fará com a moeda, caso eu dê uma para você?

O desdém surgiu naquele rosto anguloso.

— Aposto que sei o que está pensando. Acha que quero comprar um doce. Não é?

— Ah, não. Não pensei mesmo em doces. Só estava me perguntando o que vai fazer com a moeda quando recebê-la.

— Bom, não vou gastar em doces. Não, senhora! — Clara se aprumou, as costas magras retas como uma vara. — Doce faz a barriga doer, e os dentes caírem. Eu sei bem disso. Mas vou contar um segredo: quero a moeda para dar algo à minha mãe. — O olhar taciturno desapareceu em um sorriso cheio de dentes por um instante, depois voltou e os olhos da criança se enrijeceram. — Não vai contar? É melhor não contar! Será uma surpresa, quando eu juntar dinheiro suficiente.

— Não vou contar. Aqui está uma moeda.

A garotinha agarrou o dinheiro e saiu da cadeira. Avaliou a srta. Rachel com franqueza.

— A senhora não é feia, sabia? Mesmo com o cabelo todo branco.

— Obrigada — agradeceu a srta. Rachel, sentando-se. — Você não gosta de velhas senhoras?

— Da maioria, não. Mas acho que poderia gostar de você. Não parece mal-humorada ou rabugenta. A senhora gosta de garotinhas?

A srta. Rachel olhou para o rosto estreito.

— Gosto muito — respondeu. — Já quis ter uma minha.

— E não teve?

— Não. Nunca.

Os olhos cautelosos suavizaram um pouco.

— Sinto muito. A minha mãe diz que não se pode ter tudo. — Clara seguiu sem jeito para a saída. — Adeus. — Ela passou pela porta, mas enfiou a cabeça de volta ao cômodo. — Não vai contar?

A srta. Rachel tranquilizou a menina, e a cabeça desapareceu.

A idosa escreveu dois bilhetes — um deles para Jennifer —, colocou-os em envelopes e os endereçou. Revirou a bolsa e adicionou algo aos envelopes. Então, levantou-se para sair.

A porta do apartamento em frente se abriu e uma mulher saiu do quarto. Era alta e tinha os seios fartos; as roupas eram elegantes; tinha um olhar audacioso por trás das peles que usava. Havia um quê de arrogante no modo de andar dela. Deu vários passos, olhando direto para a srta. Rachel. Analisou o pequenino chapéu da idosa, o casaco quente, a bolsa e as cartas que tinha na mão.

— Bom dia! — disse ela, com um ronronar enriquecido. — Vai sair?

A srta. Rachel, fitando-a nos olhos, encontrou algo venenoso neles.

— S-sim — respondeu, gaguejando. — Vou.

— Assim como eu — falou a mulher alta com suavidade. — Sou a sra. Scurlock. É bom ter alguém com quem caminhar. Vamos?

A srta. Rachel apertou as cartas com mais força. Procurou desesperadamente por uma saída. Tirando a indelicadeza franca e absoluta, não havia alternativa. Não estava acostumada com essa prática.

— Eu... Você terá que esperar. Preciso pegar algo no meu quarto.

O rosto sombrio se recompôs.

— Ficarei feliz em esperá-la. Estarei bem aqui quando voltar.

Depois, após conhecer melhor a sra. Scurlock, o tenente Mayhew perguntou à srta. Rachel por que ela não voltou e se escondeu debaixo da cama. Mas a idosa nega qualquer urgência do tipo. Ela simplesmente foi ao quarto, colocou a gata na cesta e se reuniu à mulher alta na entrada da pensão.

Estava quente dentro da casa velha, mas o vento que soprava do lado de fora era fresco. Foram juntas ao parque de diversões, que não estava muito movimentado naquela hora do dia. Algumas pessoas almoçavam nos restaurantes e outras se deitavam na praia, mas as barraquinhas estavam desertas. As duas mulheres não conversaram. A sra. Scurlock parecia decidida, calma e determinada. A srta. Rachel parecia um rato analisando com atenção um novo tipo de armadilha.

Elas encontraram uma caixa de correio, e a srta. Rachel colocou as cartas lá dentro. Então, virou-se para a mulher alta e de mandíbulas grandes que era a sra. Scurlock.

— Foi tudo o que vim fazer aqui. Preciso voltar agora.

A sra. Scurlock concordou de prontidão.

— Eu mesma só vim tomar um ar — disse ela. — Também tenho que voltar.

4. ASSASSINATO

A sra. Scurlock passou a mão grande pelo cotovelo da srta. Rachel e a ajudou a dar meia-volta. A idosa já tinha recebido auxílio antes — em esquinas, por vários cavalheiros galantes que ignoravam a vigilância intensa dela; e no meio do trânsito, por policiais irlandeses cordiais que tinham as próprias avós em casa —, mas nunca havia sido levada pela mão com uma delicadeza tão pesada ou força tão irrefutável. Os pequenos pés tamborilavam obedientemente ao lado dos passos calmos da sra. Scurlock, e, embora não fosse dada a sentir medo, o coração dela começou a bater forte e rápido.

Foi escoltada para casa em agourento silêncio. Nos degraus da casa, encontraram um homem alto, de cabelo loiro claro, cujas roupas eram feitas sob medida e cujos olhos eram próximos demais na cabeça grande. Ele se iluminou ao vê-las e formou um sorriso no rosto.

— Ora! Quem é sua nova amiga, Donna? Não vai me apresentar? — Ele apertou as luvas amarelas e fez uma mesura.

A sra. Scurlock, completamente no controle, conduziu a srta. Rachel para o primeiro degrau.

— Esta é a tia da sra. Sticklemann. Srta. Murdock, gostaria de apresentá-la ao meu marido, o sr. Scurlock.

Aquilo soava como algo ensaiado. A mão da srta. Rachel foi envolvida por uma luva amarela e os seus olhos encararam muitos dentes.

— É tão bom conhecê-la, srta. Murdock. Somos amicíssimos da sua sobrinha. Ela disse tantas coisas maravilhosas sobre a senhora... estávamos loucos para conhecê-la! A senhora é um retrato, se me permite dizê-lo. Um retrato saído de um álbum de família. Rá, rá! A senhora não se importa com as minhas bobagens, não é?

A srta. Rachel sentiu uma aversão tão intensa por aquele homem que não confiava em si mesma para abrir a boca. Murmurou qualquer coisa na direção dele. De alguma forma, os dois pareciam cercá-la, e ela foi levada para o corredor.

— Não quer conversar conosco por um instante? — perguntou a sra. Scurlock, ronronando no ouvido dela da mesma forma que uma aranha deve falar com uma mosca. — Adoraríamos conhecê-la melhor. Não é verdade, Herbert?

A srta. Rachel se contorceu para tentar se livrar, mas a mão da sra. Scurlock era firme feito ferro.

— Sim, realmente — respondeu o sr. Scurlock, pegando a chave.

A srta. Rachel agarrou a cesta de Samantha; estava pronta para arriscar um grito frágil de socorro e bater em retirada. Naquele momento, porém, Lily irrompeu no meio do grupelho. Surgira sem fazer som, calçando pantufas. Acima da tira de algodão no pescoço, o rosto ardia. Estendeu os braços e arrancou a pequenina tia das mãos da sra. Scurlock.

— Deixem a minha tia em paz — falou em tom severo. — Ela não faz parte disso.

Os Scurlock olharam para ela, cada um à sua própria maneira: a mulher, irritada; e o homem com um olhar zombeteiro e inquietante. Ele colocou a chave na fechadura.

— Não está se esquecendo de algo?

Lily balançou a cabeça. Engoliu em seco e a tira de algodão se moveu.

— Não. Não estou me esquecendo de nada. Mas a minha tia não está envolvida, não tem a ver com isso. Entenderam?

Os olhos odiosos da sra. Scurlock encararam o rosto da srta. Rachel.

— Não era assim no início — murmurou ela. — Todos íamos cooperar. Como amigos. — Ela deu uma risada.

Lily olhou para a sra. Scurlock e marchou para longe com a srta. Rachel.

— Não dê ouvidos a ela — falou a sobrinha, com firmeza. — Não preste atenção ao que aquela mulher diz.

Ambas entraram na calmaria do quarto da srta. Rachel.

— Quem são eles, Lily? Você é mesmo amiga de pessoas como essas?

— Amiga não é exatamente a palavra. Estou em uma enrascada com eles. Eu lhes devo dinheiro, porque sou uma idiota.

A srta. Rachel analisou a expressão amarga da sobrinha.

— É o mesmo dinheiro? A dívida de que estava falando antes?

Um olhar preocupado passou pelo semblante de Lily; ela respirou fundo por um instante sem dizer nada. E então:

— Não me pergunte, tia Rachel. Não posso explicar. Só quero esquecer isso. E me manter longe daquela gente, pelo amor de Deus!

A srta. Rachel olhou ao redor, de repente, para o quarto miserável, como se o visse pela primeira vez.

— O que nos mantém aqui? — sussurrou ela. Lily perguntou o que a tia havia dito. A srta. Rachel tentou mentir:

— Estava pensando que não gostei daquelas pessoas, dos Scurlock. São dissimulados, desagradáveis, fortes e... *malvados*. E perigosos, Lily.

Lily desviou o olhar. Procurou um cigarro no bolso do roupão. Encarou a tia além da pequena chama.

— Eles acham que estão com tudo — zombou ela. — Acham que me pegaram, que estou indefesa. Mas vou rir por último. Pode apostar que vou.

— Eu não brincaria com aqueles dois. Se lhes deve dinheiro, o melhor a ser feito é pagar e acabar com tudo.

Lily soprou um grande cogumelo de fumaça e jogou o fósforo queimado em um canto.

— Vamos comer — disse, por fim. — Liguei para a delicatéssen, e eles mandaram algumas coisas que parecem bem boas.

A srta. Rachel teve a impressão de que não havia feito coisa alguma além de comer desde que chegara àquela casa sinistra. Se havia prazeres para serem aproveitados na praia Breakers, ela vira pouquíssimos deles. Ela e Lily passaram a maior parte do tempo no quarto da sobrinha. Poucas vezes Lily parecia estar disposta a conversar. Ficava sentada perfeitamente quieta na maior parte do tempo, ou largada na cama, com os olhos vazios. Havia uma aura de espera em Lily — uma aparência de expectativa intrigada. Ela só voltava à vida no horário das refeições. O apetite dela nunca falhava.

A srta. Rachel colocou a gata no armário e foi para o quarto de Lily.

Mais uma vez — aquilo continuava sendo uma coincidência frequente, disse a srta. Rachel a si mesma —, ela encontrou a moça e a mãe no corredor. A mulher mais velha recuou quando viu Lily, e a jovem ficou parada, mas de cabeça erguida. As duas esperaram, em silêncio e constrangidas, até Lily passar por elas, sem lhes dar maior atenção do que um olhar de relance. O corredor estava escuro, apenas um reflexo fraco da luz da praia iluminava o local pela porta aberta, mas a srta. Rachel notou como a mulher mais velha virou o rosto com uma expressão enojada para evitar a fumaça do cigarro de Lily, e como a garota olhou para a mãe com os olhos cheios de pena.

A tia e a sobrinha entraram no quarto bagunçado de Lily.

— Você conhece aquelas duas? — perguntou a srta. Rachel.

Lily balançou a cabeleira loira.

— Não, não conheço. São novas aqui. Não mencionei que só chegaram anteontem? Não sei nem o nome delas.

— A menina é bem bonita, não?

— Suponho que sim. Um pouco magra demais.

— Há algo muito familiar no rosto dela. Ela faz você se lembrar de alguém que conhecemos, Lily? Não consigo pensar em quem... mas é alguém... — A srta. Rachel franziu a testa, pensando.

— Não reparei. Venha até a cozinha para podermos comer.

Elas almoçaram. Lily encheu a barriga e ficou satisfeita. A srta. Rachel mordiscou a comida como uma galinha febril...

A idosa não esperou anoitecer para deixar Samantha se exercitar. Soltou a gata livre no quintal mais ou menos às cinco da tarde.

Ela ficou sentada por talvez meia hora, observando a gata brincar, então se levantou dos degraus e a chamou. Foi naquele momento que as pedras começaram a deslizar.

Alguns seixos começaram a se mexer no topo da falésia, reunindo mais escombros e ganhando velocidade conforme desciam a encosta. A gata olhou para trás, curiosa com o barulho. A srta. Rachel a chamou novamente. Algumas rochas grandes caíram, impelidas do topo. A gata arqueou as costas e miou. Uma pedra acertou seu rabo; ela miou de raiva e correu até a srta. Rachel.

Um olhar de ira gélida substituiu a expressão em geral calma do rosto da idosa. Ela observou a parte de cima da falésia. Um minuto se passou, dois, e então algo apareceu entre as folhas verdes dos arbustos. Algo brilhante e de cor clara. Levantou-se e se tornou cabelo em uma cabeça humana. Cabelo loiro, mas os olhos continuaram escondidos. Eles espreitavam, ocultos sob as folhas. Em um instante, a cabeça desapareceu...

A noite caiu com uma melancolia e trouxe consigo uma neblina do mar. A casa velha na praia estava isolada. Poderia muito bem ser um navio a mil quilômetros do continente. A cerração deixava uma marca úmida na janela da srta. Rachel — era como um rolo de algodão preso ao vidro. Não havia como ver qualquer coisa, e mesmo o som parecia esmaecido. O ar estava carregado e cheio de relento, com um forte cheiro de maresia. Mesmo entre as quatro paredes surradas do quarto, a srta. Rachel podia sentir a reverberação cada vez maior da arrebentação. Sob a neblina, a maré subia. Fazia a janela solta chacoalhar de leve, um som que chamava a atenção e ganhava a desaprovação da gata. Os olhos dourados dela censuravam a tutora pelo entorno deprimente, e ela miou uma vez, solitária e triste.

Às 20h30, a srta. Rachel colocou o livro de lado para tomar o tônico, o que tinha se esquecido de fazer com a agitação da noite anterior. O rótulo dizia: TOMAR DUAS COLHERES DE SOPA ANTES DE DORMIR; então, como forma de pacificar a consciência, a srta. Rachel tomou quatro. Era um remédio inofensivo, ainda que amargo. Após a dose dupla, não sobrou muita coisa no frasco.

— O gosto está pior do que nunca! — resmungou para si mesma. — Fico feliz por estar quase acabando!

Colocou um xale, passou pela porta e trancou-a. Estava quase na porta de Lily quando percebeu que a gata a havia seguido pelo corredor. Dois olhos cor de âmbar brilhavam aos seus pés.

A srta. Rachel pegou Samantha e, como sempre, impressionou-se com o peso e a maciez do pelo da gata.

A primeira incumbência dela era com a sra. Turner. No final do corredor, ela parou diante da porta da proprietária. De dentro do quarto, vinha o ruído baixo de uma máquina de costura elétrica. Quando a srta. Rachel bateu, o som parou e a sra. Turner abriu a porta.

— Pois não? — disse ela, bruscamente.

Atrás da figura da sra. Turner, o quarto parecia cálido e confortável, com a máquina de costura bem no meio e metros de tecido de cortina sobre a mesa.

— Pois não? — repetiu ela.

— Preciso de algumas toalhas — pediu a srta. Rachel.

A mulher deu meia-volta e desapareceu atrás da porta. Quando voltou, tinha uma única toalha debaixo do braço. Passou-a para a srta. Rachel.

— Amanhã é o dia da lavanderia — informou ela, de forma seca.

Pegando a toalha, a srta. Rachel voltou para a porta de Lily para desejar-lhe uma boa-noite. O ruído da máquina de costura aumentou às suas costas, mais alto do que nunca, como se a senhoria se ressentisse com o fato de ter sido interrompida no trabalho com as cortinas.

Lily sentia dor de cabeça. Estava deitada na cama perpetuamente desarrumada com uma toalha úmida sobre a testa. Estava irritada e parecia cansada, porém, quando a srta. Rachel estava para voltar ao próprio quarto, Lily implorou que ficasse.

— Estou me sentindo solitária — admitiu, de maneira rude. — Gostaria de conversar também. Pode ser que tenha sido bobagem minha manter tudo em segredo. Estive pensando... talvez não faça mal ouvir o que a senhora pensa do caso. Quer saber o que é?

A srta. Rachel se acomodou nas profundezas de uma cadeira de couro grande e suja; e colocou a gata no colo.

— Claro que quero. Conte-me tudo o que quiser.

Lily suspirou com um som áspero. Mexeu na toalha úmida e umedeceu os lábios.

— Vou começar admitindo que é quase tudo culpa minha. Consigo ver agora quão desmiolada fui. Você também verá, antes de eu terminar a história. No entanto, talvez encontre uma saída que eu mesma não consigo enxergar. Deus do

Céu... minha cabeça! — Ela gemeu de leve. — Pode me passar aquela caixa de aspirina e um copo d'água, por favor, tia?

A aspirina e o copo d'água foram entregues. A srta. Rachel esperou Lily continuar.

— Maldita seja essa dor de cabeça! Eu poderia me esgoelar de dor! E ainda essa confusão em que estou... é demais!

— Talvez eu possa ajudar.

— Espero que sim. Enfim, estou devendo dinheiro. Já falei quanto. O que não falei é que é uma dívida de jogo. Não consigo entender por que não ganhei, ou, na verdade, por que não continuei ganhando. A princípio, a minha sorte estava maravilhosa.

— Sua... sorte?

Lily virou o rosto bruscamente para encarar a tia.

— O que a fez dizer isso dessa maneira? — inquiriu ela.

A srta. Rachel pareceu muito inocente.

— Ah, não sei, de verdade. Algo que você disse, acho. Sobre não ter ganhado: você parece certa de que iria vencer.

Lily riu amargamente, mas algo que lembrava vergonha surgiu em seu rosto.

— Charles... quer dizer, o sr. Malloy... tem um método para ganhar no bridge. Suponho que, se fosse a senhora, chamaria de trapaça. Na época, eu não pensava assim. Aquelas pessoas me arrancaram quase cinquenta dólares, jogando à noite, no apartamento delas. Eu estava irritada e queria recuperar o dinheiro. Não parecia haver mal algum em usar as cartas de Charles. Ele me explicou como ler o verso delas quando eram distribuídas. — Mais uma vez, o olhar dela recaiu sobre o rosto da tia. — Deve pensar que sou horrível, aposto. Talvez eu seja.

Contudo, a srta. Rachel não pensava que Lily era horrível. Ela considerou aquilo um truque incrivelmente idiota. Se Lily estivesse jogando contra os Scurlock, poderia até adivinhar quanto tempo eles foram enganados pelo sistema da sobrinha.

Lily continuou com um tom mais sóbrio.

— Bom, deu tudo certo no início. Charles e eu jogamos em dupla contra eles em diversas noites. Fizemos altas apostas; e ganhamos. Então Charles conseguiu um emprego temporário em uma loja de lembrancinhas na Strand. Era no turno da noite, de forma que não podíamos mais jogar com aquelas pessoas. Eu gostava da ideia de ganhar. Parecia tão fácil. Então conversei com o sr. Leinster, o jovem no quarto ao lado do seu, um sujeito muito amigável, e ele concordou em ser a minha dupla. Mas não podia explicar as cartas para ele sem mais nem menos. Ele parece ser do tipo honesto. Então pensei em talvez fazer tudo sozinha. Mas não ganhamos... nós *perdemos*. E continuamos perdendo. Então o sr. Leinster ficou preocupado, e disse que não podia arcar com prejuízos como aquele. Tia, eu simplesmente *sabia* que começaríamos a ganhar em algum momento! Ora, conhecia todas as cartas e quem as segurava! Se ao menos tivesse conseguido pensar mais rápido quando estávamos jogando... Bom, pedi ao sr. Leinster para continuar no jogo como um favor a mim e que eu assumiria todas as perdas. Ele não gostou, mas implorei. Então continuamos jogando todas as noites, mas, ainda assim, não ganhamos. Entrei em desespero... era como um pesadelo!... E acabei devendo muito dinheiro a eles. Ah, tia, as apostas subiram cada vez mais até ficarem terríveis! Tentei ao máximo ser cuidadosa, pensar em tudo. Mas o bridge pode ficar muito confuso quando é jogado de maneira rápida como aquelas pessoas jogavam... Tia, a senhora está me *escutando*?

Era verdade que a srta. Rachel parecia bastante sonolenta. Ela se esforçava para permanecer acordada quando Lily falava com ela, tentava parecer alerta. Estava tão desesperada para saber com quem Lily havia apostado. Era o único fato que a sobrinha persistentemente mantinha oculto.

Minutos se passaram no relógio surrado de Lily. Quando voltou a falar, foi em um tom diferente e sobre outro assunto.

— Tia, tem uma coisa de que me arrependo muito. Eu me pergunto se sabe... É claro que queria vê-la, mas houve outro motivo para pedir que você viesse até aqui. Estou envergonhada agora. Veja bem, eu sabia que traria a gata. Eu... a senhora sabe que fui eu quem... quem... — Ela começou a soluçar; a voz foi sumindo, levada pelo barulho das ondas na arrebentação.

A srta. Rachel queria levantar o olhar, mas os olhos estavam cheios de sono. Queria abrir a boca e dizer a Lily que sabia, que entendia e que a perdoava. Mas as palavras não saíam. A cabeça parecia pesada e tonta, o quarto desfocando aos poucos, as linhas se distorcendo e formando ângulos estranhos.

Uma maciez agradável se formava nos pensamentos, uma letargia pesava os membros. Sentiu a gata se mexer gentilmente no colo e erguer a cabeça. Houvera um ruído perto da porta?

O relógio tiquetaqueava uniformemente e soava muito distante.

Olhar pelo cômodo era como olhar para as profundezas de um espelho distorcido. A toalha de Lily escorregara para cima dos olhos dela — estranho que, em um momento de claridade, a srta. Rachel tenha visto isso —, e a sobrinha não mexera nela, pois escondia as lágrimas que lhe eram tão incomuns.

A srta. Rachel sabia que Lily estava esperando ela se pronunciar, mas o cansaço pesado a impediu, manteve os lábios fechados, impossibilitando-a de falar sobre a estranheza que lhe tomara conta do corpo.

A gata levantou a cabeça outra vez e, ao mesmo tempo, a srta. Rachel sentiu um vento frio no pescoço. A porta estava se abrindo, ar vinha do corredor. Parecia parte de outra coisa estranha; a porta se abrindo tão silenciosamente para admitir... *quem?*

Sem diminuir a inutilidade do corpo, os seus sentidos ganharam vida por um instante, e a visão e o som ficaram tão claros que chegavam a machucar. A cabeça pendia para a frente, e, mesmo assim, ela viu Lily, ainda com os olhos cobertos, viu o relógio pequeno cujos ponteiros indicavam quase exatamente nove horas da noite. Com o ar do corredor, vieram sons: o barulho de uma cadeira de balanço rangendo no quarto em frente, onde alguém se sentava e balançava sobre uma tábua solta, e o zumbido da máquina de costura da sra. Turner, como uma abelha perdida no final do corredor.

A máquina parou por um segundo. Assim como a cadeira de balanço.

Então ambas começaram novamente, a máquina zumbindo e a cadeira gemendo.

A brisa foi diminuindo. Alguém entrara no quarto e agora fechava a porta.

Tenho que avisar a Lily, pensou a srta. Rachel em algum lugar nas profundezas. *Tenho que dizer alguma coisa.*

Ainda assim, não podia. Estava caindo no sono, caindo em uma nuvem azul em que nada importava.

A nuvem azul a engoliu. Ela adormeceu.

Foi enquanto dormia, ali, ao lado da cama de Lily, que o assassinato aconteceu.

O tenente-detetive Stephen Mayhew é um homem enorme que nunca parece especialmente feliz. Tem bem mais de 1,80 metro de altura, pesa mais de noventa quilos e tudo nele parece ser obcecado pela melancolia. Tem cabelo preto-azulado, sobrancelhas também pretas e espessas e um rosto quadrado marrom com tanta mobilidade emocional quanto uma máscara de madeira elegantemente entalhada. Ele tem o hábito — a srta. Rachel tem certeza de que não é nada além disso — de se curvar para a frente de forma regular, uma atitude que parece sugerir que o homem está pronto para avançar sobre qualquer coisa ou qualquer um que estiver adiante. Ele parece gostar de franzir a testa, algo que suas sobrancelhas pretas fazem bem demais. O sr. Leinster já sugeriu, de maneira desagradável, que o tenente Mayhew só precisava de um bom rosnado sórdido para se tornar um urso-negro.

A srta. Rachel não gosta disso. Diz que o tenente Mayhew é, na verdade, mal compreendido, que, se ele fosse dormir cedo todos os dias, consumisse refeições preparadas em casa e estivesse sob a influência de uma boa esposa, seria um sujeito bem diferente. Pessoas já ouviram o tenente Mayhew desejar as duas primeiras coisas. A última, até bem recentemente, ele evitava.

Na primeira vez em que viu a srta. Rachel, teve certeza de que ela estava morta. Foi apenas depois que o médico, o dr. Southart, encostou o estetoscópio no coração dela e anunciou que ela ainda estava viva, que Mayhew a notou. Ele estivera olhando para a confusão sangrenta na cama.

— Ela mal está viva. Diria, na verdade, que está morrendo. Mas pode haver uma chance. Chame outro médico, Aaronson vai servir, e duas enfermeiras. Peça a uma das mulheres no saguão para fazer um café. Um café bem forte. Descubra, com quem quer que seja o responsável por esse lugar, se ela e a morta dividiam este quarto. Se sim, coloque-a em outro. Sully, você e Thomas carreguem a idosa para fora daqui. Não posso examinar uma mulher falecida e reviver uma moribunda ao mesmo tempo.

O dr. Southart colocou o flexível estetoscópio de borracha de volta na bolsa e se afastou da cadeira da srta. Rachel. Foi a primeira vez que Mayhew deu uma boa olhada nela.

— Onde está ferida? — perguntou ao médico.

— Aparentemente, não está. Foi drogada, com certeza. Morrendo de envenenamento por morfina, eu diria. Se Aaronson e as enfermeiras não se apressarem, vão perder o trabalho antes de chegarem aqui.

Mayhew se inclinou para observar com mais atenção a mulherzinha encolhida.

— Ela é pequenina, não? — perguntou ele. — Mas, meu Deus, se não está ferida, como conseguiu ficar coberta de sangue?

— O sangue vem da outra. É uma visão e tanto. Tente qualquer dia desses arrebentar a cabeça de alguém tão minuciosamente quanto a dela foi, e verá como o sangue voa. Só o ferimento do queixo deve ter jorrado como um gêiser. A gata... ei! Onde está a gata? Vi uma quando entrei.

Os olhos profundos de Mayhew encontraram a bola de pelos escuros em um canto.

— Ali está.

— A gata está toda suja também... ou deveria estar.

Mayhew foi na direção dos olhos dourados, que se esconderam debaixo da cômoda. Ele se inclinou para encará-los.

— Está enganado. A gata está limpíssima — disse ele, pensativamente.

5. ALGO ESTRANHO COM A GATA

O médico deu de ombros.

— Não há razão para não estar assim, se pensarmos bem. Provavelmente, ficou assustada e passou o assassinato inteiro debaixo da cômoda.

— Deve ser — concordou Mayhew, de forma enigmática.

Então se virou para olhar para Sully, que surgira do corredor.

— Uma dama lá fora disse que a senhorinha estava no quarto ao lado. Devemos levá-la até lá?

Aproximou-se da figura encolhida da srta. Rachel e fez menção de levantá-la.

— Sim. Podem levá-la. Vou acompanhá-la até Aaronson aparecer. A da cama não vai sair desse quarto, mesmo.

Thomas, o especialista em impressões digitais, que tinha uma mente muito literal, falou:

— Ela não vai ficar assim por muito tempo — lembrou ao médico.

O dr. Southart lhe lançou um olhar tão afiado quanto um de seus bisturis.

— Tem alguém fazendo café? — perguntou ele. — Você, Edson, procure um tubo de borracha e uma garrafa d'água nessa espelunca. Vou improvisar um enema.

Edson, assistente de Mayhew, que era vesgo, parvo e sempre curioso, perguntou o que era uma enema. O médico disse a ele. Edson se retirou, parecendo bastante desconfortável.

As pessoas começaram a se ocupar no quarto com a mulher assassinada. Uma câmera foi montada, e fotografias do cadáver, de diversos ângulos, foram tiradas. Impressões digitais foram encontradas e também fotografadas. No quarto contíguo, uma batalha havia começado: a batalha pela vida da srta. Rachel contra a morfina, o coma e a morte; sendo que a última quase a pegou.

Mayhew remexia os objetos no quarto de Lily, evitando o sangue empoçado que agora secava e adquiria uma consistência pegajosa. Notou de imediato que a janela estava aberta, com a tela mosquiteiro destravada e entreaberta. Foi para o lado de fora da casa, atravessando o corredor e a porta dos fundos. Com a luz da lanterna, encontrou marcas profundas feitas por alguma ferramenta na parte de baixo da tela. Decidiu ficar de olho até que um molde delas pudesse ser feito. Voltou para o quarto de Sticklemann, que agora cintilava com a luz e estava cheio de fumaça de cigarro.

O médico, dispensado dos cuidados da srta. Rachel por Aaronson, analisava o corpo com cuidado.

— Surrada meticulosamente com algo bastante pesado e afiado — murmurou ele.

— Uma faca? — sugeriu Edson, arriscando um palpite após um instante de consideração.

— Por Deus! — Thomas expressou espanto. — Como conseguiu chegar aos homicídios? O doutor diz que alguém foi surrado na cabeça e você quer saber se isso foi feito com uma faca! Já ouviu falar de alguém levando uma *surra* de faca? Facas são para esfaquear, ou não sabe disso?

— São mesmo — grunhiu Mayhew. — Mas feche essa matraca. Continue, doutor.

— Muitos ferimentos... demais. O crânio deve ter uma dezena de fraturas. Parece uma agressão grande demais para simplesmente matá-la. Pode ser um crime passional... vingança ou coisa que o valha. Veja como são profundos esses cortes... — Ele apontou com um dedo longo e delicado. — Eu diria que essa mulher tinha um inimigo.

— É o que parece — murmurou Thomas presunçosamente. Ele não seria subjugado, nem mesmo pelo olhar feio de Mayhew.

— Duvido muito que tenha sido morta no primeiro golpe. — O dr. Southart analisou os respingos de sangue. — No entanto, deve ter logo perdido a consciência. É por isso que não há ferimentos nos braços. Ela se protegeria, sabe, se estivesse consciente. Teve um bom tempo para sangrar, com o coração ainda batendo. Resumiria tudo dizendo que ela perdeu a consciência com o primeiro golpe, foi agredida e perdeu muito sangue até, por fim, ser liquidada com essa fratura na têmpora. Acho que a maioria dos ferimentos na cabeça aconteceram após a morte. O corte no pescoço foi responsável pela maior parte desse sangue, pois atingiu uma artéria. Claro que isso é preliminar. Farei um relatório completo depois da autópsia.

Mayhew assentiu, agradecendo ao médico.

Ele pensava que muita coisa dependia da senhorinha no quarto ao lado. Se conseguissem revivê-la, mesmo que por um instante, ela poderia dizer quem matou a sra. Sticklemann. Se morresse sem falar nada, as coisas ficariam mais difíceis; no entanto, Mayhew não tinha dúvidas de que o caso teria uma conclusão bem-sucedida. O trabalho dele sempre terminava assim.

Lembrando-se da srta. Rachel, ele decidiu ir conferir como o caso dela estava progredindo. Porém, quando pisou no corredor, viu que o caminho estava bloqueado por um grupo apertado de pessoas, cujas vozes morreram assim que ele apareceu. Olharam para Mayhew sem falar nada, com uma espécie de ansiedade chocada, e o tenente sentiu todos prenderem a respiração em conjunto.

Mayhew se assomava entre eles, sem demonstrar qualquer emoção salvo uma ira calculada.

— A pessoa que descobriu as mulheres está aqui? — perguntou com a voz grave, observando cada um dos rostos.

Uma mulher esquelética se afastou, e uma pequena e rechonchuda foi para perto dele. Ela apertou o casaco marrom sobre o busto de forma protetora e encarou com medo o rosto escuro do tenente Mayhew.

— F-fui eu — disse ela, após engolir em seco diversas vezes.

— Conte para mim o que aconteceu. Rápido, por favor. — Mayhew dispensou os outros com um olhar, mas eles permaneceram no lugar, fascinados.

A mulher pequena e robusta à sua frente agitou as mãos, tentou falar, mas parou, parecendo enjoada. Um homem tão gordo e de bochechas tão vermelhas quanto as dela se aproximou e deu-lhe tapinhas no ombro. Ela respirou fundo e conseguiu falar.

— A gata — disse, com dificuldade. — Ela não parava de miar lá dentro...

— Sim. Continue — ordenou Mayhew, incentivando-a.

No meio do pânico, a mulher ficou desconsolada.

— Como via de regra, nem sonho em entrar no quarto de alguém. — Ela observou os rostos dos outros com uma súplica desnorteada. — Mas as pessoas lá dentro não responderam às batidas à porta, e a pobre gata não parava de *chorar*! Então abri uma frestinha e chamei a gata. Mas ela não veio. Então entrei. E lá... — Ela se segurou no marido corpulento, em busca de apoio. — E lá... estavam elas!

— Seu nome, por favor? — Mayhew pegou um caderninho velho e o cotoco de um lápis.

— Timmerson. — O homem pequenino tomou conta da situação e da esposa. Ajustou o segundo queixo e os óculos. — Sr. e sra. Rodney J. Timmerson. Moramos nessa casa, no primeiro apartamento do outro lado, em frente ao solário. Estamos aqui há muito tempo. Pode perguntar à sra. Turner.

Ela sabe que ficamos o ano passado inteiro aqui, desde que ela chegou.

— Não vamos mais falar sobre isso hoje — disse Mayhew. Ele ergueu a voz para os outros, até chegar a todos no corredor. — Vou querer falar com vocês amanhã de manhã. Desmarquem qualquer compromisso.

Essa instrução foi recebida com resmungos, mas o tenente não lhes deu atenção. Foi até a porta da srta. Rachel e bateu de leve. Uma moça negra usando um chapéu branco colocou a cabeça para fora da fresta.

A enfermeira era muito bonita; os olhos dela sorriam tanto quanto os lábios.

— Quer alguma coisa? — perguntou ela, rápido. — Infelizmente, não posso deixar o senhor entrar.

— Como está a velha senhora? — indagou Mayhew. — Alguma esperança?

Ela franziu a boca linda em um gesto atraente de incerteza.

— O dr. Aaronson diz que é cedo demais para saber. Acha que há uma boa chance. É morfina, e ela é terrivelmente idosa, mas o doutor falou que ela está respondendo. Mais alguma coisa?

Mayhew balançou a cabeça.

— Não.

— Com licença, então. O doutor vai aplicar uma intravenosa. — A cabeça se afastou, e a porta foi fechada.

Mayhew deu uma olhada distraída para o relógio. Era quase uma da manhã...

A névoa abandonou o cérebro da srta. Rachel por um instante, como a cortina de uma ópera se abrindo; havia luzes, som e movimento ao redor. Ela fez um esforço fraco para se sentar, e alguém usando uma roupa branca e engomada se inclinou para ajudá-la. Outra pessoa segurava uma caneca, e o café quente machucou a boca dela. Ela se engasgou e mexeu as pernas. Doíam, como se tivesse caminhado muito, mas a srta. Rachel não se lembrava de coisa alguma.

Permaneceu sentada, agarrada a um braço branco, sentindo-se muito estranha, confusa e fraca. Entre exclamações de incômodo tanto do médico quanto das enfermeiras, Samantha, vendo que a srta. Rachel havia acordado, deu um salto rápido e aterrissou na colcha. Ela ronronou alto, amassando as cobertas com as garras, então se aproximou da tutora e se encolheu em uma bola preta no joelho dela. A srta. Rachel esticou a mão para tocar nos pelos macios feito seda.

Havia algo estranho... estranho e diferente com a gata. Ela não conseguia identificar o que era, pois os pensamentos estavam frágeis e borrados, e queria terrivelmente voltar a dormir. Mas Samantha... ela não deveria estar... o que quer que fosse...

Então a srta. Rachel estava deitada sobre os travesseiros de novo. Alguém falou:

— Você precisa ficar acordada por um tempo. Não durma.

Ainda assim, os olhos dela se fecharam, e a mente ficou escura, como se uma persiana tivesse sido fechada.

Ela estava destinada a contar ao tenente Mayhew sobre aquela impressão confusa que teve sobre a gata. Também veria o homem grande esperar pacientemente enquanto ela revirava a memória ao tentar encontrar o pensamento desaparecido. Não se preocupava naquele momento, porém; um assassinato não lhe causava perplexidade. Ela dormiu e não sonhou...

O tenente Mayhew arrancou uma folha do caderninho surrado dele e desenhou linhas nela. Duas longas linhas paralelas dividiam o meio do papel. Mayhew escreveu a palavra *corredor* entre elas.

A partir daí, dividiu o espaço a cada lado das linhas paralelas em cinco quadrados aproximadamente iguais. Então, tendo o que considerava ser uma planta boa o suficiente da velha casa, começou a escrever nomes nos quadrados. Estava sentado à escrivaninha do solário. A luz iluminava o desenho com intensidade. Do lado de fora, além do calçadão, um punhado de banhistas enfrentava o mar logo cedo. Não eram nem nove horas da manhã seguinte à descoberta do corpo da sra. Sticklemann.

Tendo desenhado a planta e escrito os nomes nos locais apropriados, mandou Edson, que estava sentado no canapé de vime, acertando as unhas com um canivete, trazer os Timmerson.

Eles entraram, aparentando tanto dignidade quanto inocência.

— Queria nos ver, senhor? Sobre o que aconteceu na noite passada, sem dúvida... — O sr. Timmerson deixou a voz morrer. Por trás dos óculos, os olhos dele eram grandes, mas as pálpebras piscavam com algo como espanto.

Mayhew virou o corpanzil na cadeira e os observou friamente por baixo das sobrancelhas fartas. As mãos grandes pegaram o caderninho com rapidez e o seguraram de maneira ameaçadora — quase como se nele estivesse a prova da culpa dos Timmerson nesse caso —, e seu olhar sombrio era acusatório. Parte da inocência dos Timmerson derreteu. A sra. Timmerson colocou a mão no peito e se jogou na cadeira.

— Sim. — O tom de voz de Mayhew era suave, mais reconfortante do que o olhar. — É sobre o assassinato. Chamei vocês antes de todos os outros porque é mais provável que tenham sido os primeiros a verem a cena do crime depois de o assassino ter partido. Tudo que talvez se lembrem sobre a descoberta, mesmo que não aparente ter importância alguma, pode se provar significante. Sentem-se, relaxem e me digam o que sabem.

A sra. Timmerson se iluminou um pouco. O sr. Timmerson se acomodou na beirada de uma cadeira. Esticou os dois queixos, passou a mão neles e pigarreou.

— O horário é importante, não é? Vamos ver... mais ou menos às onze da noite, não foi, Maria?

— Não — respondeu ela com uma ênfase cuidadosa.

Mayhew a interrompeu:

— Vamos falar de antes disso. Comecem logo depois do jantar e então relatem a noite inteira, sobretudo a hora do assassinato. Tentem pensar em qualquer pessoa que possa fornecer um álibi do que me disserem. — Ele pegou o cotoco de lápis do bolso e se preparou para tomar notas.

Os Timmerson o encararam em um silêncio que ia da estupefação ao susto.

— A hora do assassinato? — A sra. Timmerson perdeu o fôlego. — Mas não tivemos nada a ver com aquilo!

E o sr. Timmerson gorgolejou:

— Fornecer um álibi... estamos *sob suspeita*, então?

Mayhew ficou incomodado com o medo deles, mas a testa franzida não ajudou em nada o casal.

— Ninguém é suspeito ainda — falou, a voz ribombante. — Simplesmente queremos saber o que todas as pessoas que moram aqui fizeram. É óbvio que isso é importante.

A sra. Timmerson pensou um pouco naquilo.

— Então... o senhor acha que o assassino é alguém que mora aqui? Outro inquilino?

O olhar gélido de Mayhew não forneceu resposta.

— Vamos voltar ao assunto original — disse ele. — Por favor, digam o que fizeram na noite passada.

A sra. Timmerson hesitou, entre a indignação e a decepção. Então ajeitou a saia, como se estivesse se preparando para depor, e falou, firme:

— Fomos assistir a um filme.

— E antes disso? — questionou Mayhew.

— Nós... jantamos. E caminhamos um pouco pela Strand.

O olhar de Mayhew foi para o sr. Timmerson. Poderia muito bem ter sido um holofote pela reação que causou. O sr. Timmerson ganhou vida de imediato e entrou no papel.

— Minha esposa tem razão... está absolutamente certa, senhor. Jantamos mais ou menos às seis... sim, às seis da tarde. Então caminhamos um pouco, vendo as outras pessoas. Elas são interessantes, não acha? Você... hum, hã... não acha? Bom, depois fomos ao cinema.

— Quando foi isso?

— A hora, você quer dizer? Ah, aproximadamente às sete, acho.

— Suponho que possam provar que estiveram no cinema?

— Provar, camarada? Veja bem, ou estamos ou não estamos...

Contudo, a sra. Timmerson, que naquele momento era a vivacidade em pessoa, sorriu.

— Claro que podemos provar que fomos ao cinema. Não se lembra, querido, do problema que tivemos com os ingressos? O bilheteiro não deve ter esquecido.

O sr. Timmerson se engasgou; ele olhou para sua presunçosa esposa e respirou como se houvesse algo na traqueia que não deveria estar lá.

— Não mencione *isso*! — disse ele, por fim.

— Contem-me o que aconteceu — mandou Mayhew na mesma hora.

Para o desconforto do sr. Timmerson, a sra. Timmerson revelou ao tenente que o marido tinha entregado uma nota falsificada para o bilheteiro e que, por esse motivo, houvera uma confusão daquelas.

Sob o olhar afiado de Mayhew, o sr. Timmerson corou e falou, gaguejando, que não tinha fabricado a nota; se era o que ele estava pensando.

Mayhew os pastoreou na conversa, e o casal continuou. Soube, então, que os Timmerson chegaram em casa às 21h30. Os olhos do sr. Timmerson se arregalaram ao lembrar o horror.

— Foi naquele momento que escutamos a gata. Ela miava de uma forma horrível!

— E parecia que ninguém mais havia notado?

A sra. Timmerson franziu a testa e pensou.

— Não. Agora que o senhor mencionou, é estranho, mas ninguém estava lá... embora todos reclamem rapidamente de qualquer barulho. Era muito fácil de ouvir. Escutamos assim que entramos. Segui pelo corredor e bati à porta. Quando ninguém respondeu, tentei a maçaneta, para libertar a gata caso ela quisesse sair. Ela não apareceu de imediato. Dei uma espiada e vi... elas duas. — A mulher engoliu em seco, agarrando um botão do vestido.

Mayhew fez anotações no caderninho.

— O que aconteceu depois?

— Eu... Eu acho que...

— Ela desmaiou! — falou o sr. Timmerson. — Fraqueza feminina, o senhor sabe como é. Por sorte, eu estava bem atrás. Peguei-a quando caiu.

— Então não entrou no quarto?

— Bem, hum... não naquele momento.

— Mais tarde?

— Sim, um pouco antes de a polícia chegar. Entrei, pensando que elas poderiam não estar tão mortas quanto o sr. Leinster falou e que poderia fazer algo para ajudá-las. No entanto, logo vi que a sra. Sticklemann estava além de qualquer ajuda humana, e que a velha senhora também parecia estar morta. Então saí e fechei a porta, deixando tudo da maneira que encontramos.

— Não encostou no que quer que fosse?

O sr. Timmerson se contorceu.

— Ah, eu... eu não teria suportado tocar... *naquilo!*

— Este sr. Leinster. Ele estava por perto, então?

— Não a princípio. Apareceu depois que a sra. Timmerson gritou e desmaiou.

— Qual é o apartamento dele?

— O do lado da tia da sra. Sticklemann. Não sei qual é o nome dela. O sr. Leinster fica no quarto entre o dela e o dos Scurlock, que ocupam o primeiro apartamento daquele lado.

— Ele veio do apartamento?

O sr. Timmerson começou a falar, parou e pareceu um tanto confuso. Após um momento de indecisão, ele continuou:

— Não pensei nisso antes. Não de forma clara, quero dizer. Mas, agora que mencionou, não consigo me lembrar de ver o sr. Leinster saindo do apartamento dele. Há algo de errado aí... a ideia parece não se encaixar. Ele apareceu de repente. Não me lembro de nenhuma porta se abrindo.

— Ainda assim, o senhor estava com sua esposa. Pode ter deixado de notar.

O sr. Timmerson admitiu que sim.

— O senhor disse que entrou no quarto antes de a polícia chegar. Isso é importante. Depois, vou pedir para dar outra olhada lá, para refrescar a memória e talvez relembrar algo que considere significativo. Mas, no momento, quero saber se outra pessoa além de você entrou no quarto antes da polícia.

— O sr. Leinster.

— Compreendo. Quando isso aconteceu?

— Logo depois de a minha esposa ter desmaiado. Ela estava deitada no corredor, e eu estava debruçado sobre ela. Aparentemente, o sr. Leinster a ouviu gritar. Ele chegou em uma espécie de trote... para um sujeito jovem e forte, ele tem os pés bem leves... e entrou direto no quarto da sra. Sticklemann. Mas saiu na mesma hora.

Mayhew fez um som de "hummm" profundo na garganta.

— Ele disse alguma coisa?

O sr. Timmerson encarou o tenente com clara intensidade.

— Sim, senhor. Fez o que considero ser um comentário bastante estranho sob aquelas circunstâncias. Deveras estranho.

Mayhew esperou pacientemente.

— Soou... soou bastante esquisito com aquelas duas pobres senhoras ensanguentadas naquele quarto horrível. Ele voltou pela porta até o corredor e ali parou, ou hesitou. Não olhou para mim enquanto falava. Simplesmente falou para o... para o ar.

— O que ele disse? — O cotoco de lápis aguardava no punho enorme de Mayhew.

— Bom, senhor, assim que parou lá, ele falou em voz alta. Disse: "Isso é real. É sincero. E tenho feito tudo errado. *Coisas empalidecidas*". Então ele se retirou, tenente, e telefonou para a polícia.

6. PAPEL PARA QUEIMAR

Os Timmerson aguardaram, com uma expectativa tensa e silenciosa, a reação do detetive a essa informação. O busto generoso da sra. Timmerson não pareceu se erguer ou abaixar enquanto os olhos pequenos analisavam o rosto de Mayhew. Contudo, aquela máscara marrom não lhes forneceu qualquer emoção, fosse surpresa, satisfação ou interesse, com o levantar de uma sobrancelha. Aparentemente, estava pensando, mas as considerações do tenente eram mais profundas do que a superfície inescrutável da face dele.

Ele observou o código ilegível no caderno, mastigou o cotoco de lápis puído e olhou para o mar. O silêncio se prolongou. O sr. Timmerson passou a mão nos queixos e ajeitou os óculos. A sra. Timmerson ficou desapontada. Porém, Mayhew enfim falou:

— Já que vocês e Leinster estavam juntos, por assim dizer, durante a descoberta do crime, acho que terei uma conversa com ele agora. E gostaria que ficassem para ouvir o relato. Depois, se acharem que há qualquer omissão ou discrepância, gostaria que me avisassem.

A sra. Timmerson se iluminou e fez uma piada sem graça.

— É preciso um ladrão para pegar outro, hein, tenente? — No entanto, a testa franzida do marido a calou.

Edson, que permanecera próximo à porta, foi atrás do sr. Leinster. Ele entrou, alto, grande e loiro, com sardas vermelhas no rosto largo, e pelos ruivos no dorso das mãos quadradas. O homem sorriu para o tenente e para os Timmerson de forma bastante agradável e se sentou em uma cadeira.

— É sobre o assassinato, imagino. Como posso ajudar?

Mayhew desgostava de pessoas que tratavam de situações com uma confiança descontraída. Lançou-lhe seu melhor olhar. O sr. Leinster o encarou de volta com muita inocência.

— Gostaria que me contasse onde passou a noite de ontem e como veio a descobrir o crime quase ao mesmo tempo que os Timmerson. E também qualquer coisa sobre a cena que considere importante ou inusitada.

O sr. Leinster reclinou a cabeça loira na cadeira de vime e fitou o teto.

— Vou responder à última pergunta primeiro — falou para Mayhew. — Devo admitir que, assim que vi que um crime havia sido cometido, corri para encontrar... bem, uma pista. Tinha certeza de que alguma estaria muito clara, por assim dizer, e queria ser o primeiro a encontrá-la.

Mayhew o interrompeu.

— Por quê?

O sr. Leinster respondeu de forma tranquila:

— É apenas um hobby meu. Sou um pouco estranho. O senhor sabe, detetive amador e essa bobagem toda. Bom, entrei no quarto. Mas por Deus!... Aquelas mulheres! Nunca esperava algo do tipo. Acho que, em todo o meu trabalho teórico de investigação, sempre imaginei os cadáveres como bonecos... Sem bagunça ou sanguinolência... E não encarando você com uma cabeça que foi agredida a ponto...

Contudo, a sra. Timmerson tinha se levantado e fazia movimentos frenéticos. O sr. Timmerson estava ficando verde. Mayhew cessou a eloquência do sr. Leinster.

— Sabemos de tudo isso. O corpo estava uma bagunça. Continue.

— Bom, aquilo me deixou impressionado. Entrei no quarto para encontrar imediatamente uma pista e resolver a coisa

A GATA VIU A MORTE

toda antes mesmo de a polícia ser chamada, e, em vez disso, vi um cadáver que... Ah, perdão. Enfim, por um instante, as coisas ficaram estranhas e me senti enjoado. Foi... real demais. Muito... Não importa. Saí e telefonei para a polícia. Não queria saber mais daquele trabalho, pode ter certeza disso.

Mayhew separou o joio do trigo da narrativa.

— Então, o que está dizendo é que não notou nada que pode ser de valor para a resolução do crime?

— Exato. Foi o que me perguntou, não?

— Sim. E o restante? Em que lugar passou a noite e onde estava quando a sra. Timmerson gritou ao ver o cadáver?

O sr. Leinster fez um gesto amplo com as mãos quadradas.

— Ah, garanto que não fazia nada demais. Na verdade, estava neste cômodo. Escrevendo cartas na escrivaninha a que está sentado agora. Entrei aqui por volta das sete da noite. Guardava o material de escrita na minha pasta de couro quando ouvi o grito da sra. Timmerson. Foi aí que corri até o corredor para ver o que havia acontecido.

Mayhew fez anotações no caderninho.

— Você ouviu a sra. Timmerson gritar, não é? Mas não ouviu o grito da sra. Sticklemann ao ser atacada?

O sr. Leinster balançou a cabeça.

— Não. Nada mais durante a noite toda. Talvez, no entanto, não fosse possível ouvir uma mulher gritando se a porta estivesse fechada.

Mayhew fechou o caderno de repente.

— Uma excelente suposição, sr. Leinster. Seu trabalho como detetive amador tem suas vantagens, afinal. Vamos ver se um grito pode ser ouvido pela porta fechada.

— Como? — indagou a sra. Timmerson, e logo descobriu.

Tremendo e de olhos arregalados, foi levada pelo tenente Mayhew até a cena do crime. Ao destrancar a porta com uma chave que tinha na mão enorme, o sisudo cavalheiro a acompanhou para dentro. Ela olhou para ele em atormentada fascinação, viu as poças de sangue seco e a cama ensanguentada onde o corpo estivera, e começou a desmaiar em cima do tenente.

Mayhew pode ser implacável com senhoras gordas dadas a desmaios. Simplesmente a segurou com um dos braços e fechou a porta com o outro. A escuridão aumentou ao redor deles. Pelas sombras, o tenente olhou para o rosto da sra. Timmerson.

— Grite! — mandou ele com uma voz que mais parecia um tambor.

O comando repentino fez a senhora recuperar a consciência. Ela o encarou com olhos sombrios e raivosos, e deu um grito alto e longo, e continuou assim até alguém começar a bater à porta. Mayhew escancarou-a e retirou a sra. Timmerson do quarto. A sra. Turner, a senhoria, o confrontou:

— O que está acontecendo aqui? — As bochechas esqueléticas dela brilhavam de raiva e a mandíbula avantajada se projetava na direção dele.

Mayhew voltou a trancar a porta e passou pela mulher, ignorando-a. Levou a sra. Timmerson, ainda meio desmaiada, à frente até o solário. A sra. Turner, no entanto, o seguiu.

— Você está transformando este lugar em um hospício! — acusou ela, de forma beligerante. — Não vou aceitar isso. Está me escutando? Vou perder todos os locatários e ficar completamente falida se coisas assim continuarem acontecendo. Um assassinato já é ruim o suficiente, mas quando você leva outras mulheres lá para dentro e faz coisas com elas a ponto de gritarem...

O olhar dela foi do tenente à sra. Timmerson, que tinha parado, encostada em uma parede. O olhar da sra. Timmerson estava vidrado, e ela segurava os botões do decote de uma forma que sugeria algo pior do que o que Mayhew lhe havia feito. A sra. Turner apertou os lábios, transformando a boca em uma linha amarga.

— O que exatamente *fez* com ela? — inquiriu a senhoria.

Edson ouviu aquilo e caiu na gargalhada. Mayhew, porém, encarou a sra. Turner com fúria nos olhos.

— Volte para seu aposento e fique lá! — comandou ele. — Vou chamá-la quando quiser falar com você e vou ouvi-la quando estiver pronto. Agora saia daqui!

A sra. Turner não se intimidou e respondeu na mesma moeda.

— Não tenho medo de você — disse ela devagar, e Mayhew sabia o quanto a mulher estava falando sério.

De fato, não conseguia imaginar aquela bruxa esquelética sentindo medo de algo ou de alguém. Ela tinha o bico e os olhos de uma ave de rapina, e o pescoço era tão enrugado e cinzento quanto o de um abutre. O escárnio rouco da voz dela o seguiu até o solário.

Mayhew se sentou à escrivaninha mais uma vez, e apenas a testa franzida indicava a raiva que sentia em relação à senhora mal-intencionada no corredor.

— Digam-me. — E pegou outra vez o caderno e o lápis.

O sr. Timmerson parecia nervoso e enjoado. Recebeu a esposa com um abraço e a confortou. O sr. Leinster respondeu Mayhew:

— Nós a ouvimos. Perfeitamente. Poderia muito bem estar no quarto ao lado pelo barulho que fez.

A sra. Timmerson ergueu o rosto da frente da camisa do marido e lançou a Leinster um olhar reprovador.

— Eu estava morrendo de medo — choramingou ela.

— Então é bastante óbvio que a sra. Sticklemann não pode ter feito som algum no momento do ataque, pois, de outra forma, teria sido ouvida. Hummm. Agora, uma última questão. Gostaria de saber o que os cavalheiros fazem da vida.

O sr. Timmerson respondeu de imediato:

— Sou aposentado. Era professor de coral de igreja e também vendedor. Interesses variados, acho que o senhor poderia dizer... os dois não são muito parecidos. Bom, três anos atrás, tive a oportunidade de entrar em um acordo de ações por intermédio de um sobrinho meu. Investimos cada centavo que tínhamos, ou que conseguimos pedir ou pegar emprestado. No final, aquilo deu mais certo do que qualquer um de nós esperava. Desde então, Maria e eu vivemos de forma tranquila. Moramos aqui na praia e nos viramos com os nossos pequenos ganhos.

Mayhew fez um aceno com a cabeça e se virou para o jovem alto.

— E quanto ao senhor, sr. Leinster?

O sr. Leinster abriu um pequeno sorriso.

— Também sou aposentado — falou, de forma afável.

Mayhew ergueu as sobrancelhas pretas, os olhos escuros demonstrando surpresa.

— Aposentado? — repetiu ele.

O sr. Leinster se mexeu na cadeira, mas permaneceu agradavelmente prestativo.

— Foi o que eu disse, tenente. Aposentado.

Mayhew franziu a testa e fechou o caderno, irritado.

— Isso não vai ajudá-lo, Leinster. Quero saber o que faz da vida.

Leinster levantou os ombros largos da cadeira, ficou de pé e se empertigou. O rosto dele ainda parecia inocentemente sereno. A caminho da porta, ele se virou e falou:

— Disse que sou aposentado. Acredite se quiser. Vai servir, de qualquer forma, até o senhor descobrir algo mais.

O tom de voz de Mayhew estava afiado.

— Ainda não lhe dei permissão para se retirar.

Leinster hesitou à porta.

— O que mais quer saber?

— Quero ouvir tudo o que sabe sobre a mulher morta. Qualquer detalhe ou informação que puder fornecer... então volte aqui e abra o bico.

— Ah, Deus, sei tão pouco... — falou o sr. Leinster, mas o tenente Mayhew se inclinou, os ombros grandes se sobressaindo e parecendo ficar ainda maiores, e o rosto assumiu uma expressão que depois foi descrita pelo sr. Leinster como sórdida.

O sr. Leinster voltou às pressas, mas não se sentou.

— O pouco que sei sobre ela pode ser contado rapidamente — falou ele, apressado. — E a parte principal é a seguinte: ela era a mulher mais incrivelmente idiota que já conheci. Darei um exemplo para mostrar do que estou falando. O único contato que tive com ela foi ao jogar bridge com outros inquilinos aqui. Ela e eu éramos parceiros. A sra. Sticklemann tinha um baralho com cartas marcadas que colocava no jogo em algum momento durante a noite, e a maneira como usava as cartas e as tentativas atrapalhadas que fazia para ganhar... bom, era simplesmente terrível. Uma criança podia ver o que estava aprontando. Tenho certeza de que o outro casal com quem jogávamos sabia o que ela fazia. Eles são burros feito portas, e tenho a impressão de que tinham trapaças próprias também. Enfim, a sra. Sticklemann insistiu para que continuássemos jogando com eles até as perdas ficarem bastante altas. E era besta demais para entender por que não ganhava.

Mayhew recebeu essa informação com aparente indiferença. Abriu o caderno e escreveu algo nele.

— E o nome dessas pessoas... eram marido e mulher? — perguntou.

O sr. Leinster olhou pelo vão da porta do solário para a porta fechada do outro lado do corredor.

— Sr. e sra. Scurlock — falou, em alto e bom tom. — Estão naquele apartamento, o que fica diretamente aqui em frente.

Naquele momento, as ações do tenente Mayhew foram estranhas, quase bizarras, mas também silenciosas e ágeis. Ele fechou o caderno, colocou-o no bolso e se levantou da escrivaninha. A sra. Timmerson já afirmou que, naquele instante, ele se inclinou para a frente, parecendo grande e esbelto, fazendo-a se lembrar de uma pantera. Não que a mulher já tivesse visto uma. Mas a sra. Timmerson sabe que ele saiu do solário, com os braços balançando, e atravessou o corredor sem produzir som algum. E, em um piscar de olhos, a mão grande dele se fechou na maçaneta.

As três pessoas no solário não conseguiram ver o que aconteceu a seguir por causa da silhueta enorme do tenente Mayhew, que preenchia o batente. Eles viram a porta se abrir para dentro de repente, ouviram um palavrão alto dito em uma voz masculina e um grito abafado em uma voz feminina. E então a voz de Mayhew, falando de forma clara e baixa:

— Vou ficar com esses papéis, sra. Scurlock. Não encoste-os no fósforo. Isso não vai ajudá-la em nada.

Mayhew entrou no apartamento dos Scurlock, e o sr. Scurlock foi visto sentado no chão, acariciando a cabeça. Parecia que ele estivera debruçado perto da porta, ouvindo, quando o tenente a abriu. Lá dentro, perto da mesa barata que ficava no centro do quarto, encontrava-se a sra. Scurlock. O rosto escuro dela estava em convulsão, os olhos pretos, em chamas.

— Não tem o direito de entrar aqui! — berrou ela. — Saia! Não ouse chegar perto de mim!

Mas Mayhew estava ao lado dela, tentando tirar um maço de papéis de uma das mãos da mulher. Ela usou a outra para lutar com o tenente, enfiando as unhas no rosto dele. Mayhew agarrou o pulso dela, e a mulher gritou. Então, os papéis estavam na mão dele.

A sra. Scurlock avançou para cima do detetive e, com uma precisão peçonhenta, arranhou o rosto e a garganta dele, arrancando a pele e fazendo-o sangrar. Mayhew aguentou aquilo por um tempo, mas então manteve a sra. Scurlock um pouco afastada com a mão direita e, com a esquerda, deu-lhe um soco no plexo solar. Ela colocou a mão em cima do estômago, e, com uma convulsão resfolegante, caiu no chão, levando a mesa consigo. Não fez som ou movimento algum depois disso.

Mayhew observou os papéis que tinha em mãos com prazer evidente.

A GATA VIU A MORTE

— Promessas de pagamento — murmurou para o sr. Scurlock, que umedeceu os lábios e se encolheu. — Assinados pela sra. Lily Sticklemann. Como pensei. Estavam esperando para ouvir se eu ficaria sabendo delas, não é? Antes de queimá-las? — Ele agitou a papelada entre os dedos grossos e marrons. — Muitos documentos, não? Faz sentido, eu diria. — Ele leu vários e deu uma olhada no restante. — Mais ou menos mil dólares. Uma bela quantia. Matou a mulher por causa disso?

O sr. Scurlock permaneceu calado, apenas balançou a cabeça.

— Não? Bom, é o que vamos ver. De qualquer maneira, vou manter esses papéis comigo. — Ele franziu a testa para o homem assustado no chão. — Levante-se e ajude sua esposa. Não vê que ela desmaiou?

Scurlock se levantou um pouco rápido demais; ele tropeçou e quase caiu na mesa tombada.

Mayhew observou a pressa trêmula do homem com desgosto.

— E não queime, rasgue ou jogue nada fora — disse ele, rigidamente — até eu ter a oportunidade de falar com vocês dois. Agora, traga sua esposa. Vou querer conversar com vocês em alguns minutos.

Então, ele saiu e a porta se fechou, deixando a derrota dos Scurlock para trás.

Mayhew deu uma olhada rápida para as três pessoas no solário. A sra. Timmerson tinha o rosto pálido; o sr. Timmerson, vermelho; e ambos estavam agitados. Leinster, no entanto, encontrava-se largado em uma cadeira, fumando. Por trás da fumaça azul do cigarro, olhos zombeteiros encaravam Mayhew.

— Deu uma boa lição neles, não foi? — perguntou em voz baixa, para ninguém em particular. — Marchar, dar uma rasteira neles, sair orgulhoso. É assim que o nosso sutil detetive trabalha. Vejo que a outra noção que eu tinha precisa ser reanalisada. Urgentemente. Achava que o cérebro era usado em algum momento.

Mayhew se aproximou de Leinster. O jovem viu, com óbvia surpresa, diversos arranhões sangrando no rosto do detetive. Aprumou a coluna e jogou o cigarro no chão.

— Desculpe — disse ele, abrupto. — Autodefesa. Está absolvido.

Mayhew permitiu que um canto da boca se contraísse e olhou para o sr. Timmerson.

— Alguns minutos atrás, sugeri que voltasse para o quarto onde o assassinato foi cometido, desse uma olhada na cena e tentasse pensar em qualquer fato ou circunstância que poderia ser importante. Você mora neste lugar. Conhecia a mulher assassinada. O que talvez tenha visto lá após o crime pode ter importância. Que tal irmos agora? Você também, Leinster, já que é um detetive amador.

E assim foram, com a sra. Timmerson os seguindo como uma mariposa machucada. Porém, o sr. Timmerson saiu do quarto imediatamente e passou mal no corredor. A sra. Timmerson segurou a cabeça dele e choramingou com o marido.

Sob a luz amarelada, Leinster e Mayhew analisaram o quarto de Lily. Edson voltara, após pegar um copo de cerveja, e se juntou a eles.

— O que você acha? — indagou Leinster.

Mayhew foi até a janela.

— Isso foi aberto — respondeu ele. — O vidro estava levantado, e a tela foi forçada. Há marcas que indicam que uma ferramenta foi usada para arrancar a estrutura da tela. Acho que o assassino entrou por aqui.

Leinster encontrou um erro nessa teoria.

— Mas a mulher teria gritado se alguém tivesse entrado pela janela.

— Não necessariamente — contestou Mayhew. — Poderia estar dormindo, sem saber o que a atingiu. Ou poderia saber quem era e deixou a pessoa entrar sem fazer perguntas. É quase certo... — Nesse ponto, a voz dele morreu, e o tenente ficou perfeitamente parado com os olhos fixos na cortina.

Leinster remexia a cama, erguendo o colchão e amarrotando os lençóis ensanguentados. Mayhew chamou Edson.

— Vá lá para fora — disse ao assistente. — Quero que entre pela janela.

Depois de um minuto, Edson apareceu do outro lado. Jogou o cigarro longe e se aproximou da lateral do prédio.

— Tem um engradado aqui. Devo usá-lo?

— Somente se for necessário. Entre.

Mayhew foi para trás conforme a figura de ombros arredondados que era Edson subia o parapeito. Ele grunhiu, virou-se e chegou ao chão. Mayhew se inclinou e pegou algo muito pequeno e brilhante. Segurou-o contra a luz. Era um alfinete.

Mayhew deu uma risadinha.

— Ora, ora! — disse ele, feliz.

Edson se aproximou e encarou o objeto com os olhos grandes e vazios.

— O que é? — perguntou, de forma melancólica.

Mayhew virou o objeto nos dedos.

— Um alfinete.

— Só um alfinete? — Edson olhou para Mayhew, desapontado.

O tenente permitiu que a boca grande abrisse um sorrisinho.

— Só um alfinete, você diz. Mas estava preso àquela cortina.

Leinster chegou mais perto.

— E daí? — perguntou.

Mayhew demonstrou.

— Estava dessa forma. Veem? Segurando esse remendo no lugar. O alfinete atravessava o material e a madeira do peitoril.

O detetive colocou o alfinete da maneira que o tinha encontrado.

Leinster franziu a boca e deu um longo assobio.

— Isso acaba com a ideia de alguém entrando pela janela, não é? Mas... e se não? Talvez o assassino tenha notado o alfinete e o substituído depois de ter passado.

— E deixou a tela dessa maneira, e a janela aberta? Não, não seria razoável. Se o assassino tivesse entrado pela janela, com certeza passaria a ideia de que não se importava com quem descobrisse. Acho que, por alguma razão, ele queria fazer parecer que havia entrado pela janela, embora não fosse o caso. Deve ter feito isso depois de ter matado a mulher. — Mayhew remexeu as cortinas em frangalhos e abriu a tela. — Tentou dar a impressão de que a janela fora usada. Mas não sabia sobre o alfinete e cometeu um erro.

— Não conseguiria entrar sem tirá-lo do lugar — murmurou Edson, se inclinando e apertando os olhos na direção da ponta metálica brilhante.

— Eu diria que não. E isso tira a janela da equação.

Edson ajeitou e coçou o cabelo loiro.

— Mas, veja bem, há marcas de ferramenta no peitoril. Novas, não desgastadas. E estão do *lado de fora*. Ajudei Thomas a fazer um molde. E quanto a elas?

Um certo olhar mortificado surgiu no rosto de Mayhew. Ele deixou escapar uma palavra amarga:

— Estranho.

— Não faz sentido — disse Edson. — Ou ele entrou pela janela, ou não entrou. O alfinete diz que não entrou, as marcas dizem que entrou, ou que, ao menos, tentou bastante.

Mayhew analisou o quarto com um olhar nervoso, como se quisesse arrancar aos socos o segredo da morte de Lily Sticklemann e esse negócio esquisito na janela, que tinha ocorrido ou antes, ou depois do assassinato. O tenente parecia furioso. Leinster e Edson se afastaram um pouco, para dar bastante espaço à ira dele.

A srta. Rachel acha que foi nesse momento que ele começou a se divertir.

7. O SR. MALLOY ESTÁ DESAPARECIDO

Mayhew se acomodou à escrivaninha, abriu o caderno e olhou para Edson, a única pessoa além dele a ocupar o cômodo.

— Vá chamar os Scurlock — disse brevemente, gesticulando para o outro lado do corredor.

Eles vieram, cada um à própria maneira: ela, fria e arrogante; ele, andando de lado e manhoso. Ambos se sentaram, desconfortáveis, e olharam para Mayhew.

O tenente os observou por um minuto.

— Vamos começar — disse, então.

A sra. Scurlock o encarou de volta sem abrir a boca, mas o marido tentou ser solícito.

— O que quer saber? Ficamos felizes em ajudar. Não nos julgue pelas...

Mayhew o interrompeu.

— Sim. Comece por aí. Conte-me mais sobre as promessas de pagamento. Elas devem ser bem importantes.

O sr. Scurlock olhou para a esposa com leve subserviência, mas ela lhe lançou o mesmo olhar congelante que deu a Mayhew.

— Devo falar, querida? Por nós dois, quero dizer. — O homem pareceu ler a permissão nos olhos dela, pois se virou para o tenente. — Não vamos chamá-las de importantes, senhor. Não eram importantes, pois não tínhamos grandes esperanças de obter o dinheiro. Porém, na presente circunstância, são decididamente... bom, por que não admitir...? perigosas. Esse é o termo correto para descrevê-las, acho. Concorda comigo?

— Talvez.

Mayhew olhava para a mulher. Era uma tigresa como ele nunca havia visto. Os olhos dela pareciam fitar os dois homens de forma perversa.

O sr. Scurlock conseguiu abrir um sorriso.

— As promessas de pagamento nos colocaram em uma situação desconfortável, tenente. Com a morte da sra. Sticklemann, vimos que os documentos eram inúteis. No entanto, não sabíamos o que fazer com eles. Poderiam parecer bastante... incriminadores, se fossem encontrados conosco. Então, de forma totalmente inocente, eu lhe asseguro, decidimos queimar os papéis.

— No exato momento em que o sr. Leinster estava me dizendo sobre as apostas que fizeram com a sra. Sticklemann? Que coincidência! — Mayhew se permitiu uma risadinha sarcástica.

Scurlock tentou ler a expressão do detetive.

— Coincidências acontecem, tenente — falou ele, ainda afavelmente atencioso.

— É verdade. Vamos deixar o assunto de lado. Quero discutir essas apostas que fizeram com a sra. Sticklemann e Leinster.

O sr. Scurlock ergueu a mão branca em protesto.

— Não eram apostas de verdade. Apenas um jogo amigável de bridge. Havia dinheiro envolvido, claro, mas...

— Quanto dinheiro?

O sr. Scurlock ficou de queixo caído e pareceu preocupado.

— Começamos... começamos com meio centavo por ponto — revelou, por fim.

— E foram para...? — questionou Mayhew.

O sr. Scurlock deu uma olhada rápida de soslaio para o rosto frio da esposa. Os olhos dela o queimaram com desprezo.

— A sra. Bórgia fazia a mesma cara! — disse Mayhew para si mesmo, orgulhoso com a incursão pela história.

— Nós enfim chegamos a... dez centavos por ponto — admitiu Scurlock, afrouxando o nó da gravata. — O aumento foi sugestão da sra. Sticklemann. Deus sabe por que ela fez isso. Era uma péssima jogadora.

— E trapaceira? — sugeriu Mayhew, inclinando-se para a frente, como se confidenciasse algo a eles.

O rosto sombrio da sra. Scurlock ganhou vida com escárnio, e ela falou:

— Quase certeza de que não. Ela era honesta. Todos nós éramos.

— É?

Mayhew pressionou o lado de dentro da bochecha marrom com a língua e deu uma piscadela para o sr. Scurlock. O homem loiro apoiou as costas na cadeira com um olhar de espanto e medo. Se já não tinha gostado muito das perguntas truculentas de Mayhew, gostou menos ainda da piscadela. Em si, não queria dizer nada, mas insinuava um campo grande e perigoso de conhecimento que poderia conter qualquer coisa.

Com um bom humor zombeteiro, Mayhew se voltou para o caderninho.

— Vamos continuar — sugeriu ele. — Digam-me como passaram a noite de ontem.

O sr. Scurlock colocou a mão mole na testa e pareceu confuso. A sra. Scurlock respondeu pelos dois:

— Ficamos no quarto a noite inteira. Jantamos lá, o nosso aposento tem uma cozinha contígua, e permanecemos lá até a hora de dormir.

— Não saíram nem uma vez?

A voz dela permaneceu fria e determinada.

— Nem uma vez — assegurou.

Mayhew a fitou nos olhos e encontrou desafio neles.

— Não duvido — disse o detetive, com a voz baixa. É assim que trata as pessoas que estão na defensiva com ele. — Podem me dizer qualquer coisa sobre a sra. Sticklemann que acreditam ser de importância para a investigação?

— É evidente que eu não diria algo que talvez trouxesse suspeitas para nós. Mas não sei de nada. Nada mesmo.

— Nem o senhor, sr. Scurlock?

O sr. Scurlock fez um esforçou e pareceu pensar.

— Nada, acho — falou depois de um minuto. — Não, espere! Ele não deveria saber de Malloy, querida?

Ela deu de ombros com uma indiferença sepulcral.

— Se quiser contar para ele, Herbert...

Scurlock começou a elaborar.

— Malloy é um sujeito de meia-idade. Alugava o apartamento bem em frente ao da sra. Sticklemann e acho que eram... bem, ao menos enamorados. Mais ou menos três semanas atrás, se não me falha a memória, ele desapareceu. Nenhum de nós o vê há um tempo. E sei que a sra. Sticklemann ficou chateada quando o homem sumiu. Ela gostava muito dele. É só uma ideia, tenente. Talvez Malloy tenha voltado e matado a mulher!

Mayhew pareceu pensar seriamente naquela sugestão.

— E você, sra. Scurlock, acha que este homem, Malloy, pode ter matado a sra. Sticklemann?

A sra. Scurlock deu um sorrisinho.

— É óbvio que alguém o fez, não é mesmo?

— Não tem opinião?

— Nenhuma.

Depois de terminar de escrever, Mayhew olhou para o caderno.

— Uma última pergunta — disse ele, de repente. — Com o que o senhor trabalha, sr. Scurlock?

O sr. Scurlock começou a responder nervosamente, ficou confuso e até olhou pela janela, como se buscasse uma ocupação conveniente. No entanto, a sra. Scurlock o resgatou.

— Ele é aposentado — disse a Mayhew com a voz ronronante. — Está aposentado há, vejamos, mais ou menos seis anos. Não é, querido? Sim, seis anos, tenente.

Mayhew fechou o caderno devagar, com o rosto marrom ficando vermelho.

— Macacos me mordam! — praguejou.

— Alguém nesta maldita casa tem que trabalhar! — exclamou Mayhew com firmeza, encarando a planta do andar com os nomes escritos nos quadrados. — A próxima é... — Ele correu o dedo grosso pela lateral esquerda da folha até chegar ao último quadrado daquele lado. — A próxima é... a sra. Marble. Fica no último quarto do outro lado da casa. Vá buscá-la.

Edson se retirou e voltou com uma mulher pequena em roupas puídas que parecia ter trinta anos. A insipidez e a negligência levaram embora sua juventude. Mayhew lhe lançou um olhar gélido, mas, quando ela se encolheu e estremeceu, o detetive mudou de atitude de repente.

— Estou investigando a morte da sra. Sticklemann — disse ele, com gentileza. — Não precisa ficar com medo. Só me conte o que estava fazendo na noite passada, para onde foi etc. E, claro, qualquer coisa que tenha notado que possa ser de importância no caso. A senhora ocupa o quarto ao lado do da sra. Sticklemann, não é?

A mulher maltrapilha se aproximou e pareceu ficar com menos medo, embora tenha mantido as mãos cruzadas no colo e os olhos arregalados.

— Não sei de nada — falou, apressada. — Veja bem, não passei a noite aqui. Nem sabia que a sra. Sticklemann havia sido morta até chegar em casa, depois da meia-noite.

— E onde estava?

— No trabalho. Faço faxina para a sra. Terry, na Ravenswood Arms. Não sou exatamente uma empregada, embora eu cozinhe e sirva a comida. Vou duas vezes por semana para limpar o apartamento dela. Lavo e passo roupa às terças. Toda noite vou preparar o jantar, lavar a louça e ajeitar a casa. Uma ou duas vezes por semana ela recebe pessoas, e tenho que ficar mais tempo para servir coquetéis e bebidas, ou fazer waffles. Na noite passada, ela recebeu muitas pessoas, e, à meia-noite, servi frango frito. Devo ter voltado às duas da manhã para o meu apartamento.

— Como soube da morte da sra. Sticklemann?

— A sra. Turner me contou. Ela deve ter me ouvido enfiando a chave na fechadura, pois colocou a cabeça para fora e sussurrou que a sra. Sticklemann tinha morrido... assassinada. Eu estava cansada demais para prestar muita atenção, até mesmo a isso. Pensei um pouco no assunto, mas logo fui dormir.

— O que sabe sobre a sra. Sticklemann? Alguma coisa que possa ajudar na investigação?

— Não sei muito sobre ela. Certa vez, deu a entender que recebia renda suficiente para conseguir viver sem trabalhar. Não tinha filhos e acredito que era divorciada. Mencionou duas tias solteironas que moram em Los Angeles. Além dessas coisas, não consigo pensar em nada de importante.

— E quanto a um homem chamado Malloy? Ele e a sra. Sticklemann não eram bons amigos?

— Bom, sim, suponho que sim. Pelo que entendi na época, a sra. Sticklemann aluga um apartamento aqui para ficar mais perto do sr. Malloy. Não consigo me lembrar por que tenho essa impressão: ou alguém me contou ou apenas presumi.

Enfim, era o que eu achava. Parece estranho, não, que alguém com dinheiro viva nessa espelunca?

Mayhew sorriu de forma sinistra.

— Todos têm dinheiro aqui — disse ele, com humor seco. — Ao menos, todos parecem estar aposentados. Com exceção da senhora. É bom conhecer uma trabalhadora honesta. É viúva?

— Sim. O sr. Marble morreu há vários anos. Vivo sozinha com a minha garotinha.

As sobrancelhas de Mayhew ganharam vida, e o detetive encarou o rosto pálido que tinha diante de si.

— Sua garotinha? — perguntou ele, rapidamente. — Onde ela estava na noite passada?

— No apartamento, dormindo. Coloquei-a na cama quando saí, às 18h30.

— Gostaria de vê-la. Ela está no apartamento agora? — A mulher assentiu devagar. — Edson, vá pegar a garotinha da sra. Marble.

O auxiliar retornou com a pequena ladrazinha da escrivaninha. Clara Marble olhou da mãe para o rosto marrom do tenente Mayhew. Ela franziu a testa de medo e falou para o detetive:

— Você é policial, não é? Eu sei. Mas não machuque a minha mamãe. Vou enfiar o picador de gelo na sua barriga se fizer isso!

A mãe pareceu doente de vergonha e humilhação.

— Tenente, por favor, não fique nervoso com ela! Preciso deixá-la tanto tempo sozinha enquanto trabalho, que a menina aprende cada tipo de coisa ao correr livre pelo parque de diversões. Ela... ela não é uma má menina.

O tenente Mayhew olhou para baixo, para o rosto fino com maçãs proeminentes. Seus olhos absolveram, mesmo sem ter a intenção, o corpinho magro, os joelhos nodosos, os braços ossudos. Ele ergueu a mão grande.

— Como disse, tenho certeza de que não é uma má menina. Ela ama a mãe. Agora, Gansinha, gostaria de lhe fazer uma pergunta.

Ela não se deixaria conquistar tão facilmente.

— Do que me chamou?

— Gansinha. Não gostou?

Ela franziu o narizinho.

— Mais ou menos. É um nome engraçado. Posso ficar com ele?

— Claro. Você se chamará Gansinha a partir de agora. Lembre-se disso, sra. Marble. Sua filha gosta do nome Gansinha, então Gansinha será. Agora, Gansinha, me diga: você ouviu algum barulho estranho na noite passada?

Os olhos azuis da menina ficaram turvos, ela olhou em direção à mãe.

— Responda, querida — disse a sra. Marble.

— Não ouvi nada — falou a menina, na mesma hora.

— Nenhum barulho mesmo? Bom, então, viu alguma coisa? Como uma pessoa do outro lado da janela olhando para você ou algo do tipo.

Ela balançou a cabeça, decidida.

— Não vi nada também — falou para Mayhew.

O tenente tirou uma moeda de cinco centavos do bolso e a deu para Clara.

— Para você. Se pensar em qualquer coisa que aconteceu na noite passada, deve contar para sua mãe. Vai fazer isso?

Clara pegou a moeda de forma solene.

— Vou contar para ela se me lembrar de algo. Mas acho que isso não vai acontecer.

Mayhew a fitou de forma inocente.

— E por que não?

Clara observou os cadarços com atenção.

— Só acho que não vou lembrar. Talvez eu lembre. Mas acho que não vou lembrar.

— Entendi. Bom, sra. Marble, acho que é só isso. Pergunte a Clara... ah, perdão, a Gansinha... se consegue se lembrar de qualquer coisa que tenha acontecido na noite passada. Faça isso de vez em quando. Embora seja improvável, talvez algo saia daí. Pode ir agora.

A sra. Turner seguiu Edson até o solário e olhou para Mayhew com desdém. A tarde já estava bem avançada. Eles tinham feito um intervalo para o almoço.

Era uma mulher forte e vigorosa. O rosto, sob o topete de cabelo ruivo frisado, lembrava Mayhew de nada mais, nada menos que um cavalo. Ela relinchou com a voz aguda e a ilusão ficou completa.

— Não tenho nada para você. É inútil me perguntar qualquer coisa. Além disso, preciso trabalhar.

— Sente-se — comandou Mayhew. — Temos muito a discutir. Você é a senhoria deste lugar. Provavelmente conhece os locatários melhor do que qualquer outra pessoa. Comece me contando o que sabe sobre a sra. Sticklemann.

A sra. Turner assumiu uma expressão amarga, mas cedeu o suficiente para se sentar.

— Sei muito pouco sobre a mulher, exceto que era divorciada e não precisava trabalhar para viver. Só isso.

— E o relacionamento dela com um homem chamado Malloy?

— Como assim "relacionamento"? Eles conheciam um ao outro, suponho. Ela veio para cá para ficar perto dele, mas não sou nenhuma espiã. Não sei o que os meus inquilinos fazem quando estão juntos.

— Eles ficavam juntos, então? Bastante?

— Não sei. Além disso, não me importo se *faziam* coisas imorais.

Mayhew se inclinou para ver os traços enrugados da proprietária.

— Esta é uma insinuação séria, sra. Turner. Por favor, elabore-a. Por que acha que a sra. Sticklemann era imoral?

— Não disse que era. Só disse que, se fosse, eu não me importava. Não tente deturpar as minhas palavras.

Mayhew observou a mulher com ressentimento afiado.

— Não estou tentando deturpar as suas palavras, sra. Turner. Quero apenas esclarecer esse relacionamento entre a sra. Sticklemann e Malloy. Tenho razões para acreditar que estavam muito interessados um no outro. De acordo com outros locatários, Malloy desapareceu, e a sra. Sticklemann está morta. Agora, gostaria que me contasse tudo que sabe sobre Malloy.

A sra. Turner fitou o tenente cheia de raiva.

— Ele é meu primo, do lado materno. Era casado e estava se divorciando. Mais ou menos três semanas atrás, saiu dessa casa e não voltou. É tudo que sei sobre ele.

— Ele é seu *primo*... e isso é tudo que sabe sobre ele? Não parece razoável. Com certeza deve saber muitas coisas!

— Ah, um monte de coisas sem importância. Mas não precisa desperdiçar o meu tempo com isso. Pergunte à mulher e à filha dele.

— Perguntarei, quando localizá-las. Tem o endereço delas?

Ele abriu o caderninho e esperou.

— Elas estão nesta casa, no apartamento ao lado do dos Timmerson e em frente ao da senhorinha, a srta. Murdock. Estão lá agora, imagino, esperando você chamá-las.

Mayhew não conseguiu esconder a surpresa. Consultou a planta baixa e viu que o apartamento em questão fora marcado com um ponto de interrogação, porque ainda não havia interrogado os inquilinos de lá. Conforme encarava a folha, a sra. Turner se virou e foi em direção à porta.

— Só um minuto, sra. Turner. Gostaria de ter a chave do apartamento de Malloy. Suponho que a senhora tenha uma chave-mestra?

A GATA VIU A MORTE

O corpo dela enrijeceu, em desafio, sob as roupas que lhe caíam mal.

— E se tiver? — respondeu ela, de forma grosseira. — Preciso dela e não vou deixá-la com você.

— Vai, sim — disse Mayhew, com calma. — Edson, vá com a sra. Turner e traga a chave para mim. E, sra. Turner, uma última pergunta: o que fez ontem entre sete e dez da noite?

Pela primeira vez, uma expressão de pensamento, de concentração, substituiu o desacato.

— Passo a maior parte do tempo costurando. Estava fazendo a bainha de algumas cortinas para a casa. Devo ter começado às 19h30, pois já estava trabalhando havia algum tempo quando a velha senhora foi me pedir uma toalha. — Ela contou brevemente sobre o chamado da srta. Rachel às nove horas. — Estava quase terminando o último lote quando os gritos começaram. A sra. Timmerson fazendo um escarcéu.

— O barulho da máquina teria impossibilitado que ouvisse qualquer barulho estranho vindo do corredor?

Ela franziu a boca angulosa.

— Acho que sim. Não ouvi coisa alguma.

Mayhew a dispensou, e Edson seguiu a mulher.

Conforme se sentava, pensativo, à escrivaninha, Mayhew notou uma figura de chapéu branco e capa azul parada à porta. Ele falou com a enfermeira.

— Como está a velha senhora? Alguma novidade?

Os olhos da moça sorriram para Mayhew.

— Ela está se saindo bem. Melhor impossível.

— Que bom — falou o tenente.

Ele estivera pensando que a tia da mulher assassinada poderia ser útil, embora fosse improvável. Pessoas velhas, em geral, eram lentas, e não ouviam nem viam com clareza. E essa senhora em particular aparentemente estava em sono profundo por uma overdose de morfina no momento em que o crime fora cometido.

Ainda assim, ruminou Mayhew, ela poderia ajudar, ao menos esclarecendo fatos sobre a vida da sobrinha.

Em algum lugar do passado estavam as sementes do crime. Fosse no passado imediato, durante o qual Lily tolamente tentara enganar os Scurlock no jogo de cartas, ou em algum período distante e ainda desconhecido da vida desgovernada da mulher.

8. ENTRA A SRA. MALLOY

A moça entrou de forma casual, retraída e fria, e analisou o rosto de Mayhew por um instante antes de se sentar. Reparou nos bons traços masculinos: as sobrancelhas grossas, o queixo forte e os olhos castanhos reservados. Julgou-o por outros homens do mesmo tipo, homens altos, galantes e grandes; e se portou de acordo.

A mão branca foi na direção dele e hesitou, graciosamente esticada.

— Espero que possa nos ajudar, policial — disse ela com um sorriso franco e encantador. — A minha mãe e eu estamos... bom, confusas. Esse crime terrível... não sabemos o que fazer. — Ela era muito atraente, muito feminina, sentada no solário e encarando Mayhew.

O tenente viu que a moça era surpreendentemente bonita, mas é um homem prudente e já tinha encontrado mulheres bonitas antes. A sra. Michaels, que cortou o marido em pedaços e o mandou para São Francisco no próprio baú de viagem, era belíssima. Mayhew ouvira sua condenação para a prisão perpétua no presídio feminino menos de um ano atrás. Ao se lembrar dela, olhou impassivelmente para a srta. Malloy sem nervosismo ou galanteio.

A mãe entrou, quieta e grisalha. Sentou-se e cruzou as mãos.

Mayhew se voltou de imediato para ela.

— Sra. Charles Malloy? — perguntou.

Ela assentiu sem falar nada.

Mayhew revirou as páginas do caderno e pegou desajeitadamente o cotoco de lápis. A garota, ao vê-lo se atrapalhando, riu um pouco com a linda boca. Então notou o brilho dos olhos de Mayhew sob as sobrancelhas cheias e percebeu que tinha sido observada. O rosto dela ficou corado.

Mayhew olhou para a mulher mais velha.

— Estou investigando a morte da sra. Sticklemann — disse a ela. — Como procedimento de rotina, preciso pegar os depoimentos de todos que moram na casa sobre o que fizeram ontem à noite. Chegou sua vez.

O olhar da sra. Malloy foi do sapato e do chão para o rosto da filha.

— Eu estava lendo — falou, após um instante. — Fiquei no quarto a noite inteira.

— E a senhorita?

— Também lia. Acho que costurei um pouco. Nenhuma de nós saiu.

— Compreendo. Ambas permaneceram no quarto. A que horas se recolheram para dormir?

— Imagino que às 22h30 ou às 23h.

Pareceu a Mayhew que a sra. Malloy assentiu imperceptivelmente, mas não tinha como ter certeza.

— Ouviram a confusão feita pela sra. Timmerson ao descobrir a mulher morta?

— Ah, sim. — A sra. Malloy o fitou nos olhos. — Escutei muito bem.

— E a senhora e sua filha foram até o corredor?

— Eu fui. Sara permaneceu no quarto.

Mayhew olhou para a moça com curiosidade.

— Não se interessou pelo que estava acontecendo?

Ela balançou a cabeça e respondeu rápido, rápido demais.

— Sempre fico enjoada ao ver sangue.

Mayhew franziu a testa.

— Isso é muito estranho.

— O quê? — Sara pareceu confusa por um momento, então olhou para a mãe, viu a expressão de horror no semblante da outra mulher e percebeu que falara algo que não deveria ter dito. — O que é estranho? — perguntou novamente a Mayhew.

— Que você soubesse que havia sangue — respondeu ele simplesmente. — Eu tinha a impressão de que fora a sra. Timmerson a pessoa a descobrir o crime. Ela deu o alarme primeiro, ao menos. Mas agora está dizendo que não saiu do quarto quando a mulher gritou porque sabia que havia sangue lá e que poderia se sentir enjoada.

A moça se endireitou. Encarou Mayhew com reverência e medo. Porém, não iria cair naquela armadilha.

— Acho que confundi as coisas. Veja bem, depois eu soube que houvera um assassinato. Naquele momento, do jeito que a sra. Timmerson berrava, apenas presumi que algo horrível acontecera. Então, não saí. Mas não tinha certeza sobre o sangue. Eu só... Bom, tinha um palpite de que alguém se machucara, e estava ocupada no quarto...

— Fazendo o quê?

— Naquele momento? Ah, lendo ou costurando... não lembro exatamente.

— Mas tem certeza de que esperou no quarto até sua mãe voltar e lhe contar o ocorrido? Lembra-se disso com clareza?

A moça hesitou por um segundo, corando um pouco e encarando as próprias mãos.

— Sim. Foi isso — disse ela.

Mayhew a encarou com impaciência e irritação, mas não pressionou a srta. Malloy.

— Vamos em frente, então. Por favor, pensem bem sobre a próxima pergunta. Alguma de vocês viu ou ouviu qualquer coisa suspeita ou estranha durante a noite?

Mais uma vez elas deliberaram com o olhar, e a moça respondeu:

— Não me lembro de nada extraordinário.

A mãe falou baixinho:

— Lembro-me de ouvir a máquina de costura da sra. Turner. Ela a usou durante boa parte da noite. Não que seja um som estranho, mas é o único de que consigo me lembrar.

Mayhew folheou o caderno, encontrou uma página e a analisou.

— Tem certeza disso? — perguntou à sra. Malloy. — Sobre a máquina ser usada, quero dizer. Não houve um intervalo longo de silêncio?

Ela pensou por um minuto e respondeu com precisão cuidadosa:

— Não maior do que um intervalo normal, com certeza. Eu estava sentada perto da janela, que se encontrava aberta. Acho que a janela da sra. Turner devia estar aberta também, porque o barulho da máquina era bem distinto. Ela parecia bastante ocupada. Eu decerto teria notado interrupções maiores, e não houve algo além dos pequenos momentos para trocar a agulha ou ajeitar o tecido, o que é normal. Pensando bem, ela devia estar cosendo longas costuras. O tecido, como deve saber, precisa ser ajustado conforme é costurado.

— Ela disse que estava cosendo cortinas — explicou Mayhew.

— Cortinas novas? — indagou a moça, pensativa. — Bom, este lugar definitivamente precisa delas.

Mayhew, rememorando o alfinete na janela, sorriu de maneira sombria.

— De fato — concordou.

Então, afundando um pouco na cadeira, deixou um minuto se passar em silêncio enquanto folheava o caderno distraidamente e mexia um pé para a frente e para trás devagar, formando um arco.

A moça e a mãe trocaram um olhar rápido. Sara Malloy sorriu. A mãe respirou fundo e deixou o ar escapar em um suspiro. As duas aparentavam estar relaxadas e libertas de algum medo. Mayhew as analisou com cuidado pelo canto do olho, então se virou para encará-las. A voz do tenente saiu baixa, mas falou com uma clareza surpreendente:

— Onde está seu marido, sra. Malloy?

Por um minuto, parecia que ele a tinha apunhalado, e Mayhew soube que aquela era a pergunta que a mulher tanto temia. Uma das mãos dela voou para a garganta e continuou ali, dependurada em um broche no decote do vestido.

— Não sei — respondeu com a voz baixa, por fim.

— Não vieram para cá na esperança de encontrá-lo?

— Não. — Os olhos dela, antes em movimento, se fixaram no mar. — Estamos aqui há apenas alguns dias. Ele já havia partido quando chegamos.

— Vieram investigar o desaparecimento ou acabar com o caso entre ele e a sra. Sticklemann?

Ela balançou a cabeça grisalha com suavidade.

— Ah, não, de forma alguma! Estávamos nos divorciando. Estamos em decisão interlocutória, e, em quatro meses, de acordo com a lei da Califórnia, a decisão se torna final. Passa-se um ano, o senhor sabe, entre a interlocutória e a final. E, no que me diz respeito, ele está livre para ter... amigas, se quiser, durante este período.

— Não vai me contar por que veio até aqui, então? É estranho, a senhora deve admitir, se os dois estão divorciados, e ele não mora mais com você.

— Eu não disse isso. — O rosto magro dela mostrou-se reticente e enlutado.

— Peço desculpas — falou Mayhew, rápido.

— No entanto, vou lhe contar o motivo de estar aqui. Vim para saber por que o meu marido desapareceu.

— A senhora considera o desaparecimento dele... misterioso?

— Imensamente! Não é nem um pouco do feitio dele sumir sem nos comunicar. O senhor precisa entender que, embora não vivêssemos mais como uma família, ele mantinha contato conosco. Sobretudo por causa de Sara, admito. E ele nunca tinha feito isso antes. Quando soubemos do desaparecimento, viemos de Los Angeles de imediato.

Mayhew olhou para ela de maneira pensativa.

— E quando soube que ele havia desaparecido, sra. Malloy?

— Quando... — Mas a moça a interrompeu, os olhos lançando algum aviso para a mãe.

— A sra. Turner nos notificou sobre o sumiço do meu pai — disse ela.

— A sra. Turner é prima dele?

Por um momento, houve um lampejo de incerteza na confiança juvenil dela.

— A-acredito que sim. — Para Mayhew, houve uma indicação de um franzir, mas não das sobrancelhas, e sim da voz.

— Não tem certeza?

— Ah, sim. Quer dizer, nunca tinha encontrado alguém da família do meu pai. Meus avós paternos morreram, e ele nunca entrou em contato com ninguém até recentemente. Então mencionou a sra. Turner. Ela é uma espécie de parente. Se disse que era a prima dele, acho que é isso.

Mayhew voltou para a sra. Malloy, que se encolheu.

— Tem alguma teoria sobre o desaparecimento do seu marido?

— Nenhuma — contou ela, às pressas. — Não consigo imaginar para onde ele possa ter ido ou o porquê. Temo que isso signifique que algo lhe aconteceu, que se acidentou em algum lugar. — Diante do olhar constrangido do detetive, a sra. Malloy começou a derramar lágrimas silenciosas, a voz morrendo no âmago do pesar.

Sara Malloy se aproximou da mãe e, colocando-se de joelhos, a abraçou. Lançou a Mayhew um olhar de sincero apelo.

— Não pode nos ajudar a encontrá-lo? Procuramos em hospitais e necrotérios, vimos fotos de pessoas com amnésia ou que enlouqueceram de súbito... A minha mãe não vai aguentar por muito mais tempo.

Mayhew eriçou uma sobrancelha grossa com um dedo ponderado.

— Parece-me que o desaparecimento do seu marido deve ser investigado pela polícia, sra. Malloy. Mas não apenas para aliviar os seus sentimentos. Estou aqui para chegar ao fundo do assassinato de uma mulher que o conhecia. O sumiço dele, embora preceda a morte, pode estar relacionado a ela de alguma forma. Acredito que o sr. Malloy deva ser encontrado o mais rapidamente possível, ou ao menos o motivo de seu desaparecimento deve ser descoberto.

A sra. Malloy pressionou um lenço nos olhos.

— Por favor, encontre-o. — Ela se esforçou para recuperar o controle da voz. — Eu deveria ter pedido ajuda à polícia antes.

— Sim, deveria, se suspeitava de que algo estava errado. Mas não se preocupe tanto. Pode haver uma razão perfeitamente normal para não ter tido notícias do seu marido.

Com os olhos azuis, Sara Malloy lançou um olhar ansioso para Mayhew.

— Tem mais alguma coisa que queira de nós? Se não, posso levar mamãe para o quarto?

Mayhew arrancou uma folha em branco do caderninho.

— Leve isso com você. Anote nomes e endereços de qualquer amigo de seu pai que possa dar alguma informação sobre ele. Quando terminar, me devolva.

A moça pegou o papel e o encarou.

— Há apenas o sr. Nicholson — murmurou ela. — Ele mora em San Diego. Pode saber de alguma coisa.

Às sete horas da noite, o parque de diversões ganhava vida. Clientes tardios enchiam cafés, saboreando peixes, bebendo cerveja e assistindo de suas mesas à cena caleidoscópica do cais. Homens de vozes roucas em várias tendas suplicavam por jogadores para suas atrações. Gritavam sobre oportunidades perdidas e praticamente prometiam que tudo o que uma pessoa precisava para ganhar um cobertor, um presunto ou um cupido de papel machê era acertar uma rodela insignificante em um pedestal muito prestativo. Havia também um bebê de duas cabeças (dentro de um frasco), um homem de Bornéu, um serpentário, um museu de anatomia e um carrossel. Mais além da Strand, no píer, havia salões de dança e outras atrações ainda fechadas.

Mayhew e Edson, em um restaurante de frente para a Strand, consumiam o jantar com sobriedade, com o devido respeito à cerveja e uma atenção especial à torta de limão com merengue. Quando chegaram a esta última iguaria, Edson sondava por informações.

— Quem acha que é o culpado? — perguntou, inocentemente. — Alguém que mora naquele barraco ou uma pessoa de fora?

Pensativo, Mayhew rompeu a parte de cima da torta, separando um bocado generoso. Ele o mastigou e olhou para Edson.

— No momento, estou inclinado a pensar que foi alguém da casa. É claro que ainda é cedo demais para chegar a qualquer conclusão. Há um fato, porém, que parece apontar essa direção.

Edson nunca tentava pensar, o que era reconfortante para Mayhew.

— Como o quê? — perguntou ele.

— O fato de a velha senhora estar tão dopada. Veja bem, acho que deve ter ocorrido o seguinte. A senhorinha devia ter ficado no próprio quarto. Ela tomou um tônico lá... o dr. Aaronson me deu a garrafa com uma gota sobrando... que deveria ser tomado antes de ir para a cama. Bem, o líquido na garrafa tinha morfina. Acho que a intenção do assassino era que ela tomasse o tônico, fosse para a cama e dormisse durante a coisa toda, ou morresse... não sei com certeza qual opção. Mas de acordo com a minha maneira de pensar, parece o trabalho de alguém que estava na casa. Um dos inquilinos teria uma oportunidade bem melhor de colocar a droga no tônico do que uma pessoa de fora. Independentemente da questão de o assassino ter entrado no apartamento da sra. Sticklemann pela janela, não há dúvida de como ele entrou no quarto da velha senhora. A janela não é aberta há anos, e dei uma olhada nela hoje à tarde, quando o médico me deixou entrar por um minuto. Alguém invadiu o quarto dela *pela porta*, colocou a morfina no tônico e saiu pelo mesmo caminho. Veja o risco que alguém de fora correria. Se encontrasse uma pessoa, mesmo no saguão, a presença dele seria notada na mesma hora. Essa linha de raciocínio praticamente me faz ter certeza de que o assassino é alguém da casa.

— Hummm. Da maneira que você coloca, parece razoável. E entre os inquilinos, qual parece o mais provável?

— Bom, dois deles se sobressaem. O que pode significar alguma coisa, ou talvez não. Os Scurlock. A mulher morta devia dinheiro a eles e, pelo visto, não estava pagando. No entanto, estou mantendo tudo em aberto até poder conversar com a velha senhora. Ela provavelmente será uma testemunha de muito valor.

— Contanto que não seja míope e surda. Boa parte das senhorinhas é — disse Edson, prestativo.

— Verdade. Bom, vamos torcer. — Mayhew secou o caneco de cerveja e o bateu na mesa.

— Vai encerrar o dia? — perguntou Edson, se espreguiçando.

— Ainda não. Quero dar uma olhada no quarto de Malloy. — Pegou alguns trocados no bolso e colocou uma moeda de 25 centavos debaixo do prato. — Vamos.

Após uma caminhada curta, chegaram à escuridão bolorenta do saguão. Mayhew deu uma olhada no solário quando passaram pela porta. Estava vazio. Foram ao quarto de Malloy, e o tenente o abriu. Uma lâmpada pendurada no teto no meio do cômodo iluminou tudo com uma luz amarela quando Mayhew a acendeu. Os dois começaram a trabalhar.

— Isso aqui está uma bagunça — reclamou o tenente, abrindo as gavetas da cômoda. — Parece que foi tudo remexido, ou que Malloy deixou uma confusão para trás ao sair às pressas. O papel de carta está todo amassado e dobrado. Isso é muito raro de ver, a não ser que a pessoa tenha agido de forma afoita.

Edson olhou debaixo da cama e tirou uma mala de lá. Mayhew analisou o conteúdo. Havia camisas, gravatas e roupas íntimas.

Mayhew encarou aquilo, confuso.

— Ou deixou as roupas ou tinha outras. Mas é estranho, não há uma única carta ou documento pessoal de qualquer tipo aqui. Malloy deve ter feito uma limpa; ou talvez outra pessoa. Vamos dar uma olhada nos sapatos. Sempre existe a chance.

Na ponta de um sapato, havia uma nota de dez dólares, dentro de um pedaço de papel. Havia algo escrito no papel, com um arabesco claro. Mayhew o colocou contra a luz.

— Parece a palavra *Cavernas*. — Analisou o rascunho por mais um instante e então colocou o pedaço de papel e a nota no bolso. — Lembre-me de dar esse dinheiro para a sra. Malloy. Tenho um palpite de que é a soma total da fortuna do marido.

O tenente estudou o armário novamente e, de uma prateleira, retirou uma peça enferrujada de ferro, de mais ou menos 1,5 por trinta centímetros, que, em algum momento, deve ter sido parte do apoio de uma prateleira. Observou-a com muita atenção. A superfície estava vermelha, deteriorada, com vários buracos cheios de poeira.

— Podemos comparar isso com as marcas na parte externa da janela de Sticklemann — propôs ele. — Parece um pouco grande, mas é melhor termos certeza.

Fecharam o quarto de Malloy, saíram pela porta dos fundos e deram a volta na casa. Lá, enquanto Edson iluminava a janela com a lanterna, Mayhew tentava encaixar a peça de ferro nas marcas na madeira. Era obviamente grande demais. O detetive foi usá-la na outra ponta do peitoril. A marca deixada era desigual, irregular, enquanto as outras eram suaves e bem-feitas.

Voltaram para dentro pela entrada dos fundos. Estavam quase chegando à porta fechada de Malloy, quando Mayhew diminuiu o passo. Ficou parado por um momento, ouvindo. Então foi em silêncio até a porta e a escancarou.

Sara Malloy os encarou do outro lado do cômodo bagunçado. A princípio, ficou pálida, mas depois o rosa assumiu o rosto dela até as raízes do cabelo claro.

— Ora — disse Mayhew, com uma ênfase gélida. — O que faz aqui?

Ela alisou a boca e fez um gesto um pouco desafiador com a mão.

— Nada. Eu... este é o quarto do meu pai. Acredito que tenho o direito de estar aqui.

— Sim, tem, eu garanto. Mas quem era a pessoa que acabou de sair pela janela?

Sem querer, o olhar dela foi na direção da janela, cujo vidro estava puxado para cima, com a tela enferrujada e flácida para fora, balançando nas dobradiças. Ela não voltou a fitar Mayhew nos olhos.

— Não saberia dizer — falou, de maneira taciturna.

Por maior que seja, Mayhew consegue se mover com uma agilidade surpreendente. Estava na janela pouco depois da resposta de Sara Malloy, pressentindo o humor dela antes de a moça expressá-lo. Ele se inclinou e olhou pela frente da casa. O som leve de passos na areia foi ouvido por Edson e Sara. Então Mayhew voltou o corpo para o quarto, parecendo bastante satisfeito.

— Leinster — disse ele, rapidamente, observando Sara Malloy.

Ela não negou.

— Ele só estava me ajudando. Ouvi alguém dentro do quarto e pedi para ele vir comigo, a fim de investigar quem era. Quando entramos, não havia uma vivalma, mas a luz estava acesa.

Subitamente, Mayhew começou a rir.

— Então ele pulou pela janela e deixou a senhorita sozinha quando ouviu alguém se aproximando. — O tenente observou o brilho nervoso nos olhos dela, medindo-lhe o autocontrole. — Diga-me, srta. Malloy: quem é o sr. Leinster?

Ela respondeu com raiva:

— Não vou contar. Ele não é um criminoso, se é o que está pensando. Mas nunca vai saber o nome dele...

— Ah. Então ele tem outro nome?

— Não foi isso que eu disse!

Mayhew se aproximou e, de repente, agarrou o pulso da moça. Não conseguia lembrar se tinha alguma intenção ruim. É um gesto que usa para deixar os oponentes sentirem sua força. No entanto, Sara Malloy estava tensa e irada, e, quando o tenente a tocou, ela o atacou feito um gato.

Há um quê na personalidade de Mayhew que faz com que mulheres queiram machucá-lo. A srta. Rachel já analisou isso, e classifica como *sex appeal*. O que prova que a srta. Jennifer tem razão quando diz que a irmã vai muito ao cinema. Porém, a srta. Rachel é bastante firme em relação à sua opinião sobre Mayhew. Diz que o princípio é o mesmo de quando uma mulher das cavernas do final da Idade da Pedra inclinava a cabeça para ver se o amigo homem iria acertá-la com o tacape.

As unhas de Sara Malloy eram longas, lindas e afiadas. Ela as usou, assim como a sra. Scurlock, no grande rosto marrom de Mayhew.

O detetive respondeu de uma forma bastante apropriada para o final da Idade da Pedra: segurou a srta. Malloy bem gentilmente e a sacudiu até os dentes dela tremerem. Estava ocupado com essa tarefa agradável, ainda que vigorosa, quando Leinster passou pela defesa débil de Edson e foi para cima de Mayhew.

A srta. Malloy, que correu para um canto, observou a curta e sangrenta batalha que se seguiu. Leinster acertou um belo soco no olho de Mayhew, e a srta. Malloy se encolheu e começou a chorar. O que não era algo condizente.

Mayhew levou mais ou menos cinco minutos para jogar o sr. Leinster no corredor. A srta. Rachel acha que foi durante esse tempo que a srta. Malloy se apaixonou.

9. O QUARTO DO ASSASSINATO

Mayhew gosta de palpites e seguiu um naquela noite ao permanecer sozinho no quarto em que ocorrera o assassinato.

Eram quase duas horas da manhã quando a maçaneta começou a girar. A fechadura se recolheu devagar, fazendo barulho quando a porta foi empurrada. Mayhew estava sentado na grande poltrona de couro. Levantou-se e foi em silêncio até a porta, atento a qualquer barulho. Ouviu um movimento sussurrante no corredor. Quando enfim conseguiu abrir a porta, não havia ninguém lá.

Às seis horas da manhã, tentaram abrir a porta novamente. Na luz cinzenta do amanhecer, cansado e com os olhos injetados, Mayhew mais uma vez foi até lá. Dessa vez não parou para ouvir, simplesmente escancarou-a e a atravessou.

Sara Malloy, usando uma camisola cor-de-rosa e um roupão branco de lã, estava na soleira. Olhou com calma para Mayhew, sem surpresa ou confusão, e o rosto parecia mais fino e anguloso do que antes.

— Não consegui dormir — falou com a voz baixa. — Sabia que estava aqui. Fiquei preocupada. Além disso, sinto muito pelo que aconteceu no quarto do meu pai.

A emoção surgiu e desapareceu no rosto quadrado e marrom de Mayhew enquanto ele absorvia a amabilidade e a aparência da moça. Fez menção de segurar a mão dela, mas parou. Em vez disso, esfregou os olhos exaustos.

— Tudo bem, srta. Malloy — disse, de forma um tanto grosseira. — Estou ótimo. Não consegui ver uma pessoa que apareceu mais cedo. Foi a senhorita?

Ela balançou a cabeça, e se Mayhew notou a maneira como o cabelo loiro e brilhante envolvia o rosto dela quando o fazia, não demonstrou.

— Estava na cama até agora — disse a ele.

O detetive observou o rosto erguido e devia estar cego por não ter percebido o sentimento tímido que se espelhava ali. Ele voltou a si de repente, pois, em primeiro lugar, é um policial pronto para reverter tudo para os próprios fins. Sara Malloy estava com uma disposição calma e humilde. Mayhew a questionou com cuidado, mantendo o tom de voz baixo:

— Srta. Malloy, onde estava no momento em que o assassinato foi descoberto?

Os olhos azuis se arregalaram, fitando os dele. O busto jovem se ergueu em uma longa respiração.

— Não acha que eu estava no meu quarto? — perguntou ela.

Mayhew sorriu por um instante.

— Infelizmente, não.

Ela observou o corredor apertado e empoeirado em aparente confusão.

— Bom, eu... — A moça parou, sem encará-lo. — Eu estava no quarto do meu pai — falou, de repente.

— Fazendo o quê?

— Procurando algumas coisas. Há algumas lembrancinhas e bugigangas que ele pegou, mas que a minha mãe quer de volta. Entrei mais ou menos às sete horas da noite, saindo da nossa janela para a dele, a fim de encontrá-las.

Mayhew mostrou sinais de satisfação.

— Estava lá, então, quando o assassinato aconteceu. Bem do outro lado do corredor. Com certeza deve ter ouvido alguma coisa.

Ela assentiu.

— Tentei pensar em uma maneira de dizê-lo sem admitir que havia mentido antes. Enfim, acho que não é muito, mas ouvi alguém entrando e saindo do quarto no outro lado do corredor. Alguém entrou mais ou menos às 20h30. A senhorinha. Ouvi-a falando antes de fechar a porta. E então... não consigo lembrar quanto tempo depois, mas não muito... alguém entrou e fechou a porta. Após alguns minutos, a pessoa saiu.

O olhar de Mayhew se estreitou.

— O assassino. Foi o assassino que você ouviu entrando.

— E então... se não me falha a memória, foi cinco minutos depois... alguém voltou ao quarto. Ficou lá por um instante e saiu.

Mayhew pareceu incrédulo.

— Está dizendo que entraram duas vezes no quarto após a senhorinha?

— Sim, é isso. Escutei com muita atenção, pois me sinto culpada, de alguma forma, por ter invadido o quarto do meu pai como fiz. Fiquei com medo de que poderia ser ilegal ou algo assim. Mas tenho certeza de quantas vezes entraram no quarto do outro lado do corredor.

— E de que direção vieram os passos?

— Não sei. Quem quer que seja... duas pessoas diferentes ou uma só... vieram de maneira muito silenciosa ambas as vezes.

— Não consegue se lembrar de mais nada?

— Infelizmente, não.

Os pensamentos de Mayhew tomaram outra direção.

— Sobre o sr. Leinster. Gostaria de ouvir o que sabe em relação àquele rapaz.

Ela deu meia-volta com uma expressão de reserva e preocupação repentina, os ombros enrijecidos.

— Desculpe — disse Sara, com a voz baixa —, mas não seria justo revelar os assuntos dele. O sr. Leinster nos ajudou de muitas maneiras, e lhe sou grata. Não posso trair a confiança de algo que ele me deu a entender que era muito importante.

— Ele está se colocando em uma posição muito ruim. As suspeitas naturalmente recaem sobre a pessoa que não revela a ocupação ou fornece o nome verdadeiro.

O queixo dela caiu de surpresa.

— Ah, mas esse é o nome verdadeiro dele! — disse a moça, rápido.

— Mas a senhorita falou que ele tinha outro nome.

Ela mordeu o lábio delicadamente colorido, sem olhar para Mayhew.

— Imagino que sim. Mas não posso explicar. Por favor, não me faça explicar.

— Não vou — falou Mayhew, com facilidade. — Tudo isso vai se resolver, de qualquer forma. Vamos voltar ao primeiro assunto: você ter estado no quarto em frente a onde aconteceu o assassinato. Hoje vai começar o inquérito. Gostaria que fizesse algo para mim.

— Claro. Qualquer coisa — concordou ela.

— Pode ser um pouco arriscado. Não tenho como ter certeza, mas sinto que preciso avisá-la.

— Está tudo bem. Quero ajudar e acho que consigo cuidar muito bem de mim mesma.

— Ótimo. Agora, no inquérito, gostaria que admitisse que estava no quarto do seu pai. Contudo, enfeite um pouco essa declaração.

— Mas estarei sob juramento!

— Não vai ser uma mentira direta. Tudo que quero que diga é que a senhorita acha que pode identificar o assassino se conseguir pensar um pouco; que há uma impressão vaga em algum lugar da sua mente que conecta os sons que ouviu a alguém que conhece. Só diga isso. Então veremos o que vai acontecer.

Um olhar de medo confuso surgiu no rosto sob as sombras.

— Provavelmente serei morta também — disse ela, devagar.

A mão de Mayhew encostou no ombro de Sara. Era um gesto ao mesmo tempo ávido e reservado.

— Vou ficar de olho — disse a ela.

O inquérito foi breve e objetivo. Duas testemunhas identificaram o corpo: a sra. Turner e o sr. Leinster. Sara Malloy testemunhou de forma bastante calma sobre a porta se abrindo. O veredicto foi de homicídio doloso por uma ou mais pessoas desconhecidas.

Naquela tarde, a srta. Rachel recebeu o tenente Mayhew.

Ela parecia pequenina no meio dos travesseiros, com a renda da camisola formando uma espuma parecendo neve sob o queixo pequeno e anguloso. Os olhos arregalados pareciam a única coisa viva nela. Ela observou, impressionada, o corpanzil do tenente e, quando ele se sentou na cadeira bamba, a idosa prendeu a respiração por um instante.

Independentemente do tratamento que dispensa para as sras. Scurlock do mundo, Mayhew é gentil com senhorinhas. Perguntou sobre a saúde da srta. Rachel e a levou delicadamente ao assunto do assassinato.

— Comece do início — pediu ele. — Diga-me como veio parar aqui com sua sobrinha e tudo o que aconteceu antes da morte dela.

A voz da srta. Rachel estava fraca, mas era sincera.

— Lily telefonou para mim. Falou que estava em uma espécie de enrascada e que precisava de ajuda. Então vim aqui para vê-la.

— Ela explicou em que tipo de enrascada estava?

— Não. Acho que mudou de ideia quando cheguei. Veja bem, ela se lembrou da gata. Na primeira noite que passei aqui, Lily tentou matá-la.

As linhas escuras que eram as sobrancelhas de Mayhew se ergueram para revelar a incredulidade de seus olhos.

— A senhora disse que ela tentou matar sua gata? — perguntou ele. — Ou a gata era dela?

Mayhew olhou para a figura acetinada e preta de Samantha, que abriu um olho dourado para o detetive, em zombaria.

A GATA VIU A MORTE

— Ela não é realmente de ninguém — explicou a srta. Rachel.

— Não sei bem como colocar. Veja, Samantha é uma herdeira.

Por um momento, Mayhew pareceu com raiva, pois pensou que a srta. Rachel estava fazendo troça dele.

Ela logo continuou.

— Samantha era da minha irmã, a srta. Agatha Murdock, que morreu há mais de cinco anos. De fato, Agatha gostava muito dela... — Nesse momento, o rosto pálido da srta. Rachel assumiu um tom um pouco rosado. — Minha irmã ficou muito estranha antes de morrer, tenente. Acho melhor esclarecer o assunto. Todos pensávamos que ela havia perdido a cabeça. Fizera muito dinheiro com a pequena partilha da fortuna do nosso pai, e tinha a impressão de que estávamos esperando ela morrer para que pudéssemos colocar as mãos no dinheiro. Ela... ela ficou muito difícil. Depois de morrer, no entanto, soubemos da coisa mais estranha de todas. Ela havia deixado o dinheiro para a gata.

Uma expressão ponderada surgiu no rosto quadrado de Mayhew.

— Agora que explicou, acho que me lembro de algo sobre esse caso. Não saiu em alguns jornais de Los Angeles?

— Sim. Para a nossa vergonha.

— Compreendo a parte sobre a gata ser dona de uma fortuna. Porém, como isso afetou a sra. Sticklemann?

— Bom, a gata não vai viver para sempre. Até mesmo minha pobre irmã sabia disso. Então, o testamento dizia que com a morte da gata, se fosse por causas naturais, o dinheiro seria dividido entre minha irmã Jennifer, eu e a filha adotiva do meu irmão, Lily Sticklemann, a única herdeira dele. Se qualquer uma de nós morresse antes da gata, nossa parte iria para a herdeira, quem quer que fosse. Porém, se a gata não morresse de causas naturais... e a morte precisa ser certificada por três veterinários registrados... toda a fortuna deveria ser usada para fundar um lar para gatos de rua. Agatha nunca gostou da sra. Sticklemann, e tenho certeza de que estava absolutamente convicta de que Lily tentaria matar Samantha para pegar a parte dela do dinheiro. Esta seria uma piada de Agatha: fazer com que Lily perdesse todo o dinheiro ao tentar reavê-lo antes da hora.

— Que senso de humor estranho — comentou Mayhew, de forma enigmática. — E a senhora afirma que a sra. Sticklemann tentou mesmo matar a gata, exatamente como sua irmã pensara?

— Sim, infelizmente. Em certos sentidos, Lily não era... muito astuta. Na noite em que cheguei aqui, deixei a gata solta no quintal por um instante para... para... — A voz da srta. Rachel falhou, e ela mais uma vez ficou sem palavras.

Mayhew não se perturbou.

— Gatos precisam sair de vez em quando — disse ele com calma. — Vá em frente.

— Bom, eu estava lá e de súbito senti o aroma rançoso de tabaco turco. Era um cheiro que sempre associava à Lily e, de alguma forma, soube que ela estava lá, escondida na escuridão. Chamei a gata. Quando Samantha chegou, estava com um pedaço de carne na boca, sendo que o pedaço fora cortado com uma faca e havia algo esbranquiçado enfiado nos cortes. Tive certeza de que era veneno e de que Lily havia dado aquilo para Samantha.

— Sua sobrinha precisava de dinheiro, então?

— Sim, disso eu tenho certeza. Ela admitiu para mim que andara apostando e que perdera feio.

Mayhew considerou aquilo por um instante e, então, sentindo a atenção esperançosa da srta. Rachel, contou a ela o que havia descoberto sobre a relação da sra. Sticklemann com os Scurlock.

— Sabia que eram eles — informou a srta. Rachel quando o tenente acabou. — Os dois fizeram uma tentativa de me assustar, assim como assustar Lily. — Ela narrou para Mayhew o ocorrido quando a sra. Scurlock a acompanhou em uma caminhada. — Creio que acreditavam que eu conseguiria o dinheiro se ficasse com medo. Talvez Lily tenha concordado com o esquema. Agora nunca vou saber.

Mayhew se remexeu na cadeira, que rangeu.

— Pensando pelo lado financeiro, quem se beneficia com a morte da sua sobrinha?

— Apenas Jennifer e eu. Na manhã do dia em que morreu, Lily fez um testamento. Acho que foi o último. Era um testamento hológrafo, sem testemunha, que, como sem dúvida sabe, é perfeitamente legal na Califórnia. Ela me entregou o testamento em um envelope selado com instruções para ser aberto apenas no caso da morte dela.

— Isso parece indicar que ela esperava algum tipo de problema.

— Sim, imagino que sim. Ela tinha sido atacada e asfixiada até perder os sentidos na noite anterior, e acho que enfim sentira um medo genuíno dos Scurlock.

Aquilo era novidade para o tenente Mayhew, que pediu mais detalhes para a srta. Rachel.

— E o testamento? — perguntou, por fim. — Onde está?

— Coloquei-o em um novo envelope depois de lê-lo... me pareceu melhor saber logo o que estava escrito... e o mandei para mim mesma, para a minha casa em Los Angeles. Sem dúvida está lá agora. É bem curto, simples e meramente afirma que todo o patrimônio dela deve ir para Jennifer e eu.

— Foi quando você saiu para enviar a correspondência que a sra. Scurlock a acompanhou, como disse? — indagou ele.

— Sim.

— E agora para esclarecermos o crime de verdade. Pode me contar o que aconteceu durante aquela noite?

— Eu... tomei o meu tônico. Suponho que o médico já tenha lhe falado sobre isso. Ele disse que a morfina que quase me matou estava nele. Depois de tomá-lo, pedi uma toalha limpa para a sra. Turner e fui ao quarto de Lily para lhe desejar boa-noite. Lily já havia se deitado, pois estava com dor de cabeça. Por alguns minutos, conversamos sobre as preocupações dela. Por fim, a minha sobrinha abriu o bico. Eu ia ficando cada vez mais tonta. Queria dizer quão estranha me sentia e, ainda assim, não conseguia.

A srta. Rachel ficou em silêncio por alguns segundos, relembrando aquela letargia estranha e aterrorizante que a dominara no quarto de Lily.

— Então... eu devia estar quase inconsciente... senti um vento no pescoço e sabia que a porta havia sido aberta. Senti medo, mas estava sonolenta demais para me mexer. Queria ver quem estava entrando de forma tão silenciosa, mas, como a minha cabeça não parava de cair para a frente, tudo que conseguia ver era Lily e o relógio. Os ponteiros apontavam para quase exatamente nove da noite, e acredito que o relógio estava certo. Nove horas da noite.

Sobre as cobertas, Mayhew vislumbrou os terrores relembrados pela srta. Rachel.

— Lily havia deixado a toalha cair por cima dos olhos — continuou a srta. Rachel, baixinho. — Não estava vendo e parecia não ouvir coisa alguma. Ah, como queria dizer a ela para olhar o que acontecia, mas não podia. No último instante, quando tudo estava ficando escuro, tive um momento terrível de clareza. Ouvi e vi as coisas plenamente... Alguém fazia uma tábua ranger continuamente no apartamento do outro lado do corredor. A máquina da sra. Turner estava trabalhando. O quarto parecia nítido e estranho. Então tudo se desfez, como se as luzes tivessem sido apagadas.

Os olhos da srta. Rachel se arregalaram e brilharam, cheios de lágrimas.

— E então acabou, e nunca vou poder contar a ela que compreendia e perdoava a tola tentativa de matar a gata. Eu a compreendo de verdade. Lily era míope em relação a tudo, tão precipitada e irracional. Esqueceu que matar Samantha só a roubaria de uma fortuna.

Mayhew assentiu, reservado e sóbrio.

— Entendo. Em geral, é lamentável quando alguém tem pressa de cometer um assassinato. A maioria não acontece da forma certa. Por isso acho que esse crime foi cometido um pouco rápido demais. Tem partes que não parecem certas. — Ele contou à srta. Rachel sobre as marcas na janela e o alfinete na cortina.

Mayhew ouviu com surpresa quando a srta. Rachel lhe contou que fora ela quem colocara o alfinete lá. Foi naquele momento que começou a perceber a ajuda inestimável que aquela senhorinha poderia lhe fornecer. O tenente pressentiu a intuição apurada sobre pessoas e situações que hoje pensa ter sido dada à srta. Rachel como providência especial dos deuses. Enquanto ela escutava, o homem se pôs a reconstruir o crime da forma que o via: o assassino, do lado de fora da janela, talvez tentando entrar, observou a presa e viu a srta. Rachel começar a cair no sono; então vai até a porta dos fundos — pois o sr. Leinster estava no solário, com vista para a entrada principal — e entra no quarto para matar a sra. Sticklemann. Ele sai, e, por alguma razão, volta, pois Sara Malloy ouvira a porta batendo duas vezes, e, a não ser que a segunda entrada tenha sido feita por alguém que não a mencionou, fazia sentido que o assassino tivesse retornado por razões próprias.

— É a teoria mais provável — disse Mayhew. — O assassino se lembrou de alguma coisa e voltou para corrigir o que quer que fosse. É uma oportunidade que poucos têm, e gostaria de tê-lo interpelado nessa segunda chance.

As pálpebras brancas se fecharam sobre os olhos escuros da srta. Rachel em um gesto de dor.

— E, enquanto isso, eu estava lá, dormindo — sussurrou ela. — Dormindo profundamente, enquanto Lily era morta.

— Você também quase foi morta — falou Mayhew sem rodeios. — Mas imagino que saiba disso.

— Sim. Foi terrível sair daquele torpor. Queria muito dormir, mas não me deixavam. Acordava aflita e então adormecia sentindo que o médico e as enfermeiras ficavam furiosos comigo. Certa vez, durante aquele tempo, lembrei-me tão claramente da gata pulando na minha cama e ronronando, e eu esticando a mão e tocando nela... — A voz da srta. Rachel foi desaparecendo em um estranho tom inacabado.

Ela encarou Samantha com interesse repentino.

Mayhew a observava com atenção e notou a alteração das maneiras.

— Não lembro o que era agora... — A gata fitou com um olhar interrogativo conforme os dedos da srta. Rachel acariciavam o pelo. — Mas havia algo errado com Samantha. Eu sabia o que era na ocasião. Mas agora parece envolto em névoa. Não consigo localizar exatamente o que gostaria de rememorar.

Mayhew se levantou da cadeira e se aproximou da cama. Ele se inclinou, pegou a gata e observou o rosto sempre orgulhoso dela com muito interesse. Segurou o animal, que tentava arranhá-lo, na direção da srta. Rachel.

— Esta gata é sua? — perguntou ele, de repente. — A original, quero dizer. A gata que é dona de uma fortuna?

A figura diminuta da srta. Rachel se levantou entre os travesseiros. Tomou a gata das mãos grandes de Mayhew e a segurou, mantendo-a sobre as patas traseiras, no colo, observando-a do focinho à cauda. Então, por um momento, olhou pela janela. Por fim, respondeu a Mayhew:

— Acho que é a mesma gata que sempre tive. Parece exatamente com ela.

— Quer dizer que tem certeza?

Ela franziu a testa com uma sobrancelha e acariciou o pelo sedoso escuro.

— Não — disse a srta. Rachel, devagar. — Não tenho certeza.

10. VAMOS SER ASSASSINADOS EM NOSSAS CAMAS

Naquela noite, Mayhew tentou outra vez encontrar conforto na poltrona de couro do quarto em que ocorrera o assassinato, e acabou interrompendo o ataque à Sara Malloy.

Foi no silêncio profundo das primeiras horas da manhã que ele se sentou de repente, olhou ao redor na escuridão, e ouviu. Algo havia enviado um telegrama de alarme ao cérebro cansado que, exausto pela vigília, caíra no sono. Ele tentou lembrar, forçar a mente para o estado meio adormecido em que soubera, de alguma forma, que havia algo errado. Levantou-se e, com a mão estendida, foi até a maçaneta.

O corredor estava em silêncio, parcamente iluminado e com cheiro de poeira, como sempre. Seguiu para uma porta do lado oposto, bateu gentilmente e perguntou:

— Está tudo bem?

O silêncio absoluto que recebeu como resposta poderia ter indicado o sono inocente de duas mulheres, mas, para Mayhew, era inexplicavelmente sinistro. Tentou abrir a porta, bateu nela com força.

— Abram! — gritou.

Ouviu uma movimentação atrapalhada dentro do quarto, uma chave girando na fechadura no mesmo instante em que a luz ficava clara pela fresta de baixo. A sra. Malloy apareceu, tremendo e esfregando os olhos.

— O que foi? — perguntou ela. — Por que está batendo?

O tenente olhou além dela, para dentro do quarto; o braço se esticou para tirar a mulher, que protestou, do caminho. Entrou de imediato e se inclinou sobre a figura na cama. A sra. Malloy se aproximou e, então, gritou. O corpo da filha estava arqueado de maneira estranha e tensa, os olhos vidrados. Havia um olhar firme de medo no rosto inconsciente. Ao redor do pescoço branco estava uma gravata, tão apertada que a estrangulava.

Mayhew rasgou a gravata enquanto a sra. Malloy andava ao seu redor, choramingando.

— Ela está morta!

— Cale a boca — mandou Mayhew, de maneira brutal. — Telefone para o dr. Southart.

O dr. Southart veio, com uma aparência alerta e agradável, embora usasse o jaleco sobre o pijama. Começou a atender a srta. Malloy sem demora.

— Não estamos nos divertindo aqui? — perguntou, seco, para Mayhew. — Quem será o próximo? Não vá se arriscar por aí, Mayhew.

O tenente observava os cílios escuros de Sara Malloy, que formavam um arco sombrio nas bochechas e não davam sinal de que iam se levantar. O rosto dela tinha a beleza cerosa de um camafeu sob o brilho de um holofote, e o cabelo loiro resplandecia. A srta. Rachel, cambaleando um pouco por causa da fraqueza, entrou no quarto naquele momento e afirmou que compreendeu muito do que havia acontecido quando viu Mayhew olhando para a srta. Malloy. O rosto rude dele, endurecido por sete anos de trabalho com criminosos, não é uma máscara, afinal.

Ele havia contado à srta. Rachel sobre o plano de usar Sara Malloy como isca, para que entendesse logo o que havia acontecido. A idosa olhou para a janela. Estava fechada de uma maneira que não poderia ter sido por fora.

Sara Malloy começou a acordar. Encarou o médico, que sorriu para ela de forma reconfortante, e então, como se estivesse buscando alguém que deveria estar lá, os olhos dela perscrutaram o cômodo. Fixaram-se em Mayhew e os lábios da jovem se moveram.

— Quem estava aqui?

Um minuto se passou, e todos no quarto notaram o barulho súbito das ondas que precederam as palavras de Mayhew.

— Só você e sua mãe... quando cheguei.

A sra. Malloy tremia no roupão azul.

— Deve ter escapado — sussurrou ela, sem olhar para ninguém em particular.

Sara se sentou, afastando a mão do médico.

— Não ouviu nenhuma pessoa? — perguntou à mãe.

— Não. — Era uma palavra pequena, fraca na sua negativa e levada pelo som do mar. Os olhos da mulher estavam atormentados, mas ela continuou: — Foi tudo de uma vez só. Enquanto dormia profundamente, escutei alguém batendo à porta. Abri-a e vi o tenente do lado de fora. Ele entrou e eu... não tinha percebido o que havia acontecido até então.

A garota não olhou de novo para Mayhew. Caiu abruptamente no travesseiro, mas, quando o médico se inclinou para segurar uma garrafinha aberta sob suas narinas, ela disse, séria:

— Estou bem.

Um silêncio incômodo recaiu sobre o quarto. O rosto da moça parecia chocado com uma revelação interna devastadora. A mãe ficou trêmula, depois rígida e, por fim, voltou a tremer.

— Tenho tomado remédio para dormir — disse ela. — Se a pessoa não fez barulho, como não deve ter feito, eu não teria como acordar.

Mayhew olhou de repente para ela, como se pensasse em algo que não conseguia acreditar...

Naquela manhã, com a ajuda da srta. Rachel, ele analisou com cuidado os pertences da sra. Sticklemann. No meio de várias cartas, Mayhew encontrou um bilhete estranhamente dobrado. Ele informava, de maneira um tanto misteriosa, que uma pessoa deve pagar o que deve ou sofrer as consequências.

Os Scurlock eram dados a escrever mensagens, e a caligrafia do sr. Scurlock combinava com a do bilhete encontrado no quarto de Lily. Ao ver os dois papéis, com os pontos correspondentes sucintamente traçados, o sr. Scurlock ficou verde e de queixo caído.

O tenente Mayhew procurou nos pertences do homem e surgiu, triunfante, das profundezas de uma câmara. Debaixo do brilho das camisas engomadas do sr. Scurlock, ele havia encontrado uma chave de fenda.

— Isso não é meu — falou o sr. Scurlock prontamente, mas ninguém acreditou.

Mayhew fez alguns experimentos. A chave de fenda, sem dúvida, fizera as marcas do lado exterior da janela de Lily.

— Tentou por fora primeiro, não foi? — perguntou o detetive, de volta ao quarto com o casal. A sra. Scurlock o encarou de volta, os olhos fixos como os de um gato. O sr. Scurlock estava desesperado. — Vamos mandá-lo para a cadeia.

A srta. Rachel acha que, pelo restante da manhã, o tenente ficou feliz, e, por misericórdia, ela o deixou nesse estado de espírito. Porém, mais tarde durante o dia, quando ele falou que achava que ela deveria voltar para casa, a srta. Rachel o incomodou dizendo que com certeza não voltaria.

— Gosta daqui? — inquiriu Mayhew, sem acreditar.

Os dois se encontraram no corredor. A srta. Rachel olhou com desprezo para a poeira ao redor, as teias de aranha que podiam ser retiradas facilmente com uma vassoura e os pontos desgastados no carpete sem cor.

A GATA VIU A MORTE   123

— Não, não gosto nem um pouco — afirmou. — Na verdade, acho que este é o lugar mais detestável em que já estive.

— Bom... — As sobrancelhas dele se uniram. — A senhora falou que não ia embora.

Um pouco de rosa coloriu cada uma das bochechas dela.

— Gosto de bancar a detetive — disse ela, com modéstia. — Sabe, já vi tantos mistérios de assassinato no cinema, mas nunca tive... hã... uma chance com a coisa de verdade. É horrendo — ela afastou os olhos de Mayhew —, mas também é fascinante... fascinante.

A expressão que surgiu no rosto do tenente era igual à de pessoas gentis ao lidarem com crianças burras. Depois de pensar por um instante, a srta. Rachel a descreveu como maternal.

— Não há mais a necessidade de um detetive aqui, no entanto — disse ele, dando tapinhas na pequena mão dela. — Os Scurlock foram presos. Eles mataram sua sobrinha e nós os pegamos. Não ficou satisfeita?

— Não. Na verdade, não.

Mayhew sorriu com dificuldade. Tentava ser afável e reprovador ao mesmo tempo.

— A polícia está satisfeita, de qualquer forma. O promotor público disse que, com o que demos a ele, o mínimo que devemos esperar é uma sentença. Só retornei para dizer a todos que podem ir embora, se quiserem. Não vou voltar mais.

As sobrancelhas da srta. Rachel formaram pequenos arcos de surpresa.

— Não vai?

Mayhew estava perdendo a paciência.

— Não. Por que voltaria?

— Porque muitos de nós seremos mortos nas nossas camas, se nos deixar sozinhos — falou ela de maneira pragmática.

É claro que a resposta dela tirou a mente dele da trincheira de complacência em que havia se metido. O tenente suspirou profundamente e respirou outra vez, encarando-a de baixo das sobrancelhas pretas. A srta. Rachel achou que ele parecia um urso treinado que havia se perdido do circo. Tinha uma aparência desnorteada e, de súbito, mais jovem do que 33 anos, sua idade real.

— Veja bem — falou. — A senhora sabe de algo que não me contou?

Ela balançou a cabeça branca.

— Ah, não. Contei tudo que sabia desse caso do meu ponto de vista. Acho que temos o mesmo conjunto de fatos na mente. Porém, chegamos a conclusões diferentes.

Ele deu um passo e abriu a porta do quarto da srta. Rachel.

— Vamos conversar — sugeriu Mayhew, indicando para ela ir na frente.

Ambos se sentaram; a srta. Rachel na cama e o tenente na cadeira de balanço, cujo verniz estava descascando.

— A senhora não acha que os Scurlock mataram sua sobrinha?

A gata preta pulou no colo da srta. Rachel, que começou a acariciar o pelo sedoso sem perceber.

— Não, não acho.

Ele se mexia impacientemente, a cadeira emitindo guinchos nefastos.

— Mas é um caso evidente contra os dois... ou contra ele, ao menos. E uma acusação de cúmplice deve ser feita contra ela. Olhe para as evidências: a chave de fenda, com a qual foi feita uma tentativa de entrar pela janela, o bilhete ameaçador com a caligrafia do sr. Scurlock, as promessas de pagamento que a sra. Sticklemann não estava cumprindo. Se isso não significa uma condenação por assassinato, eu me comprometo a comer as promessas de pagamento.

— O senhor pode muito bem condená-los pelo assassinato. Não duvido disso nem por um segundo. — Ela arrancou ronronados da gata, como o rufar de um tamborzinho, e um olhar de alívio de Mayhew. — Mas, sabe, não acredito que sejam culpados.

O olhar de alívio foi substituído por um de perplexidade.

— A senhora *gosta* dos Scurlock?

Mayhew se inclinou para a frente com um guincho da parte de trás da cadeira.

— Não, não gosto nem um pouco. Sem dúvida alguma. São os indivíduos mais desagradáveis e cruéis que me lembro de ter encontrado.

— Então por que está dizendo que eles não mataram sua sobrinha?

— Porque não tinham motivo para isso.

Ele caiu para trás com a resposta, e a cadeira começou a ceder embaixo dele, com as pernas se abrindo em direções diferentes. Mayhew olhou para baixo, muito incomodado. O fluxo de pensamento foi interrompido pelo conhecimento de que estava caindo gentilmente no chão, e foi para a outra cadeira de balanço do quarto.

— *Não tinham motivo?!* — berrou ele, sobre os guinchos do novo assento.

— Não — respondeu a srta. Rachel firmemente, fitando-o nos olhos. — Precisa se acostumar à ideia de que tudo que os Scurlock queriam era que a minha sobrinha obtivesse dinheiro suficiente para que pudessem recuperar o que ela lhes devia. Mas não iriam conseguir quantia alguma, porque Lily era, financeiramente, uma mendiga: a pequena fortuna dela fora deixada em um fundo de investimentos. Ela não podia tocar no dinheiro, e os juros mal cobriam as despesas. Penso que, no período amigável em que os jogos de bridge tiveram início, ela lhes contou sobre a herança que receberia caso a gata morresse. Lily *diria* uma coisa assim. Depois, quando as próprias tentativas de trapacear com as cartas tivessem falhado de forma tão desastrosa, foram os Scurlock que sugeriram que a gata deveria morrer para que pudessem ser pagos. Lily se arrependera após a primeira tentativa de envenenamento. Foi o sr. Scurlock que tentou matar Samantha da segunda vez. — A srta. Rachel passou a descrever o caminho das pedras.

Ela então parou, esperando algum comentário de Mayhew sobre o que havia dito, mas o homem permaneceu em silêncio, de testa franzida.

— Não vê? — Ela o encarou com um olhar brilhante de súplica. — Se os Scurlock tivessem entrado em um quarto em que eu estivesse adormecida e drogada, com a gata à sua mercê, eles a teriam matado de imediato.

— Talvez. — Mayhew deu um sorriso sarcástico. — Mas isso não os deixa de fora. Pode ser que a sra. Sticklemann tenha discutido com eles sobre matar a gata e os dois resolveram matá-la. De qualquer forma, temos a chave de fenda. Ela fez as marcas na janela da sua sobrinha, uma tentativa clara de uma entrada ilícita.

Coçando as sobrancelhas de Samantha, a srta. Rachel ficou muito pensativa.

— Conte-me sobre a chave de fenda. De que tipo era?

— Do tipo comum. O cabo havia sido pintado de preto sobre um acabamento de verniz, e essa é a única característica incomum nela. Edson está visitando lojas de material de construção hoje, tentando rastrear a venda.

— Hummm. — A srta. Rachel parecia muito distante.

De súbito, o tenente Mayhew ficou bastante impaciente ao perceber que estava no horário de trabalho tentando convencer uma senhorinha teimosa a aceitar a verdade óbvia. Ele se levantou, tocou na ponta do chapéu e murmurou uma despedida. A srta. Rachel o conduziu até a porta.

Com uma aparência muito determinada, a srta. Rachel seguiu o tenente quinze minutos depois. Vestia seu melhor tafetá, com a cesta de Samantha no braço e uma expressão levemente astuta nos olhos.

Foi primeiro à biblioteca pública e pediu para ver arquivos do jornal local, interessada, sobretudo, em edições da época do desaparecimento de Malloy.

— Ou o afastamento dele está conectado ao assassinato ou não está — disse, baixinho, enquanto segurava o jornal.

Um idoso na mesma mesa deu-lhe uma olhada de surpresa reumática. A srta. Rachel leu rápido e de forma séria.

Quando encontrou o que procurava, anotou em um pedaço de papel. O anúncio dizia: QUEIMA DE ESTOQUE, BARGANHAS EM PRODUTOS LEVEMENTE DANIFICADOS EM NOSSO RECENTE INCÊNDIO. ALGUNS IMPOSSÍVEIS DE DIFERENCIAR DE NOVOS. E seguia dando o endereço.

A srta. Rachel saiu da biblioteca às pressas.

Na rua West Fifth, entre uma confusão de depósitos, oficinas e açougueiros atacadistas, encontrou uma loja de ferramentas apertada cuja fachada mostrava uma nova pintura sobre as cicatrizes de um incêndio.

— Mesma técnica — murmurou, abrindo a porta.

Um homem pálido com cabelos pretos ralos a encarou por trás do balcão. Nem mesmo uma centelha de curiosidade surgiu no olhar dele.

— Pois não? — perguntou ele.

— Ahhh — sussurrou a srta. Rachel, enrolando. Ela deu uma olhada nos produtos nas prateleiras. — O senhor tem chaves de fenda boas e baratas? Talvez algo que sobreviveu à queima de estoque?

Ele balançou a cabeça, sem se aproximar.

— Todas foram vendidas. Temos um estoque novo agora.

— Gostaria de dar uma olhada em uma, por favor.

Ele se inclinou, levantando-se, pegou uma chave de fenda e a entregou para a srta. Rachel. A mulher a examinou criticamente.

— É para o meu sobrinho, sabe? Ele queria uma exatamente como a que comprou aqui, pois a perdeu.

— Esta chave é boa — disse o homem, indiferente.

A srta. Rachel forçou uma acidez apimentada no tom.

— Preciso ter certeza. O senhor não tem nenhuma das ferramentas que foram repintadas? Mesmo uma usada... só para eu comparar com essa?

O homem suspirou e coçou a lateral do rosto.

— Acho que tem uma aqui ao lado. Volto em um minuto.

Ele deu uma olhada rápida pela loja como se tentasse organizar mentalmente o conteúdo dela antes de deixá-la nas mãos duvidosas da srta. Rachel, então saiu pela porta, batendo-a.

Ao voltar, segurava uma chave de fenda comum com o cabo pintado de preto. A srta. Rachel a pegou e a analisou, cerrando os olhos. O trabalho malfeito havia deixado um pouco do verniz original perto do aço. A srta. Rachel devolveu a ferramenta ao homem de rosto pálido.

— E esta chave é da mesma marca? — perguntou ela, observando a nova ferramenta.

— É.

— Vou levá-la, então — disse a srta. Rachel, abrindo a bolsa. — Aposto que se lembra do meu sobrinho. — Ela tentava agora um sorriso afetado carinhoso, o que era difícil, pois precisava pensar ao mesmo tempo no sr. Scurlock. — É um homem loiro, bastante agradável. — A isso, adicionou detalhes que surpreenderiam até o tenente Mayhew.

O homem balançou a cabeça, vendo-a pegar o dinheiro.

— Pelo que me lembro, não vendi nada a ele. A maioria dos produtos é comprada pelas lojas da vizinhança. Nunca fiz propaganda, exceto a da queima de estoque.

— Mas você se lembraria do meu sobrinho — insistiu a srta. Rachel. Ela segurou bem o dinheiro, para que o homem fosse forçado a ouvi-la. — Tenho certeza de que, se pensar bem, vai se lembrar dele. É um bom homem loiro e...

— Veja bem — falou o homem de rosto pálido. — Eu tinha quarenta chaves de fenda queimadas e dei cinco ao idiota que as pintou. Assim, sobraram 35. Vendi vinte de uma vez, barato, para a oficina mecânica na esquina. Os metalúrgicos pegaram dez. A marcenaria do outro lado da rua ficou com três. O velho Andy, aqui do lado, comprou uma, o que nos deixa com...

— Uma — respondeu a srta. Rachel rápido, fitando o homem.

Ele coçou a lateral do rosto outra vez.

— Bom, não foi nenhum sujeito loiro — falou, por fim.

— Não? — indagou a srta. Rachel, a respiração curta.

— Pelo que me lembro...

A porta bateu de repente às costas da idosa. Ela viu os olhos do vendedor se arregalarem para depois assumirem um tédio defensivo. A srta. Rachel olhou para trás. O tenente Mayhew havia entrado na loja.

— Como vai a senhora? — murmurou na direção da srta. Rachel. — Oi, Jipp — disse para o homem pálido.

— Não fiz nada — respondeu o outro, indo na direção da cadeira.

— Não são peças de bicicleta hoje, Jipp. Estou procurando isso. — O tenente segurava uma duplicata da chave de fenda que Jipp trouxera da loja ao lado.

O vendedor deu de ombros.

— E eu com isso? — zombou ele. — Vendi muitas delas.

O interrogatório foi de mal a pior, tendo a srta. Rachel como uma ouvinte aflita e exasperada. Jipp estava entediado, bocejou, disse que a memória em relação às chaves de fenda não era muito boa. O tenente saiu de lá fervendo.

A srta. Rachel pagou pela nova ferramenta. O homem de rosto pálido, ainda parecendo aborrecido, pegou a notinha de uma caixa registradora surrada.

— Sobre o meu sobrinho... — falou a srta. Rachel.

O homem pálido lhe lançou um olhar raivoso de suspeita.

— Para o inferno com seu sobrinho — respondeu ele, de forma muito nítida.

A srta. Rachel se retirou em silêncio, bastante contrariada.

11. MÃOS HUMANAS, DESTACÁVEIS

A srta. Rachel absteve-se de olhar feio para o tenente. O que fez depois, naquela tarde, foi comentar sobre como havia sido inoportuna a entrada dele na loja de ferramentas.

Na manhã seguinte, o tenente ainda tinha uma expressão frustrada, quando chegou cedo ao quartel-general da polícia. A polícia de Breakers ocupava uma ala da nova prefeitura, construída em 1938, da forma mais moderna possível. Edson saiu de repente do escritório do chefe da polícia, e Mayhew quase deu de cara com ele. O detetive estendeu a mão, mas Edson se afastou. Já tinha visto a maneira que Mayhew tinha de lidar com obstáculos.

— Doido da cabeça — disse Edson, de mau humor.

O rosto do tenente mudou, e Edson percebeu que era melhor se explicar.

— O sujeito no escritório do chefe. Bebeu a noite inteira e acabou indo parar na praia de manhã. Teve uma espécie de pesadelo lá. Se alguém não tirá-lo do escritório, o chefe vai matá-lo.

Mayhew desacelerou o passo.

— O que o homem acha que viu?

— Ele? Ah, pensa que estava deitado, quase dormindo, e que alguém surgiu de *debaixo da areia* e tentou agarrá-lo. — Edson riu ao lembrar da miséria do bêbado. — Devia ter visto a cara do chefe quando ouviu isso. McGarvey, que estava de serviço, achou que poderia haver algo nessa história e o acompanhou. Se ele não for rebaixado por isso, eu aposto o meu chapéu.

Mayhew demonstrou interesse pelo caso. Alguma sensação interna — ele sempre chamava de "farejar um rato" — o faz sentir a importância de coisas que não fazem sentido.

— Acho que darei uma olhada — disse ele, e entrou para encarar os olhos raivosos do superior.

Em frente a ele, do outro lado da grande escrivaninha polida, estava encolhido um jovem usando roupas espalhafatosas, muito amarrotadas e sujas. Acima de uma gravata roxa, o rosto parecia doente.

— Não adianta falar que não o vi. Eu vi sim. — O homem encarou Mayhew com os olhos injetados e balançou a cabeça devagar. — Estava na areia... Ah, se estava. — Com dentes de coelho, ele mordeu o lábio inferior. — Não me diga que não estava. Eu o vi.

O chefe bateu na escrivaninha e berrou:

— Saia daqui! Saia daqui! Maldito seja! Quantas vezes tenho que lhe dizer? McGarvey! McGarVEY! Bom Deus. Mayhew, por que aceitei esse trabalho abominável? Olhe para esse sujeito, bêbado feito um gambá e com uma cara de pau maior ainda. Se McGarvey me mandar outro *delirium tremens*, vou tomar o distintivo dele, maldito seja. O que você quer?

Mayhew indicou o jovem bêbado com a cabeça.

— Eu quero ele — disse brevemente. — Venha comigo, rapaz.

Os dois foram até o cubículo que Mayhew chama de escritório. O jovem moço logo se encolheu outra vez sobre uma cadeira e se sentou curvado, como se sentisse frio, torcendo as mãos entre os joelhos. A voz parecia um fonógrafo que precisava de corda.

— Eu vi. Eu vi mesmo — sussurrou, fechando os olhos.

Certa vez, ao ir a um leilão, Mayhew encontrou uma cadeira que não guinchava sob seu peso e a comprou, depois

A GATA VIU A MORTE   133

de testá-la, sem querer saber a história dela. O fato de que a cadeira havia sido construída para Bertha, a Mulher Gorda, durante a estadia dela na Strand durante um verão, poderia ou não tê-lo interessado. A cadeira enorme fazia o escritório parecer ainda menor.

Mayhew se acomodou nela e fixou o olhar implacável no rapaz de olhos cansados.

— Conte-me mais sobre isso. Tem certeza de que viu um homem na praia?

A miserável figura corcunda balançou a cabeça.

— Não vi — choramingou. — Só senti.

— Mas estava dizendo que o *viu*. Ouvi-o falando isso no escritório do chefe e aqui. Agora mesmo. Você viu um homem enterrado na areia?

Os olhos injetados se abriram e encararam Mayhew com uma aflição úmida.

— Só vi parte dele.

O rosto de Mayhew se fechou, exasperado.

— Bom, diga-me o que viu de verdade. — Ele esperou, em silêncio, o outro falar.

— Vi mãos humanas — respondeu a voz rouca em um falsete.

Mayhew começava a entender a raiva do chefe com aquele doido varrido, mas uma urgência vaga não o permitia desistir.

— Vamos do começo. Onde estava na noite passada?

A cabeça foi de um lado para o outro, como a de uma boneca antiga.

— A minha garota me deixou. Ela é loira... e muito bonita também. Os marinheiros não a deixariam em paz.

Os ombros largos de Mayhew se avolumaram por baixo do casaco e ele se levantou um pouco, segurando a borda da escrivaninha com dedos que esbranquiçavam por causa da força. O jovem esgotado à sua frente o observou sem medo, no estado pós-bebida em que nada parece importar. Conforme o tenente se levantava, parecendo prestes a explodir, a voz melodiosa seguiu com seu canto:

— A minha garota me deixou. Já falei isso, não falei? Fui a uma festa. Uma festa ruim. — Ele balançou o dedo. — Muita coisa para beber. Quando acordei, hoje de manhã, não estava desperto de verdade... mas... — Ele se esforçou para encontrar a palavra. — Sonolento. É isso. Sono... Ah. Eu estava na praia. Lá na parte leste, onde não tem casas.

Ele observou Mayhew recair na imensidão de madeira. O detetive se esforçou para parar de ranger os dentes por tempo suficiente para dizer:

— E depois disso?

A essa altura, um pouco de lucidez pareceu brilhar nos olhos do jovem espalhafatoso.

— Eu estava deitado lá... meio que querendo me levantar... quando, de repente, esse sujeito sai da areia e encosta em mim com a mão. No rosto, ainda por cima. Me deixou assustado. E aí, quando eu me sentei, o vagabundo estava com a outra mão saindo ao lado do meu sapato. Nunca encontrei alguém assim. Nada à mostra, só as mãos. — Um olhar de ansiedade surgiu entre os traços cor de pergaminho. — Eu fiquei pensando: como ele conseguia respirar debaixo da areia daquele jeito?

Mayhew começava a compreender o que estava em sua mente.

— O que fez a seguir? — questionou ele.

— Ah, pensei em ajudar o sujeito, quem quer que fosse. Não parecia certo deixá-lo lá embaixo. Poderia estar bêbado como eu. Nunca se sabe... Então peguei a mão dele e tentei levantá-lo.

— E tirou o homem da areia?

O jovem se remexeu na cadeira, parecendo confuso.

— Não. Não consegui. Ele não me deixou. Soltou.

— Ele soltou sua mão? — Mayhew voltara a se levantar, incrédulo e incomodado.

— Minha mão, não. Ele soltou *a própria mão*.

Mayhew teve uma súbita visão humorística daquele bêbado confuso parado na praia vazia durante o amanhecer segurando uma mão humana. Por um instante, o pau-d'água pareceu tão patético e convicto que ele quase se convenceu também. Mas então aquela noção o abandonou e ele ficou bravo de verdade.

— Veja bem — disse o tenente. — Isso tudo é bobagem. Ninguém pode fazer isso.

— Ele fez. Soltou as duas. E fez muito bem, eu diria. Elas fediam bastante.

A verdade atingiu Mayhew como um golpe na testa. Foi procurar Edson, e ambos, na viatura do quartel-general, levaram o jovem tristonho para o local em que ele se deitara na praia.

— O rapaz encontrou um cadáver aqui — sussurrou Mayhew para Edson enquanto vasculhavam na areia. — O corpo estava tão decomposto que se desfez quando encostou nele. Vá com calma e olhe por onde está indo. Não quero que o rosto seja esmagado.

— Alguma ideia? — perguntou Edson a ele.

— Sim, uma. Há um homem desaparecido da pensão em que aquela mulher, Sticklemann, foi morta. Coloquei a descrição dele no teletipo há dias e nada. Pode muito bem ser ele na praia.

— Há tempo suficiente para estar tão podre assim? — indagou Edson.

— Acho que não. Porém, se ele estava na água, os peixes podem ter feito algo para afrouxar os pulsos. Venha. Dê uma olhada por aí.

No entanto, embora tenham procurado em todas as direções e por toda a parte leste da praia, não encontraram cadáver algum ou qualquer depressão onde poderia estar enterrado. Foi apenas algum tempo depois que Mayhew pensou em consultar a tábua de maré e perceber que o jovem ébrio poderia ter se deitado em um local que estaria debaixo d'água quando ele e Edson chegaram à praia. Voltaram quando a maré estava baixa e se molharam até os joelhos na espuma das ondas, mas não encontraram cadáver algum.

— O chefe estava certo — falou Edson. — O sujeito tinha *delirium tremens* e sonhou tudo.

Mayhew, porém, balançou a cabeça.

Ele mencionou o ocorrido à srta. Rachel mais tarde naquele dia.

Diante da curiosidade educada da idosa, o tenente tentava ser irredutível, mas ela tinha maneiras refinadas de persuadi-lo, e Mayhew acabava lhe contando coisas que eram, estritamente falando, de interesse exclusivo da polícia. O detetive a encontrou no quarto lendo um livro de mistério, com a gata dormindo em seu colo. Antes de entender como ela havia feito aquilo, a srta. Rachel já sabia da história da aventura daquela manhã.

Olhou para o detetive com os olhos grandes e escuros, colocando o livro de lado.

— Acha que tem algo a ver com o caso? — perguntou.

— Não tenho como saber — admitiu ele —, mas estou inclinado a pensar que é possível. Veja bem, não temos muitos crimes aqui em Breakers. Um assassinato só ocorre de muito em muito tempo, e a maioria deles não representa um mistério. Praticamente não há submundo ou extorsões aqui. O lugar não é grande o suficiente para fazer valer a pena. No auge do verão, quando os turistas vêm para cá, em geral pegamos alguns vigaristas atrás de pessoas ingênuas. E só. Por essa razão, quando escuto falar de um cadáver ao mesmo tempo que sei que há um homem desaparecido, fico inclinado a conectar os dois. É claro que é só um palpite. Pode não haver coisa alguma aí.

Ela alisou a saia de tafetá com a mão pequena, séria.

— Parece lógico pensar que pode haver uma conexão. Ele tem certeza de que viu as mãos de um homem?

— Ah, certeza suficiente. É verdade que estava bêbado e que não dá para pôr a mão no fogo pelo que dizia. E o corpo já devia estar bem decomposto, ou deteriorado, para se separar como aconteceu, de forma que uma pessoa bêbada não conseguiria saber se era a mão de um homem ou de uma mulher. O que me intriga é que não conseguimos encontrar a coisa depois, se ele estava mesmo contando a verdade.

— Nenhum sinal do corpo... nenhum buraco na areia?

— Nenhum. Mas a maré subiu. É possível que tenha sido levado de volta ao mar.

Ela pensou no assunto em silêncio por vários minutos. Não havia som no quarto lúgubre, além do ronronar da gata e da respiração profunda do tenente Mayhew.

— Muitos corpos são encontrados na praia? Corpos de pessoas que se afogaram, quero dizer — perguntou ela.

— Não com frequência, a não ser que a pessoa tenha ido nadar por perto. O quebra-mar, construído há dez anos, mudou as correntes nessa parte da costa. Se as pessoas se afogam no mar, ou mais acima ou abaixo da costa, quase nunca mais as vemos. Um engenheiro portuário explicou isso durante um julgamento que envolvia um assassinato por afogamento. Tem algo a ver com as marés.

— Compreendo. Então, se um corpo é encontrado na praia, supõe-se que é de uma pessoa que fora nadar ali perto?

— Seria o mais provável, embora não possamos afirmar com certeza absoluta. Foi isso que me interessou na história do bêbado. De outra forma, poderia ser um cadáver trazido de Deus sabe onde, sem a possibilidade de conexão com a morte da sua sobrinha.

— Está pensando, então, que pode ser Malloy.

— Sim. Foi o que me passou pela cabeça.

— Já tentou localizá-lo de outra maneira?

— Claro. Coloquei a descrição dele no teletipo imediatamente, mas, até agora, não tive resultados. Edson interrogou diversos conhecidos de Malloy, aqui e em Los Angeles, e nenhum deles o viu recentemente ou fazia ideia de onde estava. Ele desapareceu sem deixar rastros, e me parece haver duas explicações razoáveis: ou ele é o assassino da sua sobrinha e está escondido, ou foi morto, sendo que, nesse caso, a morte dele teria, logicamente, alguma conexão com o que aconteceu com sua sobrinha.

— Parece uma explicação natural.

Mayhew bagunçou o cabelo escuro em um gesto confuso.

— O que nos leva de volta à questão do motivo. Por que Malloy teria interesse em matá-la?

— Ele poderia ter diversos motivos perfeitamente bons.

— Como por exemplo?

O rosto delicado da srta. Rachel se entristeceu com a memória da dissimulação persistente de Lily.

— Acho que ele e a minha sobrinha eram mais do que amigos. Eram, acredito, ou casados ou... amantes. Em algum ponto do relacionamento, podem ter surgido dificuldades que dariam razão para assassinato.

— Mas veja! Eles não poderiam ser casados! Malloy ainda não é legalmente divorciado. Ele e a esposa estão em decisão interlocutória.

A srta. Rachel franziu a testa.

— É mesmo? Pensei que, pelo comportamento de Lily, eles poderiam ter se casado. Ela parecia um tanto preocupada e envergonhada, como se tivesse algum segredo romântico. E nunca pensei que fosse do tipo... do tipo... — A srta. Rachel tossiu delicadamente e ergueu de leve as sobrancelhas, que era a forma mais educada que Mayhew conseguia imaginar de expressar o que queria dizer. — Ela era uma tola, e imagino que já saiba disso a essa altura, mas não consigo acreditar que era imoral.

— Bom, eles não podem ter se casado na Califórnia sem Malloy cometer perjúrio e, tecnicamente, bigamia. Então parece que deve ter sido... a outra opção.

A srta. Rachel se inclinou na direção dele, o rosto iluminado por uma nova ideia.

— O senhor lê revistas de cinema com frequência? — perguntou, de repente, e, quando Mayhew aparentou um leve insulto e balançou a cabeça, a srta. Rachel logo completou, envergonhada: — Quero dizer... bom, eu leio. E, de vez em quando, fico sabendo desse pessoal de cinema se enrolando nos casamentos. Sabe, eles recebem a decisão interlocutória aqui na Califórnia e então correm para o México, em Tia Juana, e se casam com outra pessoa. Claro que a Califórnia não reconhece essas uniões, mas parece mais respeitável do que... bem. Lembre-se de que Malloy foi ator. Talvez as pessoas dos palcos sejam parecidas com as pessoas das telas. Talvez ele tenha feito Lily ir com ele até o México e se casaram!

Mayhew começou a falar algo às pressas, fechou a boca e olhou com astúcia para a senhorinha diante de si.

— Sua sobrinha teria feito isso? — perguntou ele.

A srta. Rachel respondeu, devagar:

— Ela teria adorado o romantismo, a ousadia. Só tem uma coisa: Lily fora casada mais ou menos da mesma forma antes, e terminou mal.

Ela explicou a infeliz e custosa aventura de Lily com o bígamo sr. Sticklemann e os esforços bem-sucedidos de tirar dinheiro dela. O tenente ficou interessado até a srta. Rachel dizer a ele que Sticklemann estava morto.

A conversa mudou de rumo, voltando para as mãos na praia.

— Eram mãos, o senhor sabe — lembrou ela ao tenente.

— E não um corpo, como diz a senhora — murmurou, a mente dele seguindo a da idosa nessa nova linha de raciocínio. — Se haviam sido arrancadas do cadáver antes, isso explicaria. O que não explica é por que foram removidas em primeiro lugar.

— Por que mãos são arrancadas de cadáveres, tenente?

Ele pensou em alguns dos casos antigos.

— Em geral, para prevenir que o corpo seja identificado.

— Mas... presumindo que sejam as mãos de Malloy... não há objetivo nisso. O cadáver dele, se é que há um, nunca foi descoberto.

— Isso não significa que não vá aparecer com o tempo.

— Há um quê de imprudência nessa parte — falou a srta. Rachel, refletindo. — É quase como se as mãos, se estiverem conectadas a isso, fossem jogadas fora como inúteis.

O tenente ficou em silêncio por um tempo, mergulhado em pensamentos.

— Há uma coisa — disse, por fim — para qual as mãos seriam perfeitamente inúteis: plantar impressões digitais. Se alguém tivesse uma ideia louca...

— Hummm — falou a srta. Rachel para a gata.

Mayhew puxou a pele da garganta em um gesto de preocupação.

— Esse caso é uma completa e absoluta bagunça — afirmou. — Não vai a lugar algum.

— É vago. Sim. — A srta. Rachel o consolou.

Mayhew ainda ouviria falar sobre as mãos na praia.

Mais tarde naquele dia, um garotinho levara, cheio de orgulho, o que considerara ser uma estrela-do-mar particularmente grande para a mãe. A mulher deu uma olhada no baldinho e gritou alto, por tempo suficiente para os vizinhos virem correndo e, por fim, desmaiou. Os vizinhos levaram o baldinho do menino para a polícia.

Nele, decomposto de forma desagradável, estava uma mão humana.

Mayhew colocou o dr. Southart para examiná-la de imediato. Southart reclamou, mal-humorado, e convidou Mayhew para cheirar aquela coisa maldita, e se perguntou por que os cadáveres não podiam ser enterrados inteiros e deixados em paz. No entanto, fez o trabalho bem o suficiente. Depois de Mayhew voltar do jantar, Southart já tinha preparado um breve relatório.

— A mão foi decepada no pulso, sem habilidade alguma, com um instrumento afiado. Talvez uma machadinha — explicou a Mayhew. — É a mão de um homem. Ele se alimentava e se cuidava bem, sem fazer nenhum trabalho que pudesse dar calos. Preciso de mais tempo para determinar a idade. — Ele observou ao redor, com a testa franzida, para o cômodo pequeno e imaculado cheio de aparatos e tubos de ensaio. — Tem horas — disse ele, de maneira bastante distinta — em que honestamente odeio esse trabalho, Mayhew.

O tenente deu de ombros; ele não considera o dr. Southart, com o nariz sensível dele, muito adequado para o serviço policial.

— Peço desculpas. Sei que estava apodrecida.

— Não estou reclamando do cheiro — respondeu o dr. Southart. — Essa mão maldita tem coisa bem pior.

Mayhew ficou interessado.

— Como o quê? — perguntou.

— Venha dar uma olhada debaixo das unhas.

O médico levou o outro a uma mesa onde um microscópio grande estava focado em uma lâmina brilhantemente iluminada. Algo envolto por um tecido repousava parcialmente na lâmina. Mayhew colocou os olhos no equipamento, e o médico manipulou algumas coisas com pinças e bisturi.

— Bom Deus — murmurou Mayhew, ficando um pouco pálido. Ele agarrou a borda da mesa e ergueu o rosto para encarar o dr. Southart. — Onde arranjaram uma ideia tão abominável quanto essa?

Southart fez um gesto impaciente com a mão.

— Ah, é uma ideia bem comum agora, acho. Lembra-se daquele filme, *As fronteiras da Índia*? Foi explicado com cuidado durante a história, para o caso de alguém não ter ouvido falar nisso. E foi uma película bastante popular. Lembra-se da cena em que o marajá amarra o herói, enfia as lascas de madeira embaixo das unhas dele e depois ateia fogo nelas? Uma boa ideia.

Mayhew tocou a pele do lábio superior e limpou o suor súbito que se reunira lá.

— Mas, meu Deus, estamos nos Estados Unidos!

— Na querida praia Breakers, de fato — zombou o médico. — No ano 1938 do Nosso Senhor. E temos pessoas engenhosas entre nós que brincam de serem marajás e enfiam lascas de madeira nas unhas de outras pessoas para atear fogo nelas. A sensação deve ser boa, desse tipo de tortura.

Mayhew fez uma tentativa desesperada.

— Talvez tenham feito isso depois de as mãos terem sido decepadas — falou sem convicção.

O sorriso do médico era sarcástico.

— Mas é provável? — perguntou a Mayhew.

12. A ARMA

Mayhew ficou mais incomodado com a evidência da mão decepada do que gostaria de admitir. Já tivera contato com mortes violentas muitas vezes, tanto planejadas quanto acidentais, a maioria delas horrível, mas tortura nua e crua, a sangue-frio, era incomum para ele. O tenente se via refletindo sobre a mão e o homem que fora dono dela: que controle sobre-humano gélido ou frenesi balbuciante o dominara naquela hora de agonia, e, acima de tudo, qual seria o propósito da tortura?

E seria, por alguma chance improvável, a mão de Malloy?

Southart prometeu a Mayhew que trabalharia mais durante a noite; estudaria os pelos da mão e, se possível, coletaria as digitais, embora estas, obviamente, não seriam perfeitas. Mayhew fez uma visita rápida à Casa da Arrebentação, sombria, sinistra e ainda no meio de um mar de neblina, e obteve do quarto de Malloy amostras de cabelo que com certeza eram dele. Ao comparar o cabelo com o encontrado na mão decepada, poderia ser possível fazer uma identificação completa. Mayhew também buscou impressões digitais, e trouxe consigo a escova de cabelo de Malloy e uma caneca de barbear que mostrava sinais de ter sido usada.

As digitais foram retiradas dos artefatos do quarto de Malloy e dos dedos da mão morta, e, em alguns minutos, o relatório estava pronto. Eram quase com certeza as mesmas, embora um exame mais minucioso fosse necessário, pois as digitais dos dedos decompostos estavam um tanto distorcidas.

O dr. Southart também deu a opinião profissional de que os pelos da mão e os cabelos do quarto de Malloy eram parecidos o bastante em cor e estrutura para se presumir que vieram do mesmo corpo.

Mayhew estava no escritório com um lustre acima da escrivaninha. Tinha um papel em branco diante de si, no qual de vez em quando desenhava triângulos e círculos sem significado. O caderninho estava aberto ao lado do papel e duas vezes ele o folheou sem objetivo algum.

Ocorreu a Mayhew que ele separou uma folha do caderno para cada pessoa da velha casa na praia, com exceção de Malloy.

Escolheu uma folha em branco e começou a escrever nela os fatos que sabia sobre o homem. Malloy tinha mais ou menos cinquenta anos, fora casado por quase metade desse tempo com a sra. Malloy e os dois tiveram uma filha: Sara. Ao escrever esse nome, Mayhew hesitou. Era um nome bonito, pensou; e quase sem notar o que estava fazendo, escreveu-o na folha de rascunhos entre os círculos e os triângulos e desenhou um coração ao redor. O tipo de coisa que garotinhos ou homens muito jovens gostam de entalhar em árvores. Mayhew o estudou de forma abstrata, como alguém analisa uma obra de arte, então amassou a folha, jogou-a na lata de lixo e seguiu com Malloy.

Malloy se mudara para a Casa da Arrebentação quando se separou da sra. Malloy, o que acontecera havia quase um ano. Ele se mudara para lá quase na mesma época em que o estabelecimento foi assumido pela prima, a sra. Turner, com quem tinha entrado em contato recentemente, porque a localização do imóvel, perto de um parque de diversões, deve ter atraído um homem que havia acabado de se livrar de um matrimônio que se tornara enfadonho. Na casa, Malloy tinha contato mais próximo com duas pessoas: a sra. Turner e a sra. Sticklemann, e jogara cartas com os Scurlock.

A sra. Sticklemann estava morta; os Scurlock, sob suspeita. E quanto à sra. Turner, a senhoria acídula?

O álibi dela para o momento em que o assassinato ocorrera era, ao mesmo tempo, o mais casual e o mais corroborado de qualquer um deles. Ela estava costurando. A própria srta. Rachel, nos últimos momentos de consciência enevoada, reparara na máquina funcionando no fim do corredor. A sra. Malloy, sentada perto da janela para escutar Sara, que saíra pela janela do quarto delas e entrara na janela de Malloy, também ouvira a sra. Turner costurando. Mayhew pensou por que ela tinha notado tão especialmente o som — e também por que, quando a srta. Rachel ouviu a máquina parando, a cadeira de balanço também parava. A sra. Malloy estava com medo de que a sra. Turner pudesse ouvir Sara se movimentando e fosse investigar.

E Sara? Por menos que gostasse de considerar isso, ela estivera *mesmo* no quarto do pai e *nenhum outro lugar*? Sara não teria motivos e, por mais que não fizesse sentido no caso, devia haver algum motivo em algum lugar.

Os Scurlock, na cabeça dele, tinham um motivo excelente para o assassinato: a vingança de apostadores a uma caloteira. No entanto, a srta. Rachel indicara os pontos fracos no caso contra eles e praticamente tinha provado que o sr. Scurlock não comprara a chave de fenda — características que um ágil conselho de defesa com certeza enfatizaria — de forma que os Scurlock foram liberados, embora não inocentados. Eles foram avisados para não saírem da cidade e retornaram para a velha casa na praia, sem colocar um pé para fora da porta, até onde ele sabia.

A sra. Turner, cuja única conexão com o caso era o parentesco com o homem desaparecido, não tinha, até onde conseguia ver, motivo algum.

Porém, outras pessoas conectadas a Malloy poderiam ter motivos razoáveis. Ciúme da sra. Sticklemann talvez tenha levado a sra. Malloy, ou até Sara, a matar a outra mulher. Leinster, que Mayhew agora sabia ser um amigo de faculdade da filha dos Malloy, embora desconhecido dos pais dela, fora, o tenente suspeitava, até a Casa da Arrebentação como um favor a Sara para ver o que o pai dela estava fazendo. Era improvável, mas não completamente impossível, que alguma complicação o fizera matar a mulher.

Mayhew encarou o caderninho com mau humor e tentou forçar a mente através da névoa de contradições que cercava o caso. Ponderou sobre a personalidade de Sticklemann como a conhecia — fútil, idiota e dada a segredos e intrigas — e disse a si mesmo que o caráter dela ditou o ritmo de tudo aquilo. A coisa era completamente igual: tão idiota, tão mal concebida, tão envolvida em manipulações desastradas quanto a própria vítima.

Ao todo, era um crime muito atrapalhado, mas, ainda assim, os aspectos grotescos o iludiam.

A falta de sentido que era cortar as mãos de um homem e deixá-las para serem descobertas, não importa o quão acidentalmente, era estupenda, quando se pensava nisso.

Inquieto, Mayhew se remexeu na cadeira. O tenente se perguntou o que estava acontecendo, naquele momento, na velha casa na praia...

Às nove da noite, quando saía do escritório, recebeu uma ligação da Casa da Arrebentação. A voz clara da srta. Rachel surgiu do outro lado da linha:

— Descobrimos uma coisa — disse a ele. — Uma machadinha. Estava costurada por dentro do colchão da sra. Malloy.

— Vou já para aí. — Ele hesitou por um instante, pensando. — Como a encontraram?

— A sra. Malloy falou que virou o colchão hoje. Foi para a cama há uns minutos, e Sara sentiu. Estava na borda, próximo ao topo.

— Não toquem em nada — avisou Mayhew, desligando o telefone.

Encontrou Sara Malloy, a mãe dela e a srta. Rachel no quarto das Malloy. Sara e a mãe usavam camisolas e robes, e o cabelo da moça, envolto em um pano longo que descia pelas costas, parecia incrivelmente dourado. A srta. Rachel estava completamente vestida, com o tafetá arrumado de sempre. Todas desconfortáveis e em silêncio. Mayhew cumprimentou a sra. Malloy, deixou o olhar permanecer por um momento no rosto encantador, mas preocupado, da filha, e se virou para a srta. Rachel em busca de uma explicação. Ela o levou até a cama onde um havia um buraco aberto com um desnível no estofamento.

— Está aqui dentro — disse a srta. Rachel, rápido. — Nenhuma de nós encostou nela. Assim que a sra. Malloy e Sara abriram o colchão... as duas só precisaram desfazer esses pontos grandes aqui, veja, onde alguém costurou... e assim que viram o que era, me chamaram. E eu liguei para você.

Erguendo a cobertura do colchão, Mayhew viu uma machadinha. A lâmina estava manchada e encrustada com uma substância escura, amarronzada — sangue há muito tempo seco —, mas o tenente viu de imediato que não havia manchas correspondentes no estofamento do colchão. O machado, então, havia sido colocado ali depois de secar. Ele retirou a arma e questionou cuidadosamente as Malloy sobre como ela poderia ter ido parar ali. As duas ficaram fora do quarto por um tempo, como faziam todos os dias. Sim, o machado poderia ter sido colocado no colchão naquele mesmo dia. Mayhew suspirou. Por que a sra. Malloy decidira virar o colchão? Simplesmente tinha pensado naquilo? Então...

Mayhew pegou amostras do fio — apesar de que elas não iriam ajudá-lo, a não ser que ocorresse um milagre, pois eram comuns — e embrulhou a machadinha em jornal para levá-la consigo. Avisou a todas as mulheres que permanecessem nos quartos, a não ser que fosse necessário sair, que trancassem a porta durante a noite, e mantivessem as janelas presas de tal maneira que não pudessem ser abertas o suficiente para permitir a passagem de um corpo humano. Ele demonstrou uma forma simples de fixar uma janela ao colocar um prego na vidraça superior. O prego impediria que a vidraça inferior fosse suspensa, barrando a canaleta pela qual a vidraça segue.

Também estava claro para Mayhew que deveria preparar a sra. Malloy para a notícia da morte do marido, pois não tinha mais dúvidas de que a mão decepada indicava essa eventualidade. Ele tocou no assunto com cuidado, perguntando se ela ouvira falar recentemente do marido e se estava preparada para receber uma notícia desagradável. Não era uma abordagem original, mas Mayhew não conseguia pensar em outra melhor.

A sra. Malloy começou a tremer, como fizera na noite do infortúnio de Sara, e os olhos dela se arregalaram, virando poços de temida dor.

— É verdade, então... a coisa que eu não queria acreditar! — sussurrou ela, lendo a expressão simpática de Mayhew. — Ele está morto! — Aquelas palavras breves foram morrendo sob o ribombar distante do oceano.

Mayhew assentiu, desejando ser o tipo de homem loquaz, capaz de expressar simpatia com as palavras.

— Infelizmente, essa é a conclusão que tiramos da evidência que temos. É praticamente uma certeza, sra. Malloy. Se não fosse, não estaria contando à senhora.

Sobre a cabeça caída e trêmula da mãe, os olhos de Sara encontraram os do grande detetive, e a raiva, queimando de azul, crescia neles. Um rosa profundo surgiu no rosto dela, apagando a palidez que estivera lá.

— Não deveria ter contado a ela! — gritou Sara, o queixo erguido em desafio. — Foi algo cruel de se fazer, sem tato algum. Por que não esperou? Você mesmo admite que não tem certeza!

A srta. Rachel falou devagar, como se estivesse pensando alto.

— Então encontrou as mãos? E eram de Malloy, como pensava?

Mayhew começara a concordar e a contar a ela o que o menino descobrira na praia, quando viu a sra. Malloy erguer a cabeça de forma rígida e incerta e percebera os horrores que saberia se conhecesse toda a verdade. Ele logo pediu licença para a mãe e para a filha, deixando uma em um luto duvidoso, e a outra com raiva.

A srta. Rachel o seguiu até o corredor.

— Pode vir aqui no quarto por um instante? — perguntou ela, ansiosa. — Por favor, me conte o que descobriu sobre Malloy.

Ele foi até o quarto, onde a fragrância de lavanda batalhava contra o cheiro bolorento da casa velha. Mayhew olhou para as cadeiras, escolheu uma de costas retas que não tinha sido enfraquecida previamente por ele e se acomodou.

— As mãos quase certamente são de Malloy — contou à senhorinha, que o lembrava um rato e uma fuinha ao mesmo tempo. — Temos digitais que correspondem àquelas que coletamos dos pertences e fios de cabelo retirados do quarto dele. Não há uma chance em um milhão de que a mão que temos não tenha pertencido ao homem desaparecido.

— Só têm uma delas?

— Só. A outra provavelmente ainda está em algum lugar da praia. O médico falou que a mão que temos foi retirada com o uso de um instrumento afiado, mas sem cuidado ou habilidade. Cortada fora, ele acha, com um machado ou uma machadinha.

Os olhos da srta. Rachel se desviaram para a embalagem grande que se pronunciava do bolso de Mayhew.

— Isso significa — disse ela, pensativa — que o homem bêbado não viu um corpo, como eu pensava. Ele viu as mãos, achou que estavam saindo da areia com o corpo escondido abaixo e as pegou. Quando elas saíram livremente, pensou que o homem tinha soltado as próprias mãos.

Mayhew assentiu de forma sombria.

— Isso mostra o que a bebida pode fazer com o juízo de alguém.

A srta. Rachel passou um minuto pensando.

— Eis alguém que gosta muito de trabalhar com um machado — comentou ela.

— Machados... e outras coisas — falou Mayhew, amargo.

Então descreveu as evidências de tortura, os pedaços de madeira queimada sob as unhas da mão decepada.

A srta. Rachel tremeu, os olhos se arregalando.

— Isso é monstruoso — falou após um instante. Havia uma desafinação na voz dela e uma linha branca nos lábios.

— A coisa toda é monstruosa — disse Mayhew, rápido. — É por isso que vou fazer um pedido. Quero que a senhora e as Malloy voltem para casa. Não faz sentido ficarem aqui. Podem estar correndo um perigo terrível, e, se algo acontecer com alguma de vocês, nunca me perdoarei.

A srta. Rachel conseguiu dar um sorriso.

— Ah, mas você está aqui para nos proteger.

Mayhew riu consigo mesmo.

— Sou excelente em proteção. De verdade. Um pouco lento, no entanto — zombou ele. — Lembra-se do que aconteceu com a srta. Malloy? Ela ia me ajudar ao fingir que poderia se lembrar de quem havia entrado no quarto da sra. Sticklemann na noite do assassinato. E aí o que aconteceu? Quase foi morta, mal cheguei a tempo de salvá-la e não faço a menor ideia de quem tentou matá-la.

— Uma coisa estranha... não acha? A janela estava fechada, trancada, e você estava no corredor. No entanto, apenas a sra. Malloy estava no quarto com Sara.

Mais uma vez, um olhar de descrença e raiva certeira surgiu no rosto de Mayhew. Porém, a srta. Rachel interrompeu seus pensamentos.

— Não. Não pense nisso — avisou ela. — A sra. Malloy é incapaz de fazer uma coisa dessas.

— Se ela matou a sra. Sticklemann... perdoe-me, sua sobrinha... também poderia matar Sara. Você sabe que sim.

Contudo, a srta. Rachel balançou a cabeça, teimosa.

— Ela não é uma assassina, tenente. Não me pergunte como sei. Ela simplesmente não é.

A srta. Rachel a encarou em incerteza pessimista por um tempo. Quando voltou a falar, mudou de assunto.

— Chegou a pensar em investigar a possibilidade do casamento no México?

— As chances são pequenas. Não tenho fé nisso.

— O senhor não conhecia Lily Sticklemann — disse ela, baixinho. — É o tipo de coisa que ela teria adorado.

— É praticamente certo que eles não eram casados na Califórnia, de qualquer maneira — falou Mayhew. — Temos relatórios dos registros de todo o condado, alguns de lugares perto da fronteira com o Arizona. De qualquer forma, estou inclinado a desconsiderar a ideia do casamento. Qual é o sentido disso?

— Qual é o sentido do assassinato? — perguntou a srta. Rachel, rápido.

Ele passou a mão no cabelo grosso e escuro com um movimento nervoso.

— Ah, se eu soubesse! — falou o detetive, franco.

A srta. Rachel se aprumou e olhou para ele com uma emoção intensa.

CLUBE DO CRIME

— Acho que sei por que a minha sobrinha foi morta — falou em um tom ávido. Mayhew olhou para ela, o cérebro metódico um tanto incomodado pela maneira como a srta. Rachel se arriscava com as teorias. — Acho que a coisa toda gira em torno de dinheiro... em torno da esperança de uma herança.

Ele desconsiderou aquilo com incredulidade óbvia.

— Não pode ser. Você e sua irmã herdaram o dinheiro. A não ser, é claro — ele sorriu sem humor —, que a senhora a tenha matado.

A srta. Rachel pareceu quase insultada com essa amostra brutal de falta de sentido.

— Escute. — Ela balançou o dedo para ele duas vezes. — E não me venha com zombarias. É verdade que a minha irmã e eu herdamos o dinheiro de Lily; o testamento dela determina isso. Mas e se ela não tivesse feito o testamento na manhã do dia em que morreu? Quem herdaria o dinheiro, então? A pessoa que espera pegá-lo agora, acho. A pessoa que não sabe que Lily fez aquele documento no último minuto.

A atenção de Mayhew foi atraída pelo pensamento lógico.

— Pois bem. Para quem acha que sua sobrinha teria deixado o dinheiro?

— Claro que não era para a minha irmã e eu. De outra forma, não haveria necessidade de um novo testamento. Acho... e essa foi a base para a teoria do casamento... que Lily teria deixado o dinheiro para Charles Malloy. Penso que, após ter feito o testamento e depois do desaparecimento dele, ela esperou pelo sr. Malloy até morrer, cada vez mais suspeitando de que alguma coisa séria estava errada.

— Mas, veja, a senhora é tia dela. Se ela fosse casada com esse homem, não teria contado a você?

— Acho que não. Se não fosse um casamento completamente legal... se ela soubesse disso desde o início ou após a cerimônia... acredito que não o mencionaria para mim. De fato, quando insinuei que ela e o sr. Malloy poderiam ser mais do que amigos, ela pareceu bastante assustada. Tão assustada, na verdade, que pensando nisso desde então, tenho certeza de que ela e Malloy eram íntimos de alguma maneira, e que ela tinha motivos para esconder isso. Vamos supor...

Nesse momento, uma expressão desconcertada assumiu o rosto de Mayhew, e ele esticou as grandes pernas, impaciente. Ele alega que, àquela altura, o imaginário confuso da srta. Rachel estava piorando. Porém, ela foi em frente mesmo assim, embora sentisse a incredulidade na mente oficial do tenente.

— Vamos supor que Lily não soubesse que o casamento com Malloy não era tudo o que deveria ser; que ela soube disso *depois* de fazer o testamento deixando o dinheiro para ele caso morresse. Então, ao descobrir, de alguma forma... talvez pelo próprio Malloy, pois isso daria a ele uma espécie de domínio sobre ela... que o divórcio não estava completo, viu a confusão em que tinha se metido e decidiu ficar quieta até que as coisas fossem acertadas e um casamento legal fosse feito. E, durante a estranha ausência de Malloy, ela começou a temer pela própria vida. Sei que essa teoria deve parecer improvável para você, como se eu a tivesse tirado do nada. Mas não foi assim que a consegui: foi por meio de uma série de coisas aparentemente sem importância que aconteceram enquanto estava aqui e antes de Lily ser assassinada.

Mayhew deu de ombros.

— Não temos provas de que eles tenham se casado — falou ele.

— Não vai tentar o México?

Ele se levantou, colocou o casaco sobre os ombros, onde pendia de um lado pelo peso do machado em um dos bolsos.

— Sim, vou tentar o México — falou, com uma afabilidade súbita. — A senhora era tia dela e devia conhecê-la melhor do que ninguém. Farei a viagem para Tia Juana amanhã. Há outra razão para eu querer ir para o sul: um bom amigo de

Malloy que mora em San Diego, um advogado que o conhecia desde a infância. Até agora a lista de pessoas que a sra. Malloy nos passou não deu em nada. Amanhã, vou conversar com Nicholson e também cruzar a fronteira e dar uma olhada no cartório de Tia Juana.

— Ótimo — disse a srta. Rachel.

Ele se levantou para ir embora.

— Agora estamos chegando a algum lugar — falou ela, conduzindo-o até a saída.

13. O CARRO ALUGADO

O dia estava frio e nublado. Uma neblina se esgueirara para dentro da cidadezinha praieira, umedecendo-a e borrando a silhueta dos prédios. No distrito comercial, o tráfego seguia devagar e cuidadoso. No sedã leve, Mayhew esperou o caminhão à frente decidir se cruzaria ou não a rua. O veículo hesitou como um inseto gigante no meio da névoa, o facho dos faróis feito antenas amarelas, às cegas, e se ajuntou à sua carga coberta por uma lona como um gafanhoto prestes a saltar. Mayhew, tomado por essa noção fantasiosa, quase perdeu o sinal, e o colega policial que cuidava do trânsito olhou para ele de cara feia.

O caminho o levou pelo labirinto tortuoso do trânsito e para ruas mais abertas do sul até enfim chegar à autoestrada costeira para San Diego. A estrada é larga, com excelente pavimento, e pede velocidade. O ponteiro do velocímetro do carro de Mayhew foi de sessenta a oitenta a cem e, quando a cerração desapareceu em San Juan Capistrano, ele foi a 105km/h. O carro deslizava pela pista, chegando às vezes a 110km/h. Mayhew relaxou atrás do volante. A manhã tinha aquela claridade cintilante que é comum às praias do sul da Califórnia e que pode ser uma condição da atmosfera refletindo no esplendor azul do mar. Ele sentiu uma vaga sensação de felicidade enquanto observava a praia da arrebentação ventosa ou subia colinas marrons como as corcovas de um camelo para depois descer de volta ao mar. Pensou súbita e inexplicavelmente em Sara Malloy.

Ela era tão nova e bela quanto o mundo em manhãs como aquela, e o cabelo dela tinha a mesma beleza amarela dos raios de sol. Ocorreu a Mayhew que garotas como Sara em geral não se casam com detetives rudes e brutos, sujeitos que sabem mais sobre a morte e o crime do que sobre como agradar uma mulher. Não, ela pertencia a outro tipo de homem, alguém sensível e com tato que teria um instinto melhor do que o de Mayhew para fazê-la feliz. Esse pensamento o deixou desconfortável, de forma que não prestou atenção total à estrada e se repreendeu no restante do caminho.

Amor e morte, decidiu o tenente, eram companhias incompatíveis.

O carro atravessou as pequenas comunidades que pontuam a costa entre a praia Breakers e San Diego, e, logo depois de uma delas, havia uma bifurcação, um arco alto e uma placa, que dizia: PARA AS CAVERNAS DE SAN DIMAS. Uma ondulação de memória se agitou na mente de Mayhew, e ele se virou para olhar, de testa franzida, o arco, conforme passava por ele. Um caminhão surgiu em frente, movendo-se pesadamente pelo meio da estrada. Mayhew o viu e deu a ele completa atenção. As cavernas, famosas no mundo inteiro pelas suas maravilhas subterrâneas, abandonaram o cérebro dele, e o homem não pensou mais nelas.

Em San Diego, ponderou se deveria ir ver primeiro Nicholson ou ir para Tia Juana. Por fim decidiu, com um toque de irritação, levar a cabo a noção louca da srta. Rachel antes de executar qualquer trabalho próprio. Consumiu um substancioso almoço de culinária mexicana, da qual gostava muito, e seguiu para a fronteira.

Tia Juana nunca foi uma cidade bonita. É empalidecida pelo sol, e a apatia dos seus habitantes permitiu uma desorganização arquitetônica impressionante entre os prédios; eles se inclinam ao sabor da brisa, e as portas curvas permitem que o vento e o olhar dos transeuntes entrem desimpedidos.

Até a proibição ser revogada, ao menos era viva de uma forma tensa, consciente da própria malícia, cheia de americanos bêbados, mexicanos com sono, e pilantras astutos de diferentes nacionalidades. Agora está mergulhada na letargia e se tornou um portal para a mais luxuosa Aguascalientes, que, às vezes, tem a autorização do governo local para receber corridas importantes.

Tia Juana tem, no entanto, uma última característica digna da atenção do mundo: por vezes, é usada como local de casamento de diversos artistas de cinema famosos. As pessoas comuns, que seguiram as estrelas para essa igreja fronteiriça, não contam. Mayhew encontrou o registro de licenças de casamento cheio de nomes de pessoas cuja urgência para se casar era suprema, de forma que não podiam esperar os três dias requeridos pela Califórnia. Um atendente mexicano de pele amarelada o ajudou na busca, e, para a surpresa do tenente, encontraram o que estava procurando. Uma Lily Sticklemann e um Charles Malloy haviam se casado em Tia Juana três meses e meio antes.

Mayhew tomou nota cuidadosa da página, da data e do horário, deu uma gorjeta ao atendente de olhos escuros e dirigiu de volta a San Diego.

Não tentou considerar toda a potencialidade dessa informação naquele momento, mas começou a se lembrar com seriedade do que a srta. Rachel havia postulado sobre a existência de um testamento anterior ao que Lily lhe deixara. Mayhew havia provado que Sticklemann e Malloy contraíram matrimônio, uma semibigamia da parte dele; e a srta. Rachel, de alguma forma, sentira uma conexão mais profunda entre Malloy e a sobrinha do que aparentavam na superfície. Ela também considerara que poderia haver outro testamento que deixava o dinheiro de Lily a Malloy. Mayhew refletiu sobre como provaria ou desprovaria esta última suposição e não viu uma maneira óbvia de fazê-lo.

Deixou o problema de lado e seguiu para a casa de Jasper Nicholson. O homem morava em um distrito mais antigo de San Diego, em uma casa branca imensa, bem cuidada e com um terreno espaçoso em uma colina com vista para a baía. Mayhew foi recebido por um mordomo e, após alguns minutos, Nicholson se uniu a ele na biblioteca.

Mayhew analisou o homem, surpreendido pela aparência estranha. Ele era alto, magro, com um rosto largo e ossudo e cabelo branco perfeito. Usava a barba, que não estava tão reta no queixo, à moda de Vandyke, tinha um bigode longo, e as sobrancelhas se inclinavam bastante para cima, dando-lhe uma expressão levemente diabólica. Mayhew teve a impressão de que Nicholson fazia a própria barba, e que o olho e a mão dele não eram muito firmes. Dois cães o acompanharam para dentro do cômodo e, quando o dono da mansão se acomodou em uma poltrona em frente àquela em que Mayhew estava, eles se deitaram ao lado dele, colocando as cabeças sobre as patas dianteiras e observando o visitante com uma calma pesarosa.

Mayhew recebera uma carta de Nicholson quando as primeiras investigações sobre Malloy começaram, de forma que o objetivo da visita era conhecido. Nicholson escrevera que se encontrara com Malloy em determinada data, e, ao compará-la com o que foi lembrado pelos hóspedes na Casa da Arrebentação, o tenente tinha certeza de que Nicholson vira Malloy quase na época exata do seu desaparecimento.

Nicholson começou a falar do velho amigo com a voz rouca. Mais uma vez, estabeleceu a data em que vira Malloy. Mayhew perguntou a ele como se lembrava tão claramente de que dia era. Os olhos do homem brilharam.

— Porque anotei — respondeu ele, de forma brusca. — Mantenho essas coisas registradas. Sou advogado e, embora não pratique mais a profissão, com exceção de cuidar dos problemas legais de amigos, ainda mantenho os antigos hábitos, como o de anotar todos os compromissos, inclusive os horários.

— E a que horas Malloy chegou? — perguntou Mayhew.

— Mais ou menos às quatro da tarde. Não ficou mais de quinze minutos, e foi embora porque tinha outro compromisso.

— Sr. Nicholson — disse Mayhew, um tanto sóbrio, tentando passar a seriedade da situação. — Estou convencido de que foi uma das últimas pessoas a ver Malloy vivo. Ele desapareceu da praia Breakers no dia em que se encontraram. Agora gostaria de saber o que Malloy veio tratar com o senhor.

O sr. Nicholson fez um gesto impaciente com a mão ossuda e cheia de veias azuis, e, quando falou, a voz parecia uma serra:

— Veio aqui em uma missão inútil, acredito. Queria saber a minha opinião sobre a validade de um matrimônio mexicano, presumindo que uma das partes deste casamento não estivesse legalmente divorciado na Califórnia. É claro que disse a ele que essa união não era nada além de uma farsa e que, se a relação entrasse em um caso desses, seria considerada conduta imoral aos olhos da lei. — Nicholson balançou a grande cabeça após terminar de falar, franzindo as sobrancelhas brancas.

Mayhew não conseguiu conter a ânsia de perguntar:

— Malloy contou ao senhor que ele mesmo estava envolvido em um casamento assim?

— Não... embora, por suas maneiras, eu suspeitasse de que tivesse um interesse pessoal no caso.

— Era só isso que ele queria do senhor?

— Não exatamente. Também me pediu para dar uma olhada em um testamento e para dizer a ele se fora feito de maneira a se sustentar em um tribunal.

— Um testamento? O dele mesmo?

O sr. Nicholson balançou a cabeça, movimentando os bigodes mal posicionados.

— Não, não o dele. Era um testamento que lhe deixava dinheiro da herança de outra pessoa... assinado por uma mulher, acredito. Não lembro o nome.

— O testamento estava em ordem?

— Perfeitamente. Era um testamento hológrafo, completamente manuscrito, sem que seja necessário, portanto, testemunhas, de acordo com a lei californiana. Deixava todas as posses da pessoa para o sr. Malloy.

— Não tem lembrança alguma do nome? Poderia ter sido Sticklemann, Lily Sticklemann?

O velho homem permaneceu sentado em silêncio, os dedos longos acariciando, de forma meditativa, a orelha aveludada de um cão grato. Ele parecia estar tentando se concentrar nos eventos do dia em que Charles Malloy fora vê-lo. Por fim, no entanto, ainda parecendo intrigado, balançou a cabeça.

— Não, não saberia dizer. O nome me escapou por completo.

— Vamos ter que deixar isso de lado, então. Se, durante os próximos dias, o senhor se lembrar do nome que assinava o testamento, por favor, ligue para mim em Breakers. Agora, gostaria de mais detalhes sobre outro assunto. O senhor falou que Malloy mencionou outro compromisso a que tinha que comparecer depois de sair da sua casa. Lembra-se de onde e com quem era esse compromisso?

— Não lembro porque ele não me contou. Foi bastante vago em relação a isso, se não me falha a memória; e, quando foi embora, parecia estar com pressa.

— Como ele chegou, então? De táxi ou a pé?

— Nenhum dos dois. Notei um carro junto à calçada quando o acompanhei até a porta e perguntei que veículo era aquele. Está muito claro para mim o que ele respondeu: que era um carro alugado de um estabelecimento em San Diego.

Mayhew guardou aquela informação na memória, pois coisas assim são fáceis de checar. Continuou conversando com Nicholson por vários minutos, mas o homem não adicionou algo além do que já havia dito ao tenente.

Já era quase noite quando Mayhew saiu da casa de Nicholson. Nas águas calmas da baía de San Diego, o sol se punha em glória carmesim, e o céu acima tinha a tonalidade peculiarmente desbotada que precede a noite. Os ventos marinhos carregavam o cheiro de sal, revigorantes e frescos. Mayhew foi até a cidade, encontrou um restaurante e jantou, e então começou a fazer uma ronda pelos estabelecimentos que alugavam automóveis.

Perto das nove da noite, depois de verificar, sem sucesso, os registros de três locais, encontrou a locatária do carro de Malloy. O escritório não era nem grande, nem proeminente; o estoque de carros era pequeno e indistinto, o tipo de lugar cujo fregueses eram homens que queriam se manter discretos e ter um caso sem chamar atenção. Uma convicção crescia na mente de Mayhew de que o compromisso de Malloy, depois da visita a Nicholson, fora com o próprio assassino.

Deve ter acontecido nas cercanias de San Diego, ou não teria havido motivo para alugar um carro lá. Porém, se fosse esse o caso, e Malloy tivesse encontrado a morte no lugar marcado, onde estava o corpo?

O registro do aluguel do carro não informava detalhes para Mayhew além da data e da cobrança, baseada na quantidade de quilômetros rodados. O gerente do estabelecimento, estipulando de acordo com o dinheiro pago por Malloy, achava que a distância viajada pelo automóvel alugado teria sido entre sessenta e oitenta quilômetros. O homem não estava trabalhando quando o carro foi devolvido, mas pediu a Mayhew para esperar até as 21h30, quando chegaria o responsável pelo turno da noite — o funcionário que recebera o veículo de Malloy ou de qualquer outra pessoa que o tivesse devolvido.

O responsável pelo turno da noite chegou pontualmente. Era um homem magricela, de cabelos ruivos, que aparentava ter boa índole e inteligência. Em resposta à pergunta de Mayhew, depois de estudar os registros da data e do valor cobrado, afirmou que acreditava se lembrar do retorno do carro.

Lembrava-se, disse, por causa do dano em um dos pneus traseiros, pelo qual teve que cobrar um dólar em reparos. Um pedaço da concha quebrada de um mexilhão se incrustara na roda, perfurando a borracha e permitindo um vazamento lento, mas, ao mesmo tempo, impedindo o pneu de ficar completamente vazio. O homem — e nesse momento Mayhew se inclinou para prestar mais atenção — tinha pagado sem problema a cobrança extra.

Sim, fora um homem. Um homem com um uniforme de motorista, usando um chapéu com aba na frente que cobria o rosto, de forma que os traços estavam escondidos quase por completo.

Foi a primeira visão que Mayhew teve da sua caça, o indivíduo que ele sabia ser o assassino na Casa da Arrebentação — um homem usando um uniforme de motorista com o rosto escondido por um chapéu! O tenente percebeu de imediato a utilidade de tal vestimenta: ela permitia o uso de um chapéu de aba grande como algo óbvio.

A questão da concha de mexilhão chamou-lhe a atenção. Sugeria a praia, ou uma estrada ou terra mais alta perto do mar. Um bosque ou uma caverna em algum lugar da costa próxima, um chalé isolado na praia. Mayhew tinha certeza de que um desses lugares testemunhara a tortura e a morte de Malloy.

Ele começou a montar parte do quebra-cabeça relativo ao homem desaparecido. Malloy fora a San Diego por dois motivos: saber o que o advogado Nicholson achava do casamento mexicano e se certificar de que o testamento da sra. Sticklemann era válido — e para encontrar outra pessoa na cidade ou perto dela. Após a visita a Nicholson, Malloy fora se encontrar com essa outra pessoa. O próximo sinal foram as mãos descobertas na praia Breakers, sendo que elas demonstravam evidências de uma tortura terrível.

A morte de Malloy era uma presunção razoável. Como o corpo não fora encontrado conectado às mãos, o lugar mais provável em que poderia estar era na cena do crime.

O propósito de decepar as mãos ficara claro para Mayhew apenas naquela manhã, quando o relatório sobre o que fora encontrado no cabo do machado chegou à sua mesa. Houvera tentativas de implantar impressões digitais na arma. O especialista da polícia reconheceu de imediato as digitais como feitas pela mão de um cadáver, pois, depois da morte, os dedos encolhem e as impressões mostram fissuras caracteristicamente longas.

Apenas um assassino idiota deixaria as impressões digitais inúteis na arma, pois elas demonstravam, de forma patente, que a mão que deixara as digitais não poderia ter cometido o crime ou qualquer outra coisa. Mayhew praguejou por dentro. Tinha chamado o assassino de idiota, e muitas das ações dele eram idiotas. Mas, ainda assim, permanecia o fato de que, no fundo, o crime havia sido astuto, planejado habilmente e de antemão, faltando apenas conhecimento técnico específico para que funcionasse.

Mayhew deixou o estabelecimento de carros agradecendo pela ajuda, e o próprio carro seguiu pela autoestrada bastante cheia que levava para casa.

Conforme o carro desviava e acelerava, passando por La Jolla, Oceanside, por San Clemente e San Juan Capistrano, ele buscava partes úteis no quebra-cabeças mental. Estava estabelecendo uma visão muito mais clara dos dois desafortunados nesse crime: Lily Sticklemann e Charles Malloy. Viu que, além de estupidez e propensão a segredos, deveria acrescentar imprudência romântica às características da mulher, pois se casara com Malloy sem de fato saber muito sobre o sujeito. Malloy surgia como um homem pouco honrado, disposto a se rebaixar a feitos duvidosos caso prometessem algum lucro, disposto a se casar sem ter o direito legal de fazer tal coisa, se a noiva tivesse dinheiro.

Malloy devia estar interessado nesse dinheiro!

Assim como a outra pessoa, como dissera a srta. Rachel.

Malloy teria assinado um testamento, conhecendo a outra pessoa como deve ter conhecido? Ele poderia ter sido forçado a assinar diante da exposição de bigamia *ou por tortura*?

As luzes de San Clemente ficaram para trás. Mais adiante, Laguna brilhava sob o céu escuro.

Malloy procurara Nicholson por iniciativa própria ou fora mandado por alguém? Era concebível que ele não fosse a força motriz por trás do relacionamento com Lily Sticklemann, que tivesse sido usado como uma ferramenta, que até mesmo o casamento fora combinado.

Mayhew tentou imaginar a sra. Malloy mandando o marido em uma expedição em busca de fortuna. A natureza diminuta da mulher fazia parecer algo improvável, mas, mesmo assim, no mundo do crime, a experiência do detetive demonstrava que nada era impossível.

Havia duas herdeiras para qualquer bem que Malloy pudesse receber de Lily Sticklemann. A sra. Malloy e a filha, Sara.

14. A SRTA. RACHEL SE SENTA, AMEDRONTADA

Não havia lua naquela noite na praia Breakers, embora ela brilhasse sobre o carro acelerado de Mayhew, muito abaixo na costa. A neblina permanecera, ficando mais leve ao meio-dia como se quase estivesse indo embora, mas então se tornando mais pesada durante a tarde, até que, às seis da tarde, a densidade se tornara completamente depressiva. A srta. Rachel observou a cerração crescer por trás do vidro da janela, observou-a chegando e se estabelecendo, e viu a parede do prédio vizinho desbotar e desaparecer. Então, às 18h30, sentindo a necessidade de jantar, ela saiu.

A idosa supôs, conforme seguia caminho pelo desanimado e melancólico parque de diversões onde parecia que ninguém estava se divertindo muito aquela noite, que uma névoa pesada sempre a lembraria da sobrinha. A chegada do vapor branco, ondulante e sinistro parecia um prelúdio apropriado para uma morte violenta e misteriosa. *Com certeza atraíam o crime*, pensou a srta. Rachel, feliz por terminar logo o jantar e voltar para a casa.

Ela destrancou a porta, esticou a mão para acender a luz, e entrou. Encontrou Samantha no meio do cômodo, os olhos dourados expelindo desconforto e o rabo roliço se remexendo. A srta. Rachel parou e observou a gata com cuidado. Sentiu de imediato que algo havia incomodado Samantha, em geral tão quieta e disposta a permanecer enrolada na cesta de piquenique enquanto a srta. Rachel estava fora.

— Gatinha? — disse a srta. Rachel, estendendo a mão.

O rabo fez um arco maior, os olhos ardiam e o miado que Samantha emitiu era cheio de angústia.

Uma ideia surgiu na mente da srta. Rachel, e parecia estar conectada aos joelhos dela, pois eles imediatamente ganharam a consistência de gelatina. Contudo, ela, por mais que fosse idosa e pequena, tinha fibra. Forçou a si mesma a ir até o guarda-roupa, abrir a porta e examinar o local com atenção, e, depois disso, fazer a mesma coisa com o banheiro ao lado. Não havia vivalma em nenhum dos lugares.

Voltou, sentou-se na beirada da cama e observou a gata. Em um momento, os olhos do animal pareceram encarar com malevolência especial o espaço debaixo do móvel, e a srta. Rachel perdeu o fôlego de tanto medo antes de analisar o chão com cuidado e se certificar de que não havia alguém escondido no cômodo.

Porém, a gata continuava nervosa, continuava rondando o quarto e balançando o rabo, continuava insultando a srta. Rachel pela falta de inteligência dela.

Por fim, ocorreu à srta. Rachel que, embora não houvesse alguém no quarto no momento, alguém podia ter estado durante o jantar, e que a invasão de outra pessoa explicaria o comportamento de Samantha. Se alguém tivesse de fato entrado no cômodo, talvez o indivíduo tenha tratado a gata de forma rude e a hostilizado. Após um exame rápido, não encontrou marcas de violência em Samantha. A srta. Rachel também sabia que a gata gostava de seguir pessoas — fora por isso que ela estivera presente no quarto durante o assassinato de Lily —, e se perguntou se o visitante (se houvera mesmo algum) fora bruto nos métodos de impedir a gata de sair com ele. Aquilo, pensava ela, parecia uma teoria bastante provável.

Também parecia provável que, se alguém entrara no quarto, tinha sido por algum motivo. Sendo assim, a srta. Rachel andou pelo cômodo, examinando. Tudo estava no lugar em que deveria — até olhar pela janela. Sem pensar, tocou nos pregos que colocara para obstruir o vidro de baixo de ser erguido além dos cinco centímetros que requeria para ventilação, e um deles caiu com o menor contato.

Aquilo a assustou; a frouxidão inexplicável do prego assumiu proporções imensas e assustadoras. Ela ficou parada ao lado da vidraça embaçada, passando o olhar do prego que tinha em mãos para o buraco na janela. Então, com cuidado, ficou na ponta dos pés e analisou com atenção o lugar de onde o prego havia caído e o outro prego ainda do outro lado da janela, e de imediato viu sinais óbvios de sabotagem. Os pregos foram afrouxados ao serem puxados e recolocados na janela, enfiados de forma gentil, mas precária, de volta ao lugar. Devagar, a srta. Rachel ergueu a vidraça da janela. O painel subiu até encostar no prego restante; um pouco mais de força e o prego se deslocou, saindo e aterrissando no carpete quase sem fazer barulho. A janela estava, então, livre para ir até a altura que qualquer pessoa quisesse.

Foi ideia do tenente Mayhew colocar os pregos na janela. Mas de quem foi a ideia de afrouxá-los? A srta. Rachel não fazia ideia da resposta a essa pergunta, mas saber que o afrouxamento acontecera — que alguém preparara aquilo com cuidado para que pudesse abrir a janela quando a ideia lhe ocorresse — deixou a srta. Rachel sem ar e com o coração palpitando.

A princípio, porém, parecia uma coisa completamente desnecessária a ser feita. Se alguém quisesse entrar no quarto, por que não mexer na fechadura? Do caos que eram os pensamentos da srta. Rachel, surgiu uma noção prática de que a porta não fora levada em consideração por causa da chance de ser visto no corredor (um risco, no entanto, que o assassino correra!) e também, mais provavelmente, que a pessoa responsável por aquela sabotagem aprendera de alguma forma, talvez tentando abrir a porta durante a noite, que a srta. Rachel não ia dormir sem antes colocar uma cadeira debaixo da maçaneta.

Isso, então, a levou até a premissa de que havia uma pessoa que queria entrar no quarto dela, obviamente enquanto estivesse ausente ou dormindo; e, como se ausentou durante alguns minutos no dia, se a tarefa fosse qualquer coisa que demorasse algum tempo, a pessoa deveria estar planejando entrar durante a noite.

A srta. Rachel, ao chegar a essa conclusão assustadora, sentou-se apática na cama e encarou aqueles dois pedacinhos sinistros de metal: os pregos da janela. Uma necessidade de fuga crescia no peito dela. Com uma explosão repentina de nervosismo, ela pulou da cama e começou a jogar coisas na mala. Porém, a srta. Rachel, além de ser um pouco tímida, também é tão curiosa quanto Alice no País das Maravilhas, e começou a se perguntar, enquanto guardava as coisas, quem queria entrar no seu quarto de maneira tão furtiva. Esse enigma foi tomando conta da mente dela, de forma que as mãos se moveram cada vez mais devagar, até, por fim, a srta. Rachel parar e olhar de forma distraída para a janela. Ela afastou o pensamento com um gesto repentino, olhou para o objeto que segurava, colocou-o na mala, retirou-o e enfim deixou aquilo completamente de lado e começou a bisbilhotar o quarto outra vez.

Ficou mais interessada no armário. Havia um conjunto de gavetas embutidas nos fundos; ela as retirou do lugar, colocou um lençol como cortina pela estrutura e entrou ali. Era um esconderijo excelente: espaçoso e de fácil acesso. Mas havia duas desvantagens inalteráveis: o local era um tanto suspeito e não havia um lugar para deixar as gavetas removidas. Com um lamento, a srta. Rachel saiu e colocou as gavetas de volta no lugar.

A GATA VIU A MORTE

Desprezou a ideia de se esconder embaixo da cama. Imaginou a si mesma sendo puxada pelo pé ou pelo pescoço, se escolhesse um esconderijo tão óbvio.

Continuou a analisar o quarto. Dispensou o banheiro sem nem mesmo entrar nele, pois continha, além do equipamento elementar de tais lugares, apenas um boxe de cimento sem nem mesmo uma cortina. Andou um pouco mais, pensativa, e, por fim, sem encontrar local algum em que poderia se esconder e espionar o visitante noturno, voltou para o guarda-roupa quando, por acidente, olhou para o teto.

Havia um alçapão ali.

No sul da Califórnia, onde casas não são o mesmo assunto sério do restante do país, o sótão formal praticamente não existe, exceto em construções muito grandes ou em casas feitas por cidadãos inconversos da costa Leste. O que pode ser chamado de sótão casual, no entanto, é bastante comum: um sótão que está lá simplesmente porque há a necessidade de espaço entre um teto reto e um telhado de duas águas. Tais sótãos são úteis quando é preciso fazer reparos acima do teto, ou quando miudezas precisam ser guardadas em algum lugar; porém, ninguém presta atenção suficiente neles a ponto de fazer escadas para acessá-los. Em vez disso, em geral há uma abertura deixada nos guarda-roupas, fechada apenas por um quadrado de madeira colocado sobre o buraco.

Havia uma abertura do tipo no teto do armário da srta. Rachel, e, quando ela a viu, o coração deu um pulo de pura alegria detetivesca. Percebeu de imediato que, em tal lugar, poderia se esconder, observar e, com alguma sorte, descobrir a identidade do visitante.

Chegar até lá sem deixar uma pilha óbvia de cadeiras ou métodos similares de suporte parecia a princípio um grande problema, mas depois se tornou excepcionalmente fácil. A srta. Rachel apenas puxou cada gaveta do compartimento embutido, de forma que a borda dava uma base de apoio firme e, com esse arranjo, subiu de forma audaciosa. Ao chegar ao topo da cômoda, descobriu que não conseguia ficar com a coluna reta a não ser que movesse a cobertura do alçapão, e que, depois de fazê-lo, a cabeça e os ombros ficavam acima do chão do sótão.

Estava tão escuro ali quanto se presume que sejam as maiores profundezas do Hades. Havia um cheiro ruim de bolor, como o de madeira mofada, e o frio rastejava na pele da srta. Rachel. Parecia um lugar tão desagradável para entrar que, por um instante, o coração da idosa falhou, e a srta. Rachel desceu para continuar a fazer a mala. Colocou a escova de dentes e a camisola na maleta antes de lhe ocorrer que não seria animador voltar para casa e para Jennifer naquela noite, mas que entrar no sótão escuro e gelado lhe daria mais emoções por minuto (contanto que o quarto fosse invadido!) do que todos os filmes a que ela já assistira juntos.

Pequenos arrepios percorreram seu corpo; ela os sentiu conforme passavam pelo braço, os olhos arregalados e brilhantes. Então, com um ar sério de determinação, recolocou todos os pertences na grande cômoda de aspecto surrado.

No entanto, como explicar sua ausência, se o visitante aparecesse naquela noite? Ele não a procuraria caso a presença dela fosse esperada?

A srta. Rachel refletiu sobre aquilo por um tempo. Então tomou uma decisão e foi até uma lanchonete no próximo quarteirão, onde uma garçonete dentuça fora generosa com o café da manhã. Uma gorjeta foi passada da srta. Rachel para as mãos ávidas da garçonete. Palavras foram sussurradas, que deixaram a moça dentuça intrigada, mas solícita, e a idosa voltou para a Casa da Arrebentação.

Em meia hora, a idosa foi chamada para atender ao telefone.

No telefone, na parte dianteira do corredor, a srta. Rachel demonstrou uma surpreendente falta de decoro no discurso.

Falou alto. Discutiu ofensivamente sobre os perigos do ar noturno. Disse que duas horas da manhã era tarde demais para ela sair. Sim, apreciava o convite. Porém...

O fone guinchou no ouvido da srta. Rachel.

— Mas, madame, só estou falando o que me pediu. Sobre o horário correto, quero dizer. Não entendo muito bem esse outro... — A voz tinha uma dicção de dentes grandes.

De repente, a srta. Rachel ficou com um pouco mais de boa vontade.

— Bom, se tem certeza de que pode me trazer para casa de carro, então irei. Quando foi a última sessão espírita? Duas semanas atrás? Conseguiu alguma coisa do papai?

Ela pareceu ouvir enquanto os detalhes sobre o pai eram relatados.

Pacientemente, a garçonete respondeu:

— Estou fazendo a minha parte, madame. São 21h30 em ponto. Agora, já lhe falei.

— E essa mulher é boa? — perguntou a srta. Rachel de forma irascível. — Ela *incorpora* mesmo? Vou saber se não for o papai, você sabe.

Um minuto de silêncio; a garçonete havia desistido.

— Bem, então eu vou, sra. Sims. Começarei de imediato. — A srta. Rachel se virou para o lado e deixou o olhar atento percorrer o corredor. A sra. Sims, dissera a idosa para si mesma, era surda. — Começarei de imediato — repetiu ainda mais alto. — E deve me prometer que vai me trazer de volta de carro às duas.

Ela desligou e voltou para o quarto. Às 21h30, saiu fazendo uma algazarra que lhe era incomum, carregando a cesta de Samantha.

Dez minutos depois — como tinha medo do próprio quarto agora! —, voltou para o corredor sem fazer barulho, entrou no cômodo sem o arranhar da fechadura ou o tilintar das chaves, preparou a mente para a escuridão e foi para o armário.

Sentiu tontura ao subir. Samantha miou. O frio do sótão rastejava por baixo das roupas da srta. Rachel.

A idosa, tateando com as mãos delicadas, deixou uma abertura no limite do alçapão através da qual conseguia ver lá embaixo. O quarto estava silencioso feito um túmulo.

Tendo tempo para pensar, a srta. Rachel começou a imaginar os motivos por trás daquilo. Depois do devido processo de raciocínio, chegou à conclusão de que havia duas razões possíveis: ou essa pessoa tinha assuntos a resolver com ela ou com algo em sua posse. Se o motivo fosse ela, a idosa sentia que, muito provavelmente, havia intenção de causar algum dano, talvez a morte — uma morte que deveria chegar durante o sono, antes que pudesse gritar.

Aquilo tudo, então, resolveria a questão. Se o intruso invadisse o quarto pensando que ela estava fora, provaria que machucá-la não era a principal intenção.

Se alguém entrasse no quarto enquanto ela presumivelmente estivesse na sessão espírita, só poderia ser porque havia algo ali, nos pertences, que o intruso queria.

Éons de tempo pareceram marchar pela escuridão. A srta. Rachel forçou a vista pela abertura na escotilha.

Como ela saberia quando batesse duas horas, horário em que supostamente deveria retornar da sessão? Era melhor ficar a noite inteira no sótão, por precaução.

Ela se mexeu nas sombras. Contorcendo-se, a gata miou em protesto indignado.

Mais éons se passaram, marchando pela cabeça cansada da srta. Rachel com uma lentidão enlouquecedora, e, por fim, ela caiu no sono. A janela sendo aberta no quarto abaixo não a acordou, nem o barulho dos primeiros passos cuidadosos; mas um raio refletido de luz, passando pela abertura estreita que deixara na entrada do armário, atingiu as pálpebras delicadas dela, que mandaram uma mensagem urgente para o cérebro.

Ficou confusa por um instante, sem perceber onde estava. Então, tudo se encaixou. Sabia o que a abertura iluminada diante de si significava e se debruçou para dar uma olhada. Viu uma lanterna com o facho amarelo bisbilhotando preguiçosamente o guarda-roupa, iluminando sapatos, vestidos, a cesta da gata e a mala no canto. Conseguia ver a mão, muito de leve, que segurava a lanterna, mas o corpo e o rosto da pessoa estavam escondidos atrás da porta do armário. A srta. Rachel esperou, prendendo a respiração, o intruso adentrar o guarda-roupa para que pudesse ver o rosto dele; porém, ele falhou neste amável ato de revelação.

Em vez disso, a luz se apagou de repente e, abaixo, o barulho de algo sendo arrastado soou. Para a srta. Rachel, parecia que a mala estava sendo retirada do armário.

O invasor tomava cuidado com a luz. Apenas uma ou duas vezes a srta. Rachel teve vislumbres da lanterna em ação. O visitante obviamente trabalhava no escuro, mas trabalhava bastante. Uma série de sons baixos e ininterruptos a alcançou: rasgos, tapinhas furtivos e o barulho de movimentos cuidadosos. Parecia muito eficiente, sem pressa e bem minucioso.

No meio da animação, veio à srta. Rachel um desejo incontrolável de espirrar.

Fez várias coisas frenéticas consigo mesma: segurou o nariz, respirou fundo com a boca, deu beliscões na parte de trás do pescoço e, por fim, enfiou os dedos nos ouvidos como se fosse envergonhar e afastar o espirro por não ouvi-lo. Tudo em vão; o espirro cresceu por dentro, por assim dizer, até a srta. Rachel sentir que era o maior e mais barulhento espirro que daria na vida. Porém, no último segundo, com a cabeça para trás e a boca aberta de maneira deselegante, teve a presença de espírito de tirar as mãos dos ouvidos e abafar o barulho com elas. O resultado foi deveras doloroso; o espirro saiu pela culatra de forma convulsiva e pareceu explodir dentro dela. Lágrimas jorraram, e ela fungou na manga do tafetá, gemendo de leve.

A escuridão que a envolvera e a desencarnara, de tão palpável que era, se tornou sinistra e assumiu vida própria. A srta. Rachel a sentiu se avolumando sobre si, e franziu a testa para a criatura perturbadora que havia espirrado. Também sentia-se aterrorizada de que a pessoa no quarto a ouvira, de maneira que, quando o nariz parou de escorrer e a escuridão deixou de parecer tão tensa, ela deu uma nova olhada abaixo e escutou.

Prendeu a respiração e ficou toda ouvidos. Por um tempo, houve um silêncio terrível; um minuto se passou — talvez dois. Então o barulho sussurrante abaixo continuou, e a srta. Rachel respirou novamente.

A gata ficara incomodada com as agitações da srta. Rachel, e agora se contorcia e abria a boca com um som úmido. Mais uma vez, o terror invadiu o coração da srta. Rachel. A gata miaria — ou apenas bocejaria? Ela aguardou. Samantha deu uma pequena bufada de insatisfação — um ronronar ao contrário — e se enrolou de novo para dormir.

A busca abaixo continuava, ao que parecia, por horas e horas. A animação que jogara uma amarelinha ondulante no seu sistema nervoso se esvaía. A srta. Rachel ficou francamente cansada e com um sono incontrolável. Ela se enroscou sobre a tampa do alçapão, por segurança, e seguiu para uma terra de sonhos conturbados.

A luz do dia, ainda fraca, brilhou pelas janelas estreitas do sótão quando ela acordou. Dessa vez, não havia surpresa alguma. O corpo protestou e a avisou, muito antes de a idosa acordar por completo, de onde estivera dormindo.

Ela escutou. Não havia som algum no quarto, mas deixou o silêncio tranquilizá-la por vários minutos antes de descer do seu refúgio. Lá embaixo, encontrou o caos.

Os pertences e a mobília foram reduzidos aos materiais originais. Ou seja, a mala agora se resumia a quadrados recortados de couro, diversos pedaços de papelão e uma tira de revestimento moiré; os sapatos eram uma zona de tecido e partes estranhas de madeira que cobriam saltos; o colchão era um feixe de algodão solto de aparência desagradável e com a proteção rasgada; e todos os outros artigos no quarto que poderiam ser reduzidos de maneira semelhante voltaram ao estado de antes dos criadores os juntarem. Era como se um feiticeiro malvado tivesse estalado os dedos e, através de alguma magia, *desfeito* tudo entre as quatro paredes do cômodo.

Havia fendas no papel de parede antes, mas agora o reboco apodrecido abaixo estava à mostra, e o próprio papel estava, de forma nada decorativa, sobre o chão.

A srta. Rachel sentia-se bastante cansada da estadia nas regiões mais altas, de forma que não tentou fazer uma tentativa fútil de reorganização, mas se sentou triste no colchão destruído e fechou os olhos. Assim que se acomodou, ouviu uma batida à porta. Com perspicácia, foi até ela e observou pelo buraco da fechadura, percebendo, assim, uma mão anormalmente grande pronta para agarrar a maçaneta. Destrancou a porta e a abriu. Mayhew olhou lá para dentro.

— Fogo do inferno! — exclamou ele. — Quem foi assassinado agora?

15. A SRTA. RACHEL ESCUTA

Demorou alguns minutos para a srta. Rachel convencer Mayhew de que nenhum outro homicídio havia ocorrido.

Apesar da sua mente ter descansado quanto a isso, ele ficou tremendamente interessado nos motivos da destruição do quarto. Deu uma olhada nos detritos e pegou um pedaço do couro de aparência desgastada que cobrira a mala.

— O que é isso? — perguntou.

— A minha mala.

— O que tinha dentro dela?

— Nada.

Mayhew balançou o pedaço de couro impaciente.

— Então por que isso? Por que destruí-la, se estava vazia?

— Penso que a pessoa estava interessada no que poderia haver entre o forro e a cobertura.

— A pessoa?

— A... pessoa que entrou aqui noite passada.

— Hummm. Há algo desaparecido? O que essa pessoa queria?

— O testamento, acho. Não, está tudo aqui. Só destruído. Vou ter que comprar coisas novas.

A srta. Rachel não parecia insatisfeita. Ela talvez apreciasse a ideia de fazer compras.

— Você contou a alguém que sua sobrinha havia feito um novo testamento?

— Ah, não. Por que contaria? Lily deixou claro que o fez em segredo. Acho que o nosso assassino está ficando com medo.

Nada foi feito, nenhum movimento para acertar a herança. Deve estar se perguntando a razão. Pode ter pensado que encontraria o testamento, se houvesse algum, e o destruiria.

Mayhew desistiu das buscas infrutíferas e se jogou em uma cadeira. De algum lugar das reentrâncias do móvel veio um grito forte e rangente; dois parafusos se soltaram com força considerável e o assento caiu com um estrondo. Mayhew se levantou do chão e limpou a poeira.

A srta. Rachel encarou os destroços do que era a cadeira sem qualquer preocupação em particular.

— Não importa — respondeu ela aos pedidos sussurrados de desculpas dele. — O quarto já estava uma bagunça mesmo.

Mas o observou com cuidado pelo rabo do olho conforme Mayhew encontrava um lugar mais seguro para se empoleirar: o canto da cama. Ela mesma encontrou um lugar para se sentar em uma das dobras do colchão; lá, caiu como uma galinha pequena e molhada.

O tenente contou que descobrira que a sobrinha dela e Malloy se casaram em Tia Juana quatro meses antes. A srta. Rachel tentou parecer contente e interessada na confirmação da própria teoria, mas o cansaço borrava os seus pensamentos. Mayhew falou por mais um tempo e, então, vendo o quanto ela estava cansada, aconselhou-a a ir até outro lugar e dormir um pouco.

Ela não acatou a última sugestão. Mayhew foi para o outro lado do corredor e conversou alguns minutos com a sra. Malloy. Queria determinar uma data definitiva para a saída do sr. Malloy da Casa da Arrebentação. A sra. Malloy achava que o sr. Leinster poderia ser melhor para lhe dar tal informação. O sr. Leinster ocupava a casa naquela época e — embora ela não tivesse falado isso — aparentemente observara o marido de perto.

Depois das perguntas feitas à mãe de Sara, Mayhew foi para o corredor e encontrou a srta. Rachel e a sra. Turner carregando um novo colchão para o quarto da srta. Rachel.

— Comprei esse aqui para substituir o que ficou cheio de sangue no quarto ao lado — falou a senhoria esquelética e de cabelos com cor de ferrugem em voz alta e sem tato. — Agora vou ter que comprar outro. Esses colchões custam $4,50 cada um. Esse negócio só dá prejuízo, vou te contar.

A srta. Rachel não respondeu. Através da porta aberta do quarto, Mayhew observou a mulher começar a trabalhar na desordem que era o quarto. A sra. Turner não demonstrou curiosidade ou surpresa. Simplesmente se ocupou de uma forma nervosa e determinada, reunindo a bagunça heterogênea e levando-a pelo corredor até a lixeira na porta dos fundos. A srta. Rachel fez esforços ineficientes para ajudar, mas a mulher mais alta a superava em questão de energia e força, então a idosa se voltou para fazer a cama.

Mayhew interrogou um Leinster ranzinza e suspeito. O homem mais jovem deixou claro seu desgosto pelo detetive desde a noite da discussão no quarto de Malloy. No entanto, fixou uma data sobre a qual tinha certeza de que Malloy saíra da Casa da Arrebentação pela última vez...

Quando a srta. Rachel acordou, durante a tarde, sentia-se muito melhor. Os membros estavam muito mais relaxados, e as costas haviam parado de doer por ter ficado deitada no chão duro do sótão por tantas horas. Ficou parada por alguns minutos, olhando para o quarto vazio e feio, agora tomado pela luz solar vespertina.

Os pensamentos dela se voltaram para as outras pessoas daquela casa, e ela imaginou o que cada uma estava fazendo naquele momento. Pensou em cada um em sucessão: a sra. Marble, a sra. Turner, as Malloy, o sr. Leinster, os Timmerson e os Scurlock. Um pequeno suspiro lhe escapou.

— Não sabemos o suficiente sobre nenhum deles — reclamou consigo mesma. — Se soubéssemos, esse assassinato não seria um mistério.

Enquanto se levantava e colocava o vestido, continuou pensando nos companheiros da Casa da Arrebentação. Devia haver algum método para conseguir mais informações sobre essas pessoas do que aquelas que elas lhe dariam de forma voluntária. Se alguém simplesmente pudesse ouvir as conversas quando os interlocutores pensassem não estar sendo ouvidos — ou espioná-las em segredo. Um mês antes, as bochechas da srta. Rachel ficariam coradas por tal pensamento, mas, desde então, ela havia se tornado uma detetive e nada estava acima dela. Melancolicamente, a idosa se lembrou de uma coisa chamada ditafone, que você plantava no quarto das pessoas quando elas estivessem longe, para ouvir as conversas quando quisesse. Mas não fazia ideia de onde conseguir um instrumento desses, nem como operá-lo se tivesse um.

Nesse estado de confusão meio desanimador, pensou no sótão, e, de imediato, percebeu que tinha uma solução pronta para seu problema. Se o guarda-roupa dela tinha uma abertura para o sótão, não seria razoável supor que os outros também tivessem? E que, se quisesse se dar ao trabalho de colocar o ouvido perto dessas aberturas, poderia escutar algumas coisas dignas de nota? Uma espécie de deslumbramento feliz lentamente a dominou enquanto visualizava as possibilidades do sótão. Às seis da tarde, jantou com moderada felicidade. Às sete, estava montando o conjunto de gavetas no armário, e, às 19h05, tinha descoberto a primeira das outras entradas para o sótão. Era mais próxima à frente da casa em relação ao quarto dela, e, após um instante ouvindo, ficou convencida de que era o apartamento do sr. Leinster.

Deslizou a cobertura da entrada um pouco para o lado e viu a porta do armário entreaberta com a luz que vinha do quarto além. Vozes chegaram aos seus ouvidos: as do sr. Leinster e de Sara Malloy.

O sr. Leinster lia algo rápido em um tom rápido e inexpressivo. De vez em quando, Sara fazia um comentário, como "Isso está bom" ou "Você está apressando as coisas".

De repente, o sr. Leinster parou de ler.

— Vou matar a srta. Rachel também — disse ele com um tom de voz perfeitamente normal.

Seguiram-se alguns segundos do que a srta. Rachel esperava ser uma surpresa chocante da parte da srta. Malloy. Porém, quando a moça respondeu, o tom não demonstrava nada disso; tinha mais uma espécie de protesto arrependido.

— Ah, você não faria isso — falou Sara.

A voz de Leinster ficou mais firme.

— Sim, é necessário. Tem que ser feito.

— Mas você já matou o meu pai.

— Não importa. A srta. Rachel também precisa ir.

— Mas ela é uma senhorinha tão querida, Gerald.

O sr. Leinster fez um som zombeteiro com a garganta.

— Escute, Sara — explicou ele, pacientemente. — Já matei dezenas como ela. Não significa nada... nada mesmo. Vou matá-la.

Na opinião da srta. Rachel, Sara desistiu daquele assunto muito rápido.

— E como vai fazer isso? — perguntou ela com leve curiosidade. — Veneno?

— Não. — O sr. Leinster estava decidido. — Vou atirar nela. Para variar um pouco.

— Mas então terá uma arma nas mãos — comentou a srta. Malloy, prestativa.

A srta. Rachel começou a tremer, pensando que nunca na vida ouvira um planejamento tão a sangue-frio ou sonhara com tanta indiferença diante de um crime futuro. Ao mesmo tempo, havia algo estranho na coisa toda — aquilo não combinava com a personalidade daqueles jovens como ela os conhecia. Leinster, o assassino, e Sara Malloy, a cúmplice...? Não era possível. Mas a srta. Rachel continuou ouvindo.

Eles se livrariam da arma de uma forma impecável, deixando-a ao lado do corpo da srta. Rachel com as impressões digitais da idosa nela.

A GATA VIU A MORTE

— Então aquele detetive idiota vai pensar que ela é a assassina e parar de investigar — falou Leinster. — Vai achar que cometeu suicídio por causa do remorso.

A srta. Malloy respondeu com alguma emoção:

— Não vai, não. Ele não é tão idiota quanto você pensa.

Houve silêncio depois disso, uma espécie de silêncio pensativo da parte do sr. Leinster — decidiu a srta. Rachel. E então:

— Sara, você está enamorada daquele sujeito?

— Ah, que disparate! — exclamou Sara, de forma descuidada. — Continue com os seus assassinatos.

Diante daquela incitação cruel, os cabelos brancos da nuca da srta. Rachel se arrepiaram. Haveria alguma dúvida depois de tal conversa?

O sr. Leinster, porém, não seria afastado do objeto do seu ódio.

— Ele é um idiota, Sara. Não fique caidinha por um homem como aquele.

— Um dia desses — respondeu a srta. Malloy no mesmo tom —, ele vai descobrir que você escreve mistérios de assassinato sob o nome Beverly Barstow, e não tenho dúvidas de que vai deixar os jornais ficarem sabendo. Aí, onde vai enfiar sua cara? Não consegue ver as manchetes? *Especialista em assassinatos perde tempo em caso de praia...* ou *Boquiaberto, Barstow balbucia...* ou...

— Não precisa continuar — pediu o sr. Leinster, de alguma forma vencido.

— Você tem que deixar ele resolver o caso — exigiu Sara.

— O inferno que vou! — gritou o sr. Leinster, perdendo a calma.

— Então vou contar quem você é — ameaçou ela.

Mais silêncio, do tipo nervoso, pensou a srta. Rachel. Então, mais vencido do que nunca, o sr. Leinster respondeu:

— Tudo bem. Ele pode resolver o caso na história que estou escrevendo. Mas aposto o que quiser que não vai conseguir fazer isso de verdade.

— E quem vai? — provocou Sara.

— Eu — respondeu o sr. Leinster, em alto e bom tom.

A srta. Rachel ouviu a conversa deles por mais um tempo. Um alívio adocicado a dominou. Sabia agora a resposta ao enigma das intenções homicidas do sr. Leinster, e não sentia mais medo de ser morta por ele. Os assassinatos dele ficavam apenas no papel, servidos em poções generosas para o entretenimento do público. A própria srta. Rachel se lembrava de ter lido *Astutamente morto*, de Beverly Barstow, e o considerara muito bom. Nele, nada menos do que sete pessoas morriam de formas horríveis. Ela ainda se lembrava, em noites escuras, da passagem em que o garotinho encontra a própria avó fria e cheia de sangue, enfiada no curral com os coelhos de estimação. De maneira insensata, lera essa parte em voz alta para Jennifer, que teve que dormir com ela por quase um mês, com a srta. Rachel ocupando o lado da cama que dava para a porta...

Não havia abertura no guarda-roupa dos Scurlock, um fato que fez a srta. Rachel pensar bastante.

No entanto, foi fácil ouvir os Timmerson. A porta do armário deles estava escancarada quando a srta. Rachel deu uma olhada na abertura da entrada, conseguindo até mesmo ter um vislumbre do sapato da sra. Timmerson e um canto do aquecedor a gás ao lado dela.

Eles não falaram muito durante a meia hora em que a srta. Rachel os ouviu. Aparentemente, cada um estava com um livro ou uma revista. A srta. Rachel ouviu com clareza o som de papel, conforme o casal virava as páginas. Houve apenas uma porção da conversa que de alguma forma era misteriosa ou interessante. Aconteceu depois de o sr. Timmerson ir até a cozinha minúscula para beber água e trazer um copo para a esposa.

— Obrigada, querido — disse a sra. Timmerson com prazer. — Ela ouviu um som de algo balançando. — Estava *mesmo* com sede. Acho que a culpa é deste livro seco. — Ambos deram uma risada com essa incursão no humor, mas então a sra. Timmerson ficou séria de repente. — Querido, deve contar a ele onde conseguiu isso.

Ficou óbvio que era um comentário sobre um assunto familiar para o sr. Timmerson, pois ele parecia saber de imediato o que estava sendo dito. A resposta foi bastante séria:

— Não, acho que não. Pode levantar suspeitas... mais do que você pensa.

A srta. Rachel conseguia imaginar o homenzinho gorducho balançando a cabeça e passando a mão em um dos queixos, como de hábito.

O tom de voz da sra. Timmerson ficou tão sério quanto o do marido.

— Mas ele pode descobrir de qualquer maneira. E com Malloy desaparecido dessa maneira, não vai parecer bom você ter escondido isso. Deveria contar tudo a ele. Tenho uma sensação horrível de que vai causar problemas se não contar.

— Bobagem. — A voz do sr. Timmerson tentou, mas falhou em ter convicção.

— E você discutiu sobre isso. Talvez mais alguém tenha escutado a discussão, querido. Dinheiro falsificado é...

O que quer que a sra. Timmerson pensasse sobre dinheiro falsificado, a srta. Rachel não iria saber. O sr. Timmerson interrompeu a fala da esposa e a proibiu de mencionar o assunto novamente. Falou com uma raiva considerável, e a srta. Rachel teve a impressão de que o homem já tinha ouvido muito a mulher insistindo nesse assunto e que ele mesmo estava bastante preocupado. A sra. Timmerson foi obediente; deixou de lado o pedido para o marido contar a alguém — Mayhew? — sobre algum incidente envolvendo dinheiro falsificado e uma discussão que evidentemente tinha alguma relação com o desaparecido Malloy. O casal Timmerson voltou a ler, e a srta. Rachel não captou mais conversas misteriosas da parte deles.

Era entediante não ouvir qualquer coisa além do som de páginas sendo viradas, então a srta. Rachel recolocou o alçapão no lugar e foi explorar mais o sótão.

O armário da sra. Malloy também tinha uma entrada para o sótão. Esse fato proporcionou uma iluminação considerável para a srta. Rachel. Ela sempre imaginou como o agressor de Sara Malloy conseguira sair do quarto sem abrir a janela ou ser pego por Mayhew no corredor. Nunca compartilhara das suspeitas do detetive sobre a sra. Malloy, e viu agora que estava certa. No armário da sra. Malloy, havia a mesma cômoda embutida encontrada no dela; e mesmo se o agressor de Sara não tivesse tempo para abrir as gavetas para formar degraus, como a srta. Rachel achou necessário fazer, o problema de subir na cômoda e entrar no sótão não seria uma preocupação para uma pessoa ativa ou forte.

Era evidente que a sra. Malloy estava sozinha no quarto, pois a srta. Rachel não escutou vozes. Levou um tempo para identificar o som que ouvia: estalos sibilantes leves e um barulho que não era exatamente de papel. Por fim, abrindo bastante a entrada do closet e passando a cabeça por ela, a srta. Rachel conseguiu ver a figura da sra. Malloy no quarto. A porta do guarda-roupa estava praticamente aberta. Tudo que conseguia ver era a perna da mesa e partes do vestido da sra. Malloy nos dois lados dela, mas o significado do som ficou claro de repente. Ela estava embaralhando e distribuindo cartas de baralho, aparentemente jogando Paciência.

O chão do sótão não era totalmente coberto por tábuas. Havia lugares em que a madeira do teto fora deixada exposta, e, nessas partes, a srta. Rachel precisava seguir com cautela, para não tropeçar e cair na escuridão. Apesar do frio e da poeira, ela persistiu na expedição de reconhecimento até ter certeza de que encontrara todas as entradas para o sótão. Nem todos os quartos tinham uma entrada, e as que existiam pareciam ter sido feitas ao acaso. Ao todo, haviam cinco: no quarto dela, no do sr. Leinster, no dos Timmerson, no da sra. Malloy e no da sra. Marble.

No quarto da sra. Marble, não encontrou coisa alguma. A porta do armário estava aparentemente fechada, sem nenhuma luz para iluminar o local. Aquela era a hora em que a sra. Marble estava no trabalho e a filhinha, dormindo, então a ausência de luz não era tão estranha.

De volta ao próprio quarto, a srta. Rachel fez uma planta da Casa da Arrebentação muito parecida com a que Mayhew desenhara no caderninho dele. Escreveu nomes correspondentes com os locatários nos vários quartos e então fez pequenas cruzes nos que tinham acesso ao sótão.

Depois, analisou a planta por um tempo considerável. Parecia a ela que deveria ter alguma importância o fato de que alguns apartamentos tinham entradas para o sótão e outros não; mas, além do conhecimento de que o agressor de Sara Malloy pode ter fugido do quarto por essa passagem, a srta. Rachel não conseguia pensar em mais nada. Ainda assim — uma ideia vaga incomodava a consciência dela, exigindo ser levada para a luz do dia. O que era aquele pensamento, ela não conseguia compreender, e, por fim, desistiu de desvendar o problema e foi para a cama.

Amanhã, decidiu a srta. Rachel, pensaria intensamente. Não era isso que todos os bons detetives faziam, castigavam o cérebro e discutiam com os fatos até a solução do crime aparecer brilhantemente diante deles, surgida do nada?

A srta. Rachel achava que não poderia fazer nada menos do que isso.

16. SUICÍDIO

A srta. Rachel acordou em uma manhã lúgubre. A janela dela mostrava um céu obscurecido por nuvens pesadas, e um vento rigoroso soprava lá fora. Ao se inclinar bastante para a direita e pressionar o rosto no vidro, conseguia ter um vislumbre estreito do mar. Naquela manhã, ele parecia soturno e sujo, refletindo a fúria do céu.

Sentiu-se um pouco desamparada e sem disposição para o pensamento pesado que planejara fazer. Antes de ir tomar o café da manhã, escreveu um bilhete para Jennifer e ficou dez minutos penteando o pelo de Samantha para passar o tempo. Enquanto fazia isso, tentou afastar a influência depressiva do tempo ruim ao brincar um pouco com a gata. Acariciar as orelhas de Samantha resultou em muitos ronronados de conforto felino, mas pouco alívio ao ânimo da srta. Rachel. Por fim, sentindo fome, colocou a gata na cesta e levou a escova até a janela para limpá-la.

Tinha substituído os pregos que impossibilitavam a janela de ser erguida mais do que alguns centímetros. Abrindo o trinco, passou as mãos pelo espaço apertado e arrepiou as cerdas da escova para retirar os pelos de gato. Muitos flutuaram para longe com o vento. Por fim, pego por uma lufada, um tufo enorme voou e se alojou no vidro, a menos de cinco centímetros da ponta do nariz da srta. Rachel. Ela olhou para os pelos distraída por um momento, o vento os carregou para longe outra vez e eles desapareceram. Porém, enquanto o tufo sumia do campo de visão, ocorreu à srta. Rachel que talvez aqueles pelos não tinham a aparência exata que deveriam ter. Não estavam um pouco mais claros — uma espécie de cinza-claro em vez do preto-carvão que deveriam ser?

Será?

A srta. Rachel pensou que deveria estar imaginando coisas. E, ainda assim, tinha uma memória distinta de um tom mais claro naquele tufo de pelos levado pelo vento. Olhou com cuidado para a escova, mas a maior parte dos pelos havia se soltado, e o que sobrara parecia normal o suficiente. Perplexa, veio a ela a memória incompleta que com frequência a atormentava: a sensação vivenciada quando, ao sair por um instante da inconsciência causada pela morfina, tocara na gata e pensara que havia algo estranho nela.

Nunca conseguira identificar a sensação. Estava perdida na mente, fora do alcance da memória. Tinha certeza de que a gata havia mudado, que fora alterada de alguma forma; mas exatamente como, ela não sabia identificar muito bem.

Foi devagar até a cama, sentou-se nela e tentou forçar a mente de volta à época do assassinato de Lily e ao dia em que ela própria quase morrera. Estava na cama, com o médico e as enfermeiras por perto; alguém a ajudara a se sentar. E então a gata apareceu, e ela esticou a mão para encostar no bicho, para sentir algo familiar na névoa rodopiante que eram os seus pensamentos. E então...

Os dedos deslizavam, sem pensar, com o mesmo gesto da noite do homicídio da sobrinha. Eles rastejavam pela colcha e, sem olhar para eles, a srta. Rachel tinha os olhos brilhantes focados em frente. Ela não viu a gata pular e se aproximar da sua mão com um espírito brincalhão amável. No entanto, quando os dedos entraram em contato com os pelos sedosos e ela os afastou por um instante, deixando de lado a superfície da pelagem — então, naquele átimo, a srta. Rachel soube o que estivera estranho na gata.

Como era estranho, como era ridiculamente fácil, não ter se lembrado daquilo antes! Pois, é claro, ao tocar na pele dela naquela noite, a gata estava *molhada*!

Saiu imediatamente da cama, e, quando foi tomar café alguns minutos depois, a gata a acompanhou na cesta.

Mayhew, chegando ao escritório mais ou menos uma hora depois, encontrou-a sentada, esperando por ele. Ele lhe lançou um dos seus raros sorrisos e se acomodou na cadeira enorme atrás da escrivaninha.

— Bom dia — disse ele, de forma agradável.

Ficou surpreso ao descobrir que acabou se afeiçoando muito a senhorinha. Era um prazer vê-la ali, como uma coruja pequena e cinzenta, parecendo muito sábia.

— Alguma novidade? — perguntou ele, esperançoso.

— Acho que sim — respondeu ela.

Levou um minuto para rearranjar tudo mentalmente e contou a ele cada detalhe dos acontecimentos daquela manhã: o tufo de pelos mais claros levados pelo vento, a tentativa de lembrança do que estava diferente na gata na noite do assassinato e a percepção súbita de que os pelos dela estavam molhados.

Mayhew pareceu bastante pensativo por um momento.

— O que acha disso? — perguntou a ela.

A srta. Rachel franziu um pouco a testa.

— Acho que talvez, por alguma razão, os pelos da gata foram tingidos... tingidos na noite do assassinato.

— A conclusão óbvia — falou ele devagar. — Se os pelos da gata foram tingidos, isso significa que não é sua gata, não aquela com dinheiro, quero dizer. Outro animal substituiu o verdadeiro. Agora o pelo está crescendo e revelando a cor natural. É isso, não é?

Ela logo assentiu e abriu a cesta da gata, que estava ao lado, no chão. Uma cabeça preta emergiu de lá, dois olhos amarelos encararam o tenente Mayhew com ódio e uma boca vermelha miou. Quando Mayhew esticou a mão marrom e quadrada, a gata rosnou para ela. A srta. Rachel voltou a abaixar a tampa.

— Não existe alguma forma de testar se o pelo foi pintado? — perguntou ela. — Assim saberíamos com certeza.

Mayhew assentiu.

Ele começou a explicar que o laboratório do departamento de polícia, apesar de ter um bom equipamento para investigações criminais comuns, dificilmente conseguiria fazer os complicados testes de tintas. Trabalhos desse calibre, que vez ou outra precisavam ser feitos, eram coordenados pelo laboratório comercial no prédio Foxx, no quarteirão ao lado.

Lá, Mayhew e a srta. Rachel esperaram em uma salinha de recepção até os testes serem finalizados. O tenente acariciava mãos muito arranhadas, pois ele precisou arrancar os pelos da gata indignada e atacada, que retaliara removendo um pouco da pele dele.

O relatório químico demorou, mas saiu. Surgiu personificado pela figura de um rapaz usando um jaleco branco, que emitiu a opinião de que não havia traço de tinta no pelo.

Mayhew e a srta. Rachel discutiram rápido e trouxeram à tona o pensamento de que talvez fosse uma gata malhada, pintada apenas nas partes necessárias. Mais uma vez, Mayhew arrancou pelos e mais uma vez foi arranhado, e os dois esperaram por mais alguns minutos. No entanto, a opinião permaneceu a mesma: não havia tinta no pelo.

Mayhew argumentou sem razão com o jovem usando jaleco branco. Pegou a gata e arrancou mais porções do pelo das costas, arriscando outros arranhões, para mostrar ao sujeito que a pelagem de fato clareava. O rapaz ergueu as sobrancelhas e deu de ombros. Era, disse a Mayhew, apenas um químico, e não um especialista em gatos.

Em um estado que quase beirava a raiva, Mayhew foi com a srta. Rachel e a gata até uma clínica veterinária nos limites da cidade, exigindo saber o que havia de errado com um animal quando a pelagem mudava de cor. O veterinário alto, velho e de óculos examinou Samantha com muito tato e opinou que a cor estava mudando por duas razões: a gata estava ficando velha e trocando de pelagem.

— O pelo trocado em geral é pálido e tem aparência sem graça, pois já faz um tempo que está sem vida. Essa gata tem uma quantidade enorme de pelo solto.

Ele fez um carinho gentil na pelagem preta e retirou diversos tufos. Mayhew se perguntou sombriamente por que fora seu destino escolher extrair os pelos que estavam tão firmemente presos na pele do animal.

— Além disso — falou o homem mais velho —, essa gata já tem a idade bem avançada. Vejam os dentes. — Ele abriu o par de mandíbulas relutantes para revelar os pequeninos molares. — Com frequência, conforme um gato envelhece, se a pelugem é muito escura, o animal vai parecer mais claro. É a mesma coisa, na verdade, de uma pessoa ficando com cabelo branco. — Ele tocou na própria cabeça grisalha.

Eles foram embora, vencidos, com a bela teoria completamente destruída.

Sentada ao lado de Mayhew no carro, a srta. Rachel teimosamente se agarrou à descoberta feita naquela manhã.

— A gata *estava* molhada — falou. — Tenho certeza. O pelo estava encharcado quando encostei nele, perto da pele.

Mayhew, no entanto, cansara daquele assunto agora que ele tinha aparentemente perdido o significado. Não respondeu à reflexão da srta. Rachel...

No corredor, encontraram Sara Malloy batendo à própria porta e chamando de leve:

— Mãe!

A moça olhou para trás quando a srta. Rachel se aproximou. A testa dela estava um pouco franzida, mas ela abriu um sorriso frágil para a srta. Rachel.

— A minha mãe evidentemente saiu — falou, de maneira um pouco preocupada. — Gostaria que tivesse me contado para onde ia. Ela ficou com a única cópia da chave, e agora não consigo entrar.

A srta. Rachel abriu a porta do próprio quarto.

— Pode esperar por ela aqui — ofereceu.

— Não, não poderia fazer isso. Mas agradeço mesmo assim. Há algumas coisas em casa, lá em Los Angeles, que a minha mãe me mandou ir atrás. Já fui uma vez. Estava esperando na estação de bondes quando me lembrei de uma lista que fiz e deixei em cima da cômoda feito uma boba. Isso foi uma hora atrás... a senhora sabe os poucos horários do trem. Já perdi um ao ter que voltar. É engraçado mamãe não ter mencionado...

Ela girou a maçaneta e bateu novamente, mas não houve resposta.

— Não importa — disse Sara, por fim. — Suponho que, se preciso confiar na minha memória para trazer tudo de volta, que assim seja.

Lançou um olhar incômodo e perplexo à porta e seguiu pelo corredor até a entrada da casa.

Depois de a moça ter saído, a srta. Rachel continuou no mesmo lugar. Ela também olhava para a porta, mas não da maneira que Sara fizera. A moça encarara a maçaneta; os olhos da idosa estavam fixos no chão, e uma expressão de horror crescia no rosto dela.

Ela se ajoelhou e tocou na coisa que vislumbrara debaixo da porta. Era uma tira de pano enfiada na fresta. A srta. Rachel tentou arrancá-la, mas estava presa e não se mexeu. Rápido, então, ela observou pelo buraco da fechadura. Não conseguiu ver nada, pois havia algo enfiado no outro lado.

Às pressas, a srta. Rachel passou a mão debaixo do chapéu e pegou um grampo, cutucando o buraco da fechadura até tirar o que quer que estivesse ali. E então, em vez de tentar ver pela abertura, aproximou o nariz e inspirou.

O odor pungente de gás adentrou as narinas e a fez espirrar.

A porta estava além das suas capacidades, e ela não perdeu tempo tentando abri-la. Em poucos segundos, tinha tanto o sr. Leinster quanto o sr. Timmerson no corredor; juntos, eles arrombaram a porta.

A sra. Malloy estava caída no chão em frente ao aquecedor a gás com um capuz de tecido branco — obviamente um lençol dobrado — sobre a cabeça e a parte de cima do aquecedor. Estava inclinada sobre as pernas de uma cadeira e não se mexeu com o barulho da porta. O quarto encontrava-se cheio de gás asfixiante. O sr. Leinster se virou para respirar fundo o ar puro no corredor, então entrou no quarto, desligou o aquecedor e trouxe a sra. Malloy como um bando de trapos. O corpo dela estava mole, flácido; o rosto, virado para cima, era como a morte.

A srta. Rachel sabia que eles precisavam ir a um médico imediatamente, mas não conhecia um em Breakers. O pensamento sobre o que estava prestes a fazer a incomodou, pois traria alguma atenção indesejável para as Malloy, mas não tinha alternativa a não ser ligar para Mayhew e mandá-lo trazer o dr. Southart às pressas.

Os dois chegaram em poucos minutos. O sr. Leinster carregara a sra. Malloy para o quarto dele, cuja porta foi imediatamente fechada quando os esforços para reviver a sra. Malloy começaram.

Não havia mais nada que a srta. Rachel poderia fazer. Na verdade, ela foi absolutamente ignorada por todos assim que começaram a cuidar da sra. Malloy. Uma enfermeira foi chamada por telefone por Leinster, que depois se acomodou na entrada da casa a fim de interceptar Sara, caso ela aparecesse. Sentou-se com o corpo rígido em uma cadeira de costas retas, e não mostrava inclinações de querer conversar. A porta aberta da sra. Malloy exalava o cheiro desagradável de gás no

A GATA VIU A MORTE

corredor. Sentindo-se um pouco decepcionada pela emoção, a srta. Rachel voltou para o quarto.

Já havia passado muito da hora do almoço, mas ela não sentia fome. Tirou a gata de dentro da cesta, o que a relembrou do problema daquela manhã. A memória agora de que o pelo da gata estivera molhado na noite em que Lily tinha morrido estava perfeitamente evidente. *Mas por quê?* A conclusão da srta. Rachel, tirada ao notar um tufo de pelo mais claro, fora de que a pelagem da gata havia sido tingida; que era um animal substituto, pintado, por alguma razão, para parecer sua gata. Contudo, ela sabia que não era um animal tingido; assim, a umidade que notara no pelo da gata não fora resultado de tingimento.

No entanto, havia, sem sombra de dúvida, uma razão para a presença daquela umidade. E, até certo ponto, a razão dependia do que a havia causado. Não fora tinta. A ideia mais razoável além dessa era água.

Mas se fora água, novamente: por quê?

Por que jogar água em uma gata perfeitamente limpa? E Mayhew tinha dito a ela que a gata estava mesmo limpa, mesmo naquele quarto com sangue para todos os lados. De alguma forma, Samantha escapara da sujeira, embora todos os objetos do quarto tivessem sido atingidos por sangue. Os pensamentos da srta. Rachel brincavam com esse enigma.

Se a gata havia sido *lavada* — os pensamentos se transformaram subitamente em teorias —, significaria que ela não estava limpa como os policiais a encontraram. Poderia significar, talvez, que a gata estivera extremamente ensanguentada e desagradável antes.

Mas por que a sujeira de uma simples gata significaria qualquer coisa para o tipo de pessoa que abatera Lily até a morte com uma machadinha?

Aqueles pensamentos permaneceram. Começou a pensar sobre que tipo de pessoa o assassino deveria ser. *Vamos re-*

capitular as ações dele como as conhecemos, pensou consigo mesma. *Se reconstruirmos o crime da forma que o vemos agora, talvez possamos concluir por que a gata estava molhada*, decidiu.

Para começar, considerou a srta. Rachel: essa pessoa tem contato próximo com todos na Casa da Arrebentação; podemos presumir, na verdade, que mora aqui. Quase com certeza sabia do casamento semibígamo com Charles Malloy e — aqui havia uma enorme quantidade de presunção da parte dela — também deveria saber que Lily tinha feito um testamento favorecendo o novo marido.

Aproximadamente três semanas antes da morte de Lily, Malloy desaparece. Isso acontece em San Diego ou próximo à cidade, e o único vestígio encontrado dele é uma mão decepada, com indícios de tortura intensa. A partir desse último fato, a morte dele pode ser praticamente tida como certa. O assassino tentou usar as mãos de Malloy (o homem bêbado tinha visto as duas) para plantar as digitais dele na arma usada para matar Lily. O que não era, pensou a srta. Rachel, algo especialmente inteligente de se fazer.

Claro que foi um simples ato acidental que permitiu que a polícia encontrasse as mãos na praia, mas foi algo desnecessário do ponto de vista do assassino. Descuidado, disse a srta. Rachel para si mesma. Se quer tentar um golpe malogrado como esse, deveria ao menos fazer uma pesquisa rápida na biblioteca pública, para saber se um cadáver deixava impressões digitais diferentes de uma pessoa viva.

A srta. Rachel se sentiu frustrada. Eis um assassino idiota, plenamente ignorante, e, ainda assim, não conseguia pegá-lo!

Tentou reconstruir o crime mentalmente, a partir dos fatos como os conhecia.

Lembrou-se daquele momento de intensa clareza quando, com a névoa azul pronta para engoli-la, tinha observado o quarto de Lily, tinha sentido a corrente de ar fria no pescoço pela porta aberta, tinha ouvido a cadeira chiando da sra. Malloy e a máquina de costura da sra. Turner e sabia que alguém entrara no quarto às suas costas.

O pano que Lily colocara sobre a cabeça dolorida havia escorregado, cobrindo os olhos dela.

Houve um momento de silêncio puro e amedrontador, quando a máquina e a cadeira pararam de fazer barulho. Naquele momento, a porta estava aberta. Havia algum significado no fato de a máquina ter parado, de a cadeira ter ficado em silêncio, enquanto a porta estivera aberta, enquanto o assassino avançava sorrateiramente por trás de sua cadeira?

Além do fato de que os dois barulhos inocentavam a sra. Malloy e a sra. Turner de qualquer parte do crime, a srta. Rachel não conseguia pensar em mais nada.

Então, depois do assassinato, houvera uma tentativa desastrada de lançar suspeitas sobre os Scurlock ao abrir a janela na qual as marcas de ferramenta foram feitas.

Tudo aquilo era fato, tudo aquilo era verdade; planejado e levado a cabo pela pessoa que assassinara a sobrinha. Ainda assim, não dava conta de duas coisas: o fato de a gata estar molhada e o fato de terem entrado duas vezes no quarto, conforme Sara ouvira.

A srta. Rachel agora castigava o cérebro na melhor tradição detetivesca.

Vamos supor, disse ela ao seu outro eu teimoso e conservador, que Samantha estava terrivelmente ensanguentada quando o corpo de Lily foi deixado para trás. E vamos supor que o nosso assassino é o tipo de indivíduo que não aguenta ver uma gatinha toda suja. *Então, ele deu um banho nela.*

A srta. Rachel se deparou com um ponto impressionante. Se o homicida havia lavado a gata, *onde poderia ter feito aquilo?* Com certeza não na pia de Lily, que estava cheia de louças em que não foram encontrados rastros de sangue.

196   **CLUBE DO CRIME**

Nem na pia do banheiro, onde havia meias e roupas de baixo de molho.

Onde então?

A srta. Rachel parou de repente de examinar a questão, pois algo muito mais importante surgira em sua mente. Era uma imagem saída da imaginação: uma cena baseada no que ela sabia sobre a gata e no que sabia sobre o crime. Como a srta. Rachel tinha a cabeça muito voltada para o cinema, a coisa se desenrolou como um filme.

Uma figura saiu com cuidado do quarto de Lily para o corredor. Era uma figura sem forma, sexo ou qualquer traço distinto que a srta. Rachel pudesse imaginar. Aos seus pés, sem notar, um pequeno animal a seguiu, uma gata que deveria ser preta, mas que, em vez disso, estava vermelha, cujos olhos verde-dourados a encaravam através de manchas de sangue, cujo pelo pingava sangue. A figura humana obscura correu para outra porta, abriu-a e entrou. Ficou um instante ali, ofegante pelo esforço físico e pela emoção, mas a salvo — *a salvo*! E então, notando algum movimento pelo rabo do olho, olhou para baixo e viu a gata! Viu o animal nojento e ensanguentado cuja presença indesejada conectava de forma irrevogável a criatura humana ao crime.

O que fazer? A srta. Rachel visualizou aquele momento de pânico, o primeiro átimo de desespero, e então os esforços frenéticos.

O que fazer? A srta. Rachel se forçou a ocupar o lugar do assassino. Os pensamentos zumbiram.

Matar o animal? A ausência seria notada e procurariam por ele. O quarto poderia ser investigado antes que as pequenas pegadas fatais, agora aqui e ali, pudessem ser limpas.

A srta. Rachel conseguia ver claramente a gatinha caminhando, farejando e investigando aquele quarto estranho.

Então a coisa mais simples, mais fácil, mais óbvia era dar um banho na gata!

Se não estivesse ensanguentada, quem sonharia que ela poderia ter deixado um rastro até o quarto do assassino? Se voltasse limpa para o quarto onde tinha acontecido o homicídio, ninguém pensaria que ela havia saído ou que tinha deixado marcas pelo caminho. Então a gata foi lavada e levada de imediato para a cena do crime.

Isso deu ao assassino tempo para lavar as próprias instalações, além de remover a roupa que havia usado e se livrar dela.

A srta. Rachel achava que era uma boa teoria. Tinha a vantagem de explicar mais de um enigma das evidências. E era baseada em verdades: a inclinação da gata de seguir pessoas saindo do quarto, o fato de ela estar molhada após o assassinato, e a questão de a porta de Lily ter sido aberta duas vezes após sua morte.

17. A SRTA. RACHEL INVADE E ENTRA

A sra. Malloy não morreu, mas é presumível que tenha acordado a tempo de desejar que tivesse morrido. Pois Mayhew não guardou segredo de que via a tentativa de suicídio dela como equivalente a uma confissão. Apenas as ordens rígidas do médico o proibiam de sujeitá-la a um interrogatório prolongado.

A srta. Rachel reconheceu o humor raivoso e perplexo dele, e entendia o motivo: o apego não verbalizado à Sara, a suspeita anterior em relação à mãe dela e agora o desfecho repugnante que praticamente selava a culpa dela.

A srta. Rachel não tentou conversar com ele dessa vez. Ela sabia que sua última teoria a respeito do assassinato não coincidia com o que o tenente pensava agora, e o caminho que criara para si mesma a partir daquelas conclusões dificilmente ganharia a aprovação dele. Pois a srta. Rachel decidira que, se a gata tinha seguido o assassino para o quarto dele, provavelmente haveria evidências de uma limpeza minuciosa naquele cômodo.

A suposição de a gata ter sido lavada dependia da necessidade de tal banho, e a única necessidade aparente seria desconectar o animal dos traços de sangue deixados em outro quarto. A srta. Rachel achava que os pelos da gata deviam estar pingando sangue. Sabia que era necessário algum tempo para remover com sucesso o sangue humano da madeira ou carpete a ponto de um teste químico não revelar tal presença. O assassino não tivera tanto tempo na noite do crime. Pois havia, pensava ela, dado banho na gata, de forma que ninguém notasse rastros no corredor ou procurasse evidências em outro quarto. E tal falta de suspeita o permitiria limpar o quarto com bastante tempo para fazer aquilo direito.

No entanto, uma limpeza minuciosa de um piso antigo como o da Casa da Arrebentação deixaria, quase com certeza, áreas notáveis pela limpeza. E a srta. Rachel decidira que procuraria por espaços assim.

A princípio, o problema parecera bem mais simples. Pensara que poderia examinar o chão do corredor e descobrir traços de um rastro a partir da porta de Lily até a porta do assassino. Uma análise mais detalhada a desencorajou, porém. Era um lugar mal iluminado, o carpete estava em um estado incrivelmente avançado de decadência imunda e manchada, e as pessoas insistiam em passar por ele exatamente quando a srta. Rachel achava que a barra estava limpa. A idosa tinha uma noção bem clara de que, se alguém a notasse examinando o carpete com atenção, poderia esperar por um fim rápido e brutal.

Assim, colocara-se a examinar os quartos dos vários inquilinos da Casa da Arrebentação, mas, sem ter a autoridade da polícia, que poderia ter dado ordens para cada um deles sair enquanto a busca era feita, teve que realizar o trabalho em segredo.

A primeira tarefa foi comprar um pedaço de uma corda bem firme, levá-la até seu quarto dentro de uma nova maleta, e amarrá-la ao banquinho do banheiro. Esse banquinho, declinado pela corda através da entrada do sótão, a permitiria acessar o topo da cômoda embutida. Essas cômodas eram uniformes aos armários da Casa da Arrebentação; e, embora a srta. Rachel tenha achado possível, por meio de esforços fora do comum, alcançar o sótão a partir do topo da cômoda, ela sabia que não podia esperar continuar fazendo isso sem resultados sérios. E nem conseguia fazê-lo rapidamente, como poderia ser necessário em uma emergência! Daí a necessidade do banquinho, para ajudá-la.

Levou o banquinho consigo até o silêncio empoeirado do sótão. Era difícil impedi-lo de fazer barulho; apenas o cuidado sem fim da srta. Rachel permitiu que continuasse em silêncio.

O sr. Leinster estava em casa. Os estalos da máquina de escrever dele chegaram aos ouvidos da srta. Rachel através da porta fechada do armário.

Os Timmerson, no entanto, estavam quase saindo. Bisbilhotando pela abertura (e passando por um momento terrível ao pensar que o topo de um chapéu branco era o rosto curioso voltado para cima da sra. Timmerson), a srta. Rachel conseguiu discernir a figura do sr. Timmerson na porta do guarda-roupa, colocando o casaco.

— Rápido, Rodney — disse a voz da esposa, apressando-o do quarto. — O filme de mistério começa em dez minutos e quero ver desde o início. Pegue seu chapéu e vamos.

— Já estou pronto — assegurou ele. — Está com a chave?

Metal bateu em metal conforme a chave foi colocada na fechadura pelo corredor. As luzes foram apagadas, a porta fechada, a chave virada. Os Timmerson tinham ido ao cinema.

A srta. Rachel esperou alguns minutos para se certificar de que eles não haviam esquecido nada e estivessem voltando para pegar, então baixou o banquinho na escuridão. As pernas dela roçaram no topo da cômoda embutida. A srta. Rachel o ajeitou até ficar firme e seguro. Mesmo assim, descer foi algo complicado. De pé no guarda-roupa dos Timmerson, com as roupas deles encostando nela no escuro, a srta. Rachel foi invadida por uma culpa profunda e repentina. Escrúpulos contra invadir lugares corriam no seu âmago, e ela achou aquilo ainda pior do que simplesmente ouvir.

Estava nervosa também, com medo de um retorno súbito e inesperado, mas por fim se obrigou a entrar no quarto. Depois de um segundo escutando a porta, para se certificar de que o corredor estava vazio, ela acendeu as luzes.

A GATA VIU A MORTE

O quarto refletia a personalidade dos inquilinos. Mostrava traços de pieguice e uma espécie de conforto canhestro. Almofadas rendadas adornavam as costas das cadeiras, e travesseiros bordados decoravam o chão. Alguns cupidos de gesso, recatados e com penas, mostravam a habilidade do sr. Timmerson com o jogo de arremesso de argolas na Strand. O quarto continha diversas cadeiras, um sofá-cama e duas mesas. A srta. Rachel logo moveu a mobília para examinar o chão.

Não havia um tapete grande no quarto. Dois tapetes pequenos protegiam contra as tábuas nuas: um menor em frente ao aquecedor a gás e um maior, imitação de persa, diante do sofá-cama. Lá também a srta. Rachel andou. Quase na mesma hora encontrou o que estava procurando.

Em um canto distante do quarto, meio escondido abaixo da mesa maior, havia uma área no chão mais clara. Ao que parecia, fora limpa muito recentemente com vigor e persistência. A srta. Rachel se inclinou para olhar mais de perto, com o coração batendo de forma estranha por causa da emoção. Conforme se dobrava, uma decepção fria a dominou, pois, do lado da mesa, havia um pequeno frasco de tinta com os restos de uma poça entornada ao redor; e as marcas no chão, que a limpeza não removera por completo, não tinham cor de sangue, sendo, na verdade, pretas.

O apartamento dos Timmerson continuava decididamente inocente. Não viu evidências de muita limpeza em outro lugar. A srta. Rachel subiu no banquinho com uma opinião baixa sobre as habilidades de arrumação da sra. Timmerson.

Foi de imediato até o quarto da sra. Marble. A mãe estava no trabalho e a criança dormia. Não teria oportunidade melhor do que naquele momento.

A srta. Rachel arranjara para si mesma uma pequena lanterna a ser usada em quartos onde ligar as luzes não era aconselhável. Segurando-a, a idosa se arrastou em silêncio pelo chão, coletando muita poeira, mas nenhuma pista.

Na escuridão, Clara falou com ela.

— O que você está fazendo? — perguntou a menina, de repente.

Por um segundo, o coração da srta. Rachel deu cambalhotas, e ela congelou de surpresa. Então se levantou, tremendo um pouco, e ligou a luz do quarto. Clara estava sentada no meio da cama de casal, observando-a.

A srta. Rachel conseguiu falar com a voz bem calma.

— Sua porta estava entreaberta, e a minha gata fugiu para cá. Estou procurando por ela.

— Posso ajudar? — perguntou Clara, cheia de esperança, saindo da cama.

— Sim, pode. Procure debaixo da cômoda. Vou ver debaixo da cama.

Com a ajuda voluntária de Clara, ela analisou o quarto com uma luz melhor. O chão estava sujo de maneira uniforme e manchado por anos de uso descuidado. Não havia sinal de uma limpeza incomum em nenhuma parte dele.

— Quer que eu dê uma olhada no armário? — questionou Clara.

A srta. Rachel balançou a cabeça de uma forma que esperava parecer casual.

— Já olhei lá antes — disse a Clara.

— Bom, sua gata deve ter fugido de novo — falou a criança. — Ela não está aqui. Gostaria que estivesse. Queria brincar com ela.

— É mesmo? — A srta. Rachel olhou para baixo, para o rosto pálido e pontiagudo com os olhos grandes e sinceros. — Gostaria de uma gatinha só sua?

A garotinha assentiu, parecendo envergonhada.

— Estava pensando em me dar uma? — perguntou após um momento de hesitação.

A srta. Rachel tentou não olhar para a vestimenta puída e lamentável que às vezes servia como camisola da criança.

Era pequena e fina, deixando à mostra os ângulos agudos do cotovelo e joelho.

— Talvez — disse à Clara, respondendo à esperança da menina de ter um gato. — Vai querer um filhote, não uma gata velha como a minha. Elas não são divertidas. Mas é uma maravilha brincar com um filhote.

Os olhos de Clara se iluminaram.

— Talvez sua gata tenha filhotes!

A srta. Rachel, lembrando-se dos longos anos de recato orgulhoso de Samantha, achou que não.

— Vamos encontrar um filhotinho em algum lugar, no entanto — prometeu ela. Uma mão pequenina, fina como uma garra, pegou a dela.

— Agora? — perguntou Clara.

A srta. Rachel parou no caminho até a porta para acariciar os cabelos pálidos bagunçados.

— Em breve — falou ela, soltando-se dos dedinhos apertados.

— Você tem que ir embora?

— Sim. E você precisa voltar para a cama e dormir.

Ela desligou as luzes e voltou para o corredor. De volta ao próprio quarto, apressou-se para entrar no sótão e recuperar o banquinho. Não se sentia mais com humor para fazer outras buscas naquela noite, mesmo que fosse possível. Em vez disso, ficou sentada, aquecendo os pés perto do aquecedor a gás e pensando na garotinha do último quarto...

A srta. Rachel tinha pavor de entrar no apartamento dos Scurlock. Não apenas eram as pessoas mais desagradáveis para ela, como o quarto teria que ser invadido pela porta. A srta. Rachel não confiava nas próprias habilidades de entrar por janelas.

Ultimamente, os Scurlock estavam se pavoneando ao se mostrarem normais e destemidos. Recuperavam-se da ocasião assustadora da sua prisão e queriam que todo mundo visse aquilo. Era uma questão de fanfarronice que os fazia ir cedo toda manhã dar um mergulho na praia. A srta. Rachel, espionando de uma minúscula abertura da porta, os viu saindo na manhã seguinte, usando trajes de banho, roupões e carregando toalhas.

Era o único momento em que ela conseguia pensar que a porta deles estivesse destrancada. Era fácil perder chaves na areia e era bastante possível que tivessem deixado a deles na porta.

Como um rato em tafetá cinza, ela seguiu pelo corredor quando a porta grande se fechou às costas do casal. Com os olhos arregalados, olhou de cima a baixo, e então a porta se abriu ao seu toque.

Era um quarto terrivelmente bagunçado. As ideias de decoração dos Scurlock tinham inclinações bizarras: aspiravam na direção de porcelana chinesa e decorações de parede, *serapes* mexicanos para cobrir o sofá e as cadeiras, e conchas do mar atrozes enfileiradas sobre a cômoda. Havia quatro mesas pequenas no quarto, todas cheias de bricabraque, além da mesa maior no centro. A srta. Rachel teve que trabalhar com cuidado ao mover a mobília para evitar que as coisas caíssem no chão, e então achou que estava indo devagar demais para seus propósitos. Quase no mesmo momento que decidiu que não houvera uma limpeza extensiva durante toda uma geração no chão da sra. Scurlock, o casal apareceu, balbuciando e tossindo, na porta da casa.

Se tivessem entrado de imediato, teriam encontrado a srta. Rachel de pé e olhos arregalados no meio do cômodo, mas uma discussão sobre uma toalha desaparecida ocorreu entre a porta da frente e a porta do quarto. A sra. Scurlock tinha certeza de que a toalha havia sido perdida. O sr. Scurlock estava certo de que não levara a toalha consigo, mas, por insistência dela, voltou à porta da frente para procurá-la. A graça divina daquele instante deu à srta. Rachel tempo para sair do seu estado de congelamento e se contorcer por uma abertura incrivelmente apertada para um refúgio debaixo do sofá.

Os Scurlock entraram, tomaram banho, e a sra. Scurlock preparou o desjejum. Na opinião da srta. Rachel, era um café da manhã com um aroma maravilhosamente doce, pois ela não havia comido nada. Depois do café, os dois se sentaram para ler o jornal e, após verem as notícias, a sra. Scurlock fez uma tentativa tímida de tirar o pó. No meio dessa tarefa em uma das mesas atulhadas, ela parou de forma abrupta. A srta. Rachel, observando por um pedaço gasto da cobertura do sofá, reparou na intensidade sobressaltada da sua pose.

— Alguém esteve aqui enquanto estávamos fora — disse ela com uma voz preocupantemente baixa.

— Hã? — grunhiu o sr. Scurlock, lendo a seção de esportes.

— Tem a impressão digital de um polegar na poeira dessa mesa. Não fui eu quem a deixou aqui.

A figura alta e bela se endireitou, e a mulher apontou para o lugar na mesa. O sr. Scurlock levantou a cabeça loira com brilhantina para olhar para a esposa.

— Você deve ter esquecido — disse a ela, com insolência. — Quem entraria neste quarto?

Ela respondeu na mesma intensidade com um tom zombeteiro.

— Como eu poderia saber quem entraria aqui? Mas alguém entrou. Estou dizendo, não é a minha impressão digital. Não tiro o pó dessa mesa há uma semana. Nem sequer cheguei a encostar nela.

O sr. Scurlock se recusou a levar o assunto a sério.

— Bom, e se alguém entrou? Deus sabe que não há nada para ser roubado aqui.

O rosto sombrio da sra. Scurlock lembrou a srta. Rachel de algo saído do *Inferno* de Dante.

— Se eu pegar qualquer pessoa se enfurnando nesse lugar — falou com uma voz semelhante a um trovão abafado —, arranco o coração dela fora.

— E vai comê-lo, suponho — disse o sr. Scurlock de forma monótona, lendo os resultados das corridas de cavalo.

Debaixo do sofá, a srta. Rachel começou a tremer. Ela lera em algum lugar que havia um santo qualquer que olhava pelos ladrões e pensou que ele também deveria se interessar em pessoas culpadas por invasões ilegais. Rezou um pouco na direção geral desse cavalheiro.

Querido Santo... bem, você sabe quem é... Ela imaginou se ele sabia mesmo. *Por favor, me deixe escapar dessa.*

Não houve resposta.

Ao meio-dia, os Scurlock saíram para almoçar, pois a sra. Scurlock decidiu que não estava com vontade de cozinhar. Trancaram a porta de maneira muito determinada e levaram a chave. Não que aquilo importasse para a srta. Rachel. Assim que estavam a uma distância segura, ela saiu de onde estava, abriu a janela e passou por ela. A queda até a areia abalou todos os ossos do pequeno corpo.

Recuperou o ar por um momento, cuidando de uma ferida na palma da mão. Foi então que sentiu algo tocando nela, puxando sua saia. Sem olhar, a srta. Rachel sentiu o coração parar. Os Scurlock...?

A voz grave de Mayhew ressoou pelo caos da mente dela.

— Está correndo riscos ao brincar com pessoas como os Scurlock — disse a ela. A idosa não respondeu, simplesmente engoliu em seco e pareceu cansada. — O que estava fazendo lá dentro? — perguntou, curioso.

A srta. Rachel parecia o retrato empoeirado e aflito da culpa.

— N-nada — falou, por fim.

Mayhew uniu as sobrancelhas grossas, franzindo a testa de forma assustadora.

A GATA VIU A MORTE

— Veja bem — repreendeu ele, gentilmente —, não posso deixá-la entrar em lugares que talvez sejam perigosos. Os Scurlock não são como gatinhos: eles jogam para valer. Se pegassem a senhora no apartamento...

— Isso quase aconteceu — admitiu a srta. Rachel, sem fôlego.

— E eles não estão completamente inocentados da acusação de assassinato — falou o tenente. — Diga-me o que está procurando e talvez eu cuide do assunto.

A palavra "talvez" parecia muito indefinida para a srta. Rachel; além disso, ela não tinha uma explicação muito clara do porquê estava buscando áreas limpas pela Casa da Arrebentação. A coisa toda soaria bastante ridícula para os ouvidos sensíveis do tenente Mayhew. A srta. Rachel o despistou mencionando algo vago sobre documentos desaparecidos. O olhar que ele lhe dirigiu foi extremamente severo e colocou a srta. Rachel no lugar de uma criança insensata e desobediente.

Mayhew estava ali para falar com a sra. Malloy. Ele e a srta. Rachel se separaram no corredor, com uma promessa insincera da parte dela de não ir atrás de qualquer ideia perigosa ou pistas bobas que pudessem lhe ocorrer. Atrás da porta do quarto, ouviu o sr. Leinster sair do dele, bater à porta da sra. Malloy e exigir fazer parte da conferência. A srta. Rachel ficou dividida entre o desejo de ouvir possíveis berros daquela conversa e a ideia de que agora era a hora de analisar as acomodações do sr. Leinster. O trabalho falou mais alto, e depois de Leinster fechar a porta do quarto do outro lado do corredor, a srta. Rachel seguiu, através do sótão e do banco com a corda, até o quarto dele.

Encontrava-se extremamente vazio; vazio e sujo.

A srta. Rachel acreditava que, se um rodo encostasse no chão do sr. Leinster, o caminho ficaria tão claro quanto a Marcha ao Mar do major-general Sherman.

Ela voltou ao próprio quarto, não exatamente decepcionada, mas sem o novo entusiasmo que sentira pela teoria. Começava a lhe parecer provável que não encontraria nenhum chão limpo naquele prédio velho, muito menos um que tivesse sido esfregado. Se a vassoura e o rodo eram desconhecidos, por que alguém lhe apresentaria o esfregão? Ela suspirou, sentindo-se enganada pelas próprias fantasias.

Uma batida à porta chamou sua atenção. A cabeça amarfanhada de Clara apareceu.

— Pode entrar — disse a srta. Rachel.

Clara entrou, mexendo no vestido gasto com o dedo.

— Estava pensando sobre o gatinho que a senhora me prometeu — falou, tímida. — Já conseguiu?

— Ainda não — admitiu a srta. Rachel, para a decepção instantânea e aparente da criança.

A garotinha andou pelo quarto, examinando os poucos pertences da srta. Rachel. Por fim, com um olhar aguçado, disse às pressas:

— Se me der um gatinho agora, posso lhe contar uma coisa.

— É mesmo? O quê?

Clara baixou a cabeça e mordeu a língua. A srta. Rachel ficou consciente de um escrutínio cauteloso. Um minuto se passou enquanto os olhos infantis a contemplavam. Então:

— Algo que aconteceu na noite que a moça morreu.

O corpo da srta. Rachel se tensionou e ela quase caiu da cadeira. Porém, como uma mariposa, Clara voltara para a porta, pronta para voar.

— Não vou contar — disse ela, de forma derradeira. — A não ser que me dê um gatinho.

— Clara, escute! — gritou a srta. Rachel, levantando-se.

Mas a menina tinha desaparecido.

18. UMA ESPÉCIE DE MIADO

As investigações que Mayhew iniciara em San Diego não deram frutos. Os policiais de lá, em seus serviços diários, ficaram de olhos abertos para lugares estranhos em que o corpo de Malloy pudesse estar escondido. Tentaram descobrir rastros do carro alugado em postos de gasolina nos limites da cidade, mas foi em vão. Ninguém se lembrava de ter visto o carro naquele dia em particular, e nenhum esconderijo revelou o corpo de Malloy.

Mayhew se sentia em um impasse. No entanto, ele é como um buldogue enfiando os dentes em um pedaço de carne. Desistir estava fora de questão. Decidiu mastigar a coisa de outro ângulo. Ordenou que todos os inquilinos da Casa da Arrebentação se reunissem no solário naquela noite, às sete.

Às 18h45, estava sentado à escrivaninha, analisando o caderninho, com Edson relaxando perto da porta. Cinco minutos antes da hora marcada, Sara Malloy entrou no cômodo em silêncio. Mayhew foi educado o suficiente para se levantar um pouco da cadeira diante da entrada dela, um gesto que trouxe um olhar de atenção afiada para o rosto em geral vazio de Edson.

Ela usava um casaco azul de tricô que se enrolava para formar um babado grosso no pescoço e encontrar a cascata dourada dos cabelos. Sob as sobrancelhas retas, os olhos encaravam os de Mayhew, que os afastou antes dela. Sara continuou olhando para ele, sem parecer notar seu desconforto.

Ela o observava como se visse pela primeira vez as boas características dele: a honestidade sólida, a franqueza e o olhar determinado do rosto marrom. Se ela se ressentia pelo interrogatório firme pelo qual ele obrigara sua mãe a passar algum tempo antes, não havia sinal daquilo. A boca parecia perturbada, quase pronta para chorar, mas os olhos tinham algo que era o contrário de raiva.

Leinster foi o próximo a entrar no cômodo, e depois a srta. Rachel, lentamente. Chegou a tempo de ver o olhar meio incrédulo de Leinster ao ver Sara encarando o detetive grandalhão. Os olhos dele se arregalaram por um instante, observando a figura parada da moça, e, quando se sentou, foi bem devagar. A srta. Rachel poderia imaginar a dor que o corroía; o conhecimento certeiro de algo que ele apenas supôs, ridicularizando, antes.

Os Scurlock trouxeram uma tensão gélida para a atmosfera do lugar. Não falaram com ninguém. O sr. Scurlock ajudou a esposa a encontrar uma cadeira confortável no canto mais distante e, assim acomodada, olhou com sanguinolência para todos. O sr. Scurlock estava intranquilo; mexia no rosto, no cabelo e na gravata, sem parecer saber diferenciar um do outro. A maior parte da atenção dele foi dedicada ao teto.

A sra. Malloy apareceu, com o rosto bastante pálido e sem olhar para Mayhew. Encontrou um assento ao lado da filha e se sentou rapidamente. Foi seguida imediatamente pela sra. Turner, que tinha para cada um deles um olhar de inimizade pessoal. Os Timmerson chegaram ao mesmo tempo que a sra. Marble e Clara; todos entraram a uma distância um do outro, sem sorrir, mas conseguindo parecer agradáveis.

Eles ocuparam o solário: ao todo, um grupo de pessoas desconfortáveis e incompatíveis. Mayhew os analisou por um instante silencioso antes de falar. Notou a expressão de cada um: viu a dor de Leinster, que não compreendeu, e a raiva da sra. Scurlock, que compreendia. Então começou.

A GATA VIU A MORTE

— Estou checando os álibis — disse ele sem rodeios. — Até então, não reunimos os relatos sobre a noite em que a sra. Sticklemann foi morta. Vamos fazer isso agora. Vou pedir para cada um de vocês me contar exatamente como passou as horas daquele dia das seis às dez da noite. E se alguém do grupo puder corroborar tais declarações, gostaria que o fizesse. Se, por outro lado, alguém souber de alguma omissão ou discrepância em qualquer declaração dada, devo avisar que é seu dever me contar a verdade e que não fazer isso deixará aberta a possibilidade de uma acusação criminal. Todos preparados?

Ele estudou os rostos por todo o cômodo. O sr. Timmerson vacilava em algum tipo de indecisão agonizante. Mayhew conseguia ver o suor se formando na testa dele e os olhos se voltando de forma lastimável na direção da esposa. O restante deles aceitou o anúncio com calma.

Mayhew se voltou para os Scurlock. A sra. Scurlock lhe lançou o mesmo olhar de ferocidade fria com o qual encarava todo mundo. O sr. Scurlock se esforçou para manter as mãos paradas e parecer inteligente.

— Vamos ouvir as histórias de vocês primeiro — disse Mayhew a eles.

O sr. Scurlock soltou um riso seco que teria sido uma gargalhada, se pudesse.

— Ora, já contamos, tenente. Estávamos em casa.

Ele olhou para a esposa e parou de rir de forma repentina demais. Ela lhe dera uma apunhalada venenosa com os olhos e continuou a observar Mayhew.

— Em casa — repetiu o detetive, olhando ao redor para o círculo de ouvintes.

Parou em Leinster, mas o jovem estava ocupado demais com os próprios pensamentos para prestar atenção.

— Sr. Leinster! — A cabeça loira se levantou. — O sr. e a sra. Scurlock saíram durante a noite do assassinato?

Leinster pareceu ter um branco por um minuto, então, se recuperando:

— Ah... entendo o que quer dizer. Quando eu estava no solário, em frente ao quarto deles... não, eles não saíram. Não por aquela porta, ao menos.

A sra. Scurlock lhe deu o que parecia ser um sorriso.

— E o senhor, sr. Scurlock, pode atestar a declaração do sr. Leinster de que ele estava no solário?

— Ah... bom, infelizmente, não. Veja bem, eu nem dei uma olhada lá fora. Você deu uma olhada, querida?

A sra. Scurlock não tinha dado uma olhada.

— Alguém aqui pode atestar a declaração do sr. Leinster?

Ninguém, pelo que parecia, poderia fazer isso. O sr. Leinster não tinha sido visto por ninguém no solário.

Mayhew deixou o assunto da localização de Leinster para questionar os Timmerson. A sra. Timmerson recomeçou a falar da descoberta do corpo assassinado da mulher, mas o marido dela a interrompeu e começou a revelar corajosamente uma discussão que tivera com Malloy.

— O homem está desaparecido há tanto tempo que começa a parecer estranho, e achamos que pode ter algo a ver com a morte da sra. Sticklemann. Enfim, eis o que aconteceu. Prefiro ser eu a lhe contar do que outra pessoa que pode não saber por completo o ocorrido. — Ele pegou um lenço e limpou rapidamente o rosto.

— Vá em frente — disse Mayhew, encorajando-o.

— Bom, esse homem, Malloy, me pediu para trocar um dinheiro para ele. Era uma nota de vinte dólares e, por acaso, eu tinha aquela quantidade de dinheiro comigo. Fiz a troca sem problema, mas depois um comerciante me disse que a nota era falsificada. Tentei fazer Malloy me devolver o dinheiro, mas ele negou que a nota era uma falsificação. Fingiu que eu estava tentando armar para cima dele, e a coisa toda se tornou uma grande confusão. Imagino que muitas pessoas tenham nos escutado. — Ele olhou ao redor com os olhos arregalados e assustados.

Mayhew se inclinou na direção do homenzinho gorducho e amedrontado.

— Foi a mesma nota que o senhor ofereceu no cinema na noite do assassinato?

O rosto do sr. Timmerson ficou frouxo como se tivesse ouvido as trombetas do fim do mundo.

— Sim — disse ele. — Mas como sabia...?

Resignado, Mayhew balançou a cabeça diante da falta de memória do sr. Timmerson.

— O senhor me contou — disse a ele. — Ou melhor, sua esposa me contou, quando falou que o senhor tinha criado uma confusão no cinema por uma nota falsificada.

O sr. Timmerson pareceu completamente apavorado.

— Foi errado, eu sei — admitiu. — Mas significava muito para mim... vinte dólares. Achei que se pudesse passar adiante e recuperar o meu dinheiro, não seria um mal tão terrível assim. Não para um grande negócio como um cinema, pelo menos.

Mayhew ignorou a explicação para o ato.

— Está com a nota agora?

O sr. Timmerson, com o rosto bastante rosado, procurou nos bolsos. Uma nota capenga foi entregue a Mayhew, que a observou com um desprezo impaciente.

— Essa coisa não enganaria ninguém — rosnou. — Por que finge que enganou você?

O sr. Timmerson começou a se levantar, com cada um dos queixos tremendo separadamente.

— Ah, mas fui enganado por ela! Fui!

Ele olhou ao redor para a indiferença dolorosa dos outros. O silêncio era unânime. Foi a sra. Malloy quem foi ao seu resgate.

— Talvez eu possa ajudar — disse ela, timidamente. — O meu marido certa vez conseguiu uma grande quantidade de dinheiro falsificado. Enquanto esteve nos palcos, usava como dinheiro cenográfico, mas depois lhe ocorreu que poderia fazer passar por dinheiro de verdade. Sempre entendi que usava apenas como uma piada, que devolvia o dinheiro verdadeiro quando já tinha se divertido com a situação. — Ela estava obviamente envergonhada de ter que explicar um ato assim da parte do marido. — Era a ideia dele de humor — disse, por fim, sem convicção.

Mayhew analisou a sra. Malloy e Timmerson como se suspeitasse de uma conspiração para frustrar os propósitos da justiça.

— Vamos continuar — falou, afinal, para o alívio claro de Timmerson. — O senhor e a sra. Timmerson estavam no cinema na noite do assassinato. Vou aceitar isso até poder falar com os funcionários do cinema. Agora... sra. Marble?

A sra. Marble arrancava fios de um remendo na saia de algodão. Com a menção ao seu nome, coletou os pensamentos rapidamente.

— Estava trabalhando naquela noite. Vai ser muito fácil para o senhor atestar essa declaração. A sra. Terry, da Ravenswood Arms, vai confirmar que eu estava trabalhando.

Mayhew passou devagar o olhar para Clara, dependurada no braço da cadeira de sua mãe.

— E agora... Clara, não é? E quanto a você?

— O meu nome é Gansinha — corrigiu a menina, sucintamente.

Mayhew permitiu que as sobrancelhas pretas se erguessem por um momento, surpreso, até se lembrar. Então sorriu para a criança. A srta. Rachel acha que Sara nunca vai esquecer a sensibilidade da atitude de Mayhew em relação à magricela, feia e pequena Clara, pois nem ela mesma consegue esquecer. Ele estendeu a mão grande de maneira amigável, e Clara foi até ele.

A GATA VIU A MORTE

— O que você estava fazendo na noite que a moça morreu? — perguntou a ela.

A menina olhou para cima com uma afeição tímida.

— Dormindo, acho — respondeu, após um instante de hesitação.

A srta. Rachel ficou tensa, tremendo de medo. Se a garota desse a entender que sabia de algo... Ela não deveria, para a própria segurança. *Não diga nada agora*, implorou a srta. Rachel em silêncio. *Aqui não. Não com... quem quer que seja, ouvindo e escutando.* Ela deu uma olhada nos rostos. Atrás de cada um deles se escondia o animal que atacava na escuridão.

— Ficou dormindo o tempo todo? — prosseguiu Mayhew com cuidado.

Os olhos da criança encontraram os da srta. Rachel e se arregalaram quando a idosa balançou a cabeça branca de forma fria e determinada. Era um gesto que poderia passar como algo inconsciente, mas, para Clara, era o comando de uma senhora que iria lhe dar um gato.

— Só dormindo — disse ela, na mesma hora.

Mayhew parecia decepcionado. Sentira desde o começo alguma coisa reticente no comportamento de Clara quando falou da noite do crime. Colocou-a no chão, tirando-a do joelho em que a criança subira, e voltou a atenção para os membros adultos do grupo.

— Sra. Turner?

Olhou para a figura alta e magra da senhoria e se perguntou como ela podia ser infernalmente feia e ainda assim ter sido casada. Acima do nariz longo e deselegante, os olhos dela encontraram os deles sem titubear.

— Isso é uma bobagem completa! — gritou ela. — Já disse que estava costurando. Costurei a noite inteira.

Mayhew olhou para a mão de Sara.

— Sra. Malloy, acredito que tenha atestado a declaração da sra. Turner?

Ela assentiu.

— Sim, atesto. Estava sentada perto da janela aberta do nosso quarto e escutei muito bem a máquina da sra. Turner.

Diante do escárnio declarado da sra. Turner, Mayhew continuou bisbilhotando.

— Não houve longos períodos de silêncio... digamos, de meia hora... em que a máquina não funcionou?

— Ah, não. Ela não funcionou ininterruptamente, é claro. Houve paradas, que qualquer um faz para cortar uma linha, ajeitar o material e coisas assim. Eu mesma uso uma máquina de costura e, naturalmente, notei o barulho.

A sra. Malloy foi cuidadosa em não mencionar o motivo real de prestar bastante atenção à máquina de costura: sua vigília por Sara enquanto a filha investigava o quarto deserto do pai.

— Eu estava fazendo cortinas novas — disse a sra. Turner, interrompendo. — As cortinas estão em uma condição deplorável. Ninguém tomou o mínimo de cuidado com elas. — A mulher encarou os inquilinos com profunda animosidade, e cada um deles pareceu culpado.

Agora Mayhew olhava para Sara, e a srta. Rachel esperava ao menos algum sinal de emoção. Ele, porém, encontrou os olhos azuis dela de forma tão fria quanto os dos outros.

— Srta. Malloy?

— E-eu entrei no quarto do meu pai pela janela naquela noite. Estava procurando por cartas velhas e lembrancinhas que minha mãe queria das coisas dele. Meu pai havia desaparecido há tanto tempo que tínhamos medo de que algo pudesse ter sido perdido. Fui procurar.

— E acredita ter ouvido o assassino entrar no quarto da sra. Sticklemann?

— Sei que ouvi a porta dela se abrindo e fechando. Depois de a srta. Rachel entrar... — Ela olhou para a senhorinha de roupa cinza; o olhar da srta. Rachel era aguçado como o de uma raposa. — Depois de a srta. Rachel entrar, ouvi a porta se abrindo e fechando quatro vezes, ou seja, alguém entrando e saindo do quarto duas vezes. Ao menos parece que me lembro dessa maneira... alguém entrando, saindo... — A voz foi morrendo no cômodo lotado. Se ela sentia o interesse respeitoso dos outros, não demonstrou. Sob os fios brilhantes dos cabelos loiros, a testa dela se franziu de leve. — Acabei de me lembrar...

Mayhew se ajeitou um pouco.

— Sim?

— É estranho não ter me lembrado disso antes! Mas me parece que houve um som *no corredor... espere!* — Ela mordeu a ponta da unha oval do polegar em um gesto de concentração. Todos os outros estavam em silêncio completo. — Sim, foi logo depois da segunda vez que a porta foi fechada... ou seja, depois da saída de quem quer que tenha entrado.

— Quer dizer entre as duas vezes que entraram no quarto da sra. Sticklemann?

Ela assentiu, ainda com a expressão intrigada no rosto.

— E que tipo de som era?

— Era... — Ela parou, parecendo ainda mais confusa. — Não sei bem como descrevê-lo, mas acho que a melhor maneira... era uma espécie de *miado* — falou, por fim.

Mayhew parecia claramente incomodado. Com certeza não era o fato significante que ele esperava. Porém, no peito da srta. Rachel, uma batida lenta havia começado. Se tivesse avisado Sara de antemão... mas não tinha. E agora a coisa havia sido revelada, derramada, e no cérebro de alguma pessoa daquela sala, ela não tinha dúvidas, uma nova preocupação estava crescendo.

Ela observou Mayhew, viu a decepção do tenente com as palavras de Sara e soube que deveria ter contado a ele sua teoria sobre o caso. Talvez, pensou, não fosse tarde demais.

Porém, para Mayhew, a reunião chegara ao fim, e, na opinião dele, não tinha aprendido qualquer coisa de grande importância. No dia seguinte, poderia checar os álibis daquelas pessoas da melhor forma possível.

Deu à srta. Rachel um breve aceno de cabeça quando saiu, sem notar a súplica desesperada no olhar dela.

A sra. Terry da Ravenswood Arms o recebeu com um vestido em chiffon cor de lavanda.

Sim, a sra. Marble estava trabalhando para ela na noite do crime. Se é que alguém poderia chamar aquilo de trabalho. Só fica indo de lá para cá na cozinha, embora tivesse que ser paga... Não fora um assassinato horrível? E o que ele *realmente* achava que tinha ocorrido? O assassino... Mas Mayhew desgostava de mulheres gordas que usavam esmalte vermelho. Foi embora com o mínimo de cortesia.

A sra. Terry disse às amigas que Mayhew era alto e bonito, mas rude, minhas queridas, simplesmente rude! A partida abrupta e às pressas a surpreendeu. Há quase noventa quilos da sra. Terry para se surpreender, mas Mayhew manejou tudo muito bem. A despedida dele, em resposta à despedida gorgolejante da outra, aproximava-se do grunhido que Leinster disse que era tudo que faltava a ele para se tornar um urso. Deixou a sra. Terry de queixo caído.

Ainda era cedo de manhã. O cinema da Strand estava envolto em silêncio e escuridão. Em um cartãozinho abaixo do alarme contra ladrões, Mayhew viu o nome e o endereço do gerente e foi fazer uma visita a ele. O gerente era grande, muito garboso e apareceu de barba feita, usando um roupão de seda vermelha. Mayhew levou diversos minutos para lembrá-lo do incidente com a nota falsificada de Timmerson, mas o homem enfim conseguiu rememorar a coisa bem o suficiente. Embora aquilo não fosse uma prova de que os Timmerson tivessem permanecido o tempo todo no cinema, ao menos dava cabo de parte do álibi.

Mayhew não conseguia pensar em alguma forma de verificar as declarações de Leinster, que afirmava estar no solário, ou de Sara e da mãe dela. Porém, respondendo a um palpite incômodo, ele visitou uma loja de máquinas de costura para descobrir se havia alguma forma de uma máquina funcionar sem que alguém estivesse operando-a.

A jovem que gerenciava a loja era muito estilosa, brilhante e intensamente superior, e não ficou impressionada quando Mayhew a informou que era agente da polícia. Não, pensou ela, em resposta à pergunta, com certeza nunca tinha ouvido falar de nenhum método para fazer uma máquina de costura funcionar à distância — a não ser colocar um livro no pedal e deixá-lo lá. Talvez funcionasse.

Mayhew perguntou se um procedimento como esse não faria a máquina funcionar sem parar, diferente do uso normal.

A jovem gargalhou. O que quer que Mayhew estivesse fazendo, ela considerava engraçado. É claro que colocar um livro em cima do pedal faria a máquina funcionar sem parar. Ela tinha feito isso certa vez, quando criança, para incomodar uma tia. Não, não havia soado como costura de verdade. Agora — ela se perguntou se ele tinha visto os *novos* modelos? Excelentes máquinas... A moça perguntou, de maneira bastante casual, se ele era casado.

Mayhew foi dominado pela sensação de que era melhor ir embora antes que lhe vendessem uma máquina de costura até um novo pensamento lhe ocorrer.

— E quanto a reparos? Vocês têm alguém que trabalha com essas coisas?

— Sim, de fato. Temos um técnico.

O olhar dela parecer ficar um pouco vago. Mayhew teve a impressão de que os reparos não deviam pagar grande coisa.

— Posso falar com ele?

Ela olhou por um instante para os fundos da loja, que tinha uma parede de madeira pintada de cinza, com uma cortina no meio.

— Ele está lá trás.

O zumbido de uma máquina veio de repente do outro lado da cortina.

Mayhew encontrou um homenzinho cinzento nos fundos. Sentava-se entre dezenas de partes de máquinas de costura com uma delas desmontada à sua frente. Mayhew o saudou com prazer e explicou o que gostaria de saber.

O homenzinho grisalho coçou o queixo barbado. Mayhew sentiu uma reserva inquieta, um desejo de permanecer quieto sobre algo que sabia.

Por fim, ele falou.

— Era uma espécie de segredo.

— Isso é assunto oficial.

— Eu sei. — Os olhos do homenzinho se viraram astutamente para Mayhew sob as sobrancelhas grossas e grisalhas. — Ia ser um truque de Dia das Bruxas na casa de alguma mulher rica. Ela mandou o motorista vir aqui para saber mais. Não que eu tenha contado muito a ele... era um sujeito esperto, que entendia do assunto. Deve ter trabalhado com eletrônicos, achei, em algum momento do passado.

Uma palavra da narrativa do homenzinho chamou a atenção de Mayhew.

— Quem veio aqui?

— O motorista.

Pela testa do detetive, surgiram pingos de suor.

— Continue.

— Era uma ideia engraçada. Eu... imagino que queira os detalhes?

Mayhew assentiu sem falar nada.

— Foi por isso que achei que o sujeito deve ter trabalhado com eletrônicos. Ele tinha uma ideia na cabeça. Vendi as partes e dei um ou dois conselhos. Falou que era segredo, que a senhora ficaria irada se eu deixasse escapar uma palavra. Não que eu teria medo de uma mulher... Bom, é o seguinte: você pega o fio que sai da máquina até a tomada. Corta no meio... ele já tem duas seções, sabe... e pega uma seção para colocar um novo fio e soquete. Um soquete normal para uma lâmpada. Só que, debaixo da lâmpada, você coloca um termostato.

Soava como os truques de um mágico para Mayhew, mas ele por fim tinha certeza sobre algo; tanta certeza que mal podia esperar para que o homenzinho terminasse.

— Então, quando a eletricidade é ligada, a máquina vai funcionar por mais ou menos um minuto. Até que a lâmpada no soquete esquente o termostato a ponto de ele desligar... fazendo a máquina parar. A lâmpada também desligaria, claro. Por um tempo, a energia seria desligada, digamos por outro minuto. Aí, com o termostato esfriando, ele liga de novo. Poderia funcionar assim para sempre, pelo tempo que quiser.

— Descreva o... o motorista.

— Uma figura sombria. Usava um chapéu com aba grande. Precisava de um corte de cabelo, também.

— Obrigado — murmurou Mayhew, indo para a porta.

O homenzinho cinzento encarou as costas da figura apressada de Mayhew.

— Não me agradeça — disse ele, alegre. — O outro sujeito pensou nisso primeiro.

19. AS PEGADAS

Às 7h30 da manhã, o telefone da Casa da Arrebentação começou a tocar e, por mais estranho que parecesse, ninguém estava interessado em atendê-lo. No sexto ou sétimo toque estrondoso, Sara rolou para fora da cama e foi ver quem era. O corredor estava escuro e deserto, preenchido, de forma desagradável, pelo clamor recorrente do aparelho. Sara ergueu o fone.

— Alô?

— Ligação de longa distância. San Diego ligando para a srta. Sara Malloy — disse alguém.

— É a srta. Sara Malloy falando — respondeu ela ao telefone.

Houve uma série de estalos e, quando a conexão foi feita, uma voz rouca explodiu no ouvido dela.

— Srta. Malloy? — perguntou. — Aqui é Jasper Nicholson, velho amigo do seu pai. Lembra-se de mim?

— Ah, sim... muito bem, na verdade. Embora já faça anos...

A voz continuou, interrompendo-a:

— Descobri notícias chocantes sobre seu pai, Sara.

A moça ficou na ponta dos pés no afã, aproximando o rosto do telefone.

— Ele... ele está bem?

— Sim, sim! Está bem — assegurou a voz. — Ele quer vê-la de imediato, em algum lugar em que os dois possam ficar sozinhos.

— Se ele quer me ver, desço a estrada neste minuto — disse Sara, rápido. — Vou descobrir quando saem os transportes para San...

— Não se preocupe com isso — falou o outro, com muita pressa. — Por acaso, o meu carro está na cidade hoje. Mandei um amigo para casa nele ontem. Você pode usá-lo.

— Mas não sei dirigir — falou Sara, hesitando. — Não seria melhor...

— Não há necessidade de dirigir. O meu motorista está com o carro. Só preciso saber onde ele pode pegá-la... uma esquina no centro da cidade seria o ideal... e ligo para a garagem onde o carro deve estar agora. Ele vai estar voltando. Consegue se preparar até as nove horas?

Sara sentiu a impaciência dele e logo concordou.

— Sim, estarei pronta. Na esquina da James com a Terceira.

Com a aquiescência veloz dela, parte da pressa deixou a voz do outro lado da linha.

— Tudo bem — disse ele um pouco mais devagar, e então: — Tem mais uma coisa. — Sara ouviu com atenção. — O seu pai prefere que ninguém saiba disso ainda. Veja, o caso Sticklemann colocou-o em uma situação ruim, e ele precisa da sua ajuda antes de se sentir livre para sair em público. Promete não mencionar esse assunto para ninguém? — Com aquelas últimas palavras, a voz ficou quase suplicante e parte da rouquidão desapareceu.

— Não vou contar — respondeu Sara rapidamente. — Mande seu motorista me pegar às nove horas. Estarei esperando.

— James com a Terceira? — perguntou a voz.

— James com a Terceira — repetiu Sara, com segurança.

Ela voltou para o quarto dela e da mãe. A sra. Malloy ainda dormia, a pequena figura não muito maior do que a de uma criança enrolada sob as cobertas. Ela piorara durante a estadia na Casa da Arrebentação. O rosto estava anguloso devido à preocupação, à fadiga e à inabilidade de comer e dormir como deveria. Os olhos pareciam mergulhados em sombras, as pálpebras azuis. Sara se inclinou e deu um beijo de leve na testa da mãe, e então começou a se vestir para sair. Observou a mãe enquanto se preparava, perguntando o que deveria dizer se a sra. Malloy acordasse e perguntasse para onde estava indo. Contudo, a sra. Malloy, que dopara a si mesma com um sonífero na noite anterior, não acordou.

Às 8h30, com chapéu e luvas à porta, Sara fez uma pausa. A mãe ficaria preocupada se acordasse e não encontrasse algo sobre o paradeiro da filha. Sara ficou em um dilema sobre o que fazer. Por fim, escreveu um bilhete em um papel e deixou-o em cima da cômoda.

— Querida mãe — sussurrou, escrevendo as palavras —, estou indo atrás de notícias maravilhosas. Vou para San... — Ela parou e pensou que talvez aquela localização fosse algo que o pai não gostaria que fosse mencionado. Uma borracha retirou as duas últimas palavras. — Vou ver um amigo. Não se preocupe. — Ela finalizou e assinou.

A srta. Rachel não se lembrava de ter pregado os olhos durante a noite.

Ficou deitada, esticada sobre a cama desconfortável, observando a aurora chegar de mansinho, acinzentando a janela, vendo os raios de sol tingirem a parede lá fora de amarelo. De vez em quando suspirava, e quando Samantha fez um som de arranhar dentro da cesta ao lado da cama, a srta. Rachel se levantou de repente, encarando a porta. Então, localizando a origem do barulho, deitou-se de novo, tremendo.

O toque do telefone a sobressaltou, mas ela não teve vontade de atendê-lo. Telefones, sentia ela, não deveriam tocar tão alto em lugares como a Casa da Arrebentação. Um barulho mais baixo combinaria melhor com a atmosfera daquele lugar sinistro. Ou um chiado. Ela tentou imaginar um telefone chiando.

A voz de Sara, abafada pelo comprimento do corredor e pela porta fechada, tornou-se audível. Sem nenhum escrúpulo do qual estivesse consciente, a srta. Rachel se arrastou para fora da cama, abriu a porta e escutou. A metade da conversa de Sara chegou a ela, e, sem saber explicar por quê, a idosa não gostou. Voltou para a cama muito insatisfeita e pensativa.

O dia nasceu de forma plena e dourada lá fora, e ainda assim ela permaneceu na cama, sentindo-se culpada pela preguiça. Então ouviu Sara sair do quarto, fechando a porta bem de leve. A srta. Rachel ficou alarmada; levantou-se de imediato e se vestiu.

Uma batida à porta da sra. Malloy não produziu respostas. Com um ar de bisbilhoteira sem vergonha, a srta. Rachel tentou a maçaneta. Ela abriu e entrou em silêncio.

A sra. Malloy dormia pesado, enrolada sob as cobertas. A srta. Rachel a observou com cuidado, mas, além de uma aparência de exaustão, não conseguia ver nada de errado. Então seu olhar percorreu o cômodo.

O bilhete de Sara a fez franzir a testa de apreensão. Depois de lê-lo, colocou-o de volta no lugar sobre a cômoda, e voltou ao próprio quarto. Ficou um longo minuto em indecisão assustada, sem saber exatamente o que fazer e com a sensação de que estava atrasada para algo horrível e urgente, ou se metendo em assuntos que não eram da sua conta.

Havia, ao menos, algo muito decisivo que poderia fazer. Foi até o quarto da sra. Marble e bateu à porta. Levou um tempo para despertar a mulher cansada pelo trabalho, mas ela enfim atendeu, parecendo cansada e surpresa. A srta. Rachel logo se convidou para dentro.

— Preciso falar com Clara — disse à sra. Marble.

Clara, tendo acordado horas antes para brincar, estava de camisola no chão com duas bonecas maltrapilhas ao lado.

— Conseguiu o gatinho? — perguntou ela à srta. Rachel, abraçando os joelhos magros, observando a senhorinha com bastante interesse.

A srta. Rachel havia se tornado uma detetive tão completa que não se incomodou em contar uma mentirinha para conseguir informações.

— Sim, comprei seu gato. Mas ele ainda está na loja. Vamos pegá-lo agora de manhã.

— Que bom — disse Clara, evasiva.

— E agora... — A srta. Rachel parecia diminuta, mas muito determinada. — Agora deve me contar o que sabe sobre a noite em que a minha sobrinha morreu.

Ela se sentou em uma cadeira, notando o início de espanto que atingiu a figura pequena da sra. Marble. Clara parecia indecisa.

— Precisa contar para mim — reiterou a srta. Rachel com firmeza.

Clara olhou para cima de forma manhosa, mas o rosto sério da srta. Rachel não toleraria bobagens.

— Vamos, Clara.

— Bom... — Os olhos de Clara se voltaram para a mãe e depois retornaram para a idosa vestida de cinza. — Eu não estava dormindo — admitiu ela com cuidado.

A srta. Rachel não pareceu ficar surpresa com aquela informação, embora a sra. Marble mostrasse sinais de desespero.

— Clara — avisou a mãe —, se estiver inventando coisas...

A srta. Rachel balançou a cabeça.

— Vá em frente. O que viu naquela noite?

Clara lançou um olhar culpado rápido em direção à porta, baixou a voz para que apenas a mãe e a srta. Rachel pudessem ouvir.

— Ouvi uma espécie de barulhinho. E dei uma olhada.

— *E o que viu?*

— Vi a sra. Turner saindo do quarto dela. Ela estava segurando uma machadinha e colocou a mão atrás da saia. Olhou para a porta por um minuto. Depois a deixou aberta, como se decidisse que a queria assim.

— Conseguiu ver dentro do quarto dela?

Clara virou o rosto para o lado, formando um arco.

— Saí daqui e dei uma olhada no quarto enquanto ela não estava. A máquina de costura estava lá. Funcionando *sozinha*.

A sra. Rachel se assustou. Levou um instante para reencontrar a voz.

— Como assim... funcionando sozinha?

Clara parou, confusa.

— Só isso. Funcionando sozinha. Tinha uma luz por perto, debaixo da mesa. Quando a máquina parou por um minuto, a luz se apagou. — Ela mudou de posição, para olhar para a mãe. — Mãe, sabe o pedal em que a sra. Turner coloca o pé para fazer a máquina funcionar? Bom, tinha um livro grandão lá, para mantê-lo pressionado. Aquele livro grande dela, com o nome de todo mundo.

Sobre o arranjo com a luz elétrica, a srta. Rachel não poderia entender — mas sabia que ali estava o centro da questão, o núcleo do crime. Levantou-se de repente, ajeitando a saia de tafetá.

— Vamos até o quarto da sra. Turner — sugeriu ela.

A sra. Marble, com o rosto pálido, impediu Clara com a mão.

— Você não vem? — perguntou a srta. Rachel, vendo o medo dela. A sra. Marble balançou a cabeça, sem falar nada. — Não acho que ela esteja em casa — falou a idosa. — Imagino que tenha ido a algum lugar. Com Sara Malloy.

A srta. Rachel atravessou às pressas o corredor apertado e bateu rápida e repetidamente à porta da sra. Turner. Não havia algo além de silêncio lá dentro.

A srta. Rachel entrou. Uma mesa chamou a atenção dela antes mesmo de olhar para o chão. Dentro da gaveta, havia uma carta endereçada para a *sra. Anne S. Turner*. A srta. Rachel a analisou por um longo momento enquanto formava uma linha amarga e cinzenta com os lábios, então arremessou a missiva para longe e olhou para baixo.

O chão estava incrivelmente limpo.

Estava engatinhando no chão, quase debaixo da cama, quando a mão áspera de alguém agarrou a roupa dela.

— Saia daí, diabos! — gritou Mayhew acima dela. — Onde Turner se meteu?

A srta. Rachel localizara o que a sra. Turner, mesmo com todo o trabalho com rodo e esfregão, não vira. Abaixo de uma camada leve de fiapos sob a cama, havia um fraco rastro de gato. Samantha, então, caminhara bastante pelo quarto antes de ser pega e banhada. A srta. Rachel tremeu, se afastando, lembrando-se de que ali estava um pouco do sangue de Lily. Ao toque de Mayhew, ela se levantou, parecendo muito séria.

Ao vê-lo, o pensamento de que Mayhew era um caçador lhe ocorreu. Algo tensionava e iluminava o rosto dele, dando-lhe uma aparência de determinação implacável.

— Onde está Turner? — gritou ele outra vez, entredentes.

O rosto da srta. Rachel era um estudo de dor.

— Estamos atrasados — disse a ele. — Ela escapou com Sara.

Ele passou pela porta com tanta pressa que a srta. Rachel o ouviu batendo à porta da sra. Malloy antes de conseguir chegar ao corredor. Quando ela chegou ao quarto da sra. Malloy, ele estava próximo à janela, analisando o bilhete que Sara havia deixado. Perto do cotovelo dele, estava a sra. Malloy, sem falar devido ao terror. Os dois viraram o rosto para ver a srta. Rachel entrar.

— Como sabe que as duas estão juntas? — perguntou Mayhew.

A srta. Rachel compreendia a causa da dúvida beligerante. Ele não queria acreditar que Sara estava com a sra. Turner. Porém, com cuidado e sensibilidade, a srta. Rachel falou sobre o telefonema.

Ainda assim, Mayhew olhou para ela sem acreditar.

— Mas por quê?

— Ah, isso é bem óbvio. Sara sabia algo muito importante sobre o assassinato da minha sobrinha, e a sra. Turner quer ela fora de cena antes que você chegue a alguma conclusão.

Ele deu meia-volta, encarando-a com uma raiva sombria nos olhos.

— O que ela sabe? — indagou ele, e logo completou: — E por que diabos Sara não me contou?

— Ela contou, sim — explicou a srta. Rachel apressadamente. Os punhos de Mayhew se fecharam de repente, o rosto ficando pálido, mas ficou em silêncio. — Foi no solário, ontem à noite. O senhor se lembra dela falando de ter ouvido um miado no corredor?

— E o que tem?

Nesse momento, a srta. Rachel balançou a cabeça;

— Não vamos ficar aqui conversando. Precisamos encontrar Sara.

Ele se aproximou e pegou o braço dela de uma maneira que, pela primeira vez, não foi gentil.

— Você sabe para onde elas foram?

A srta. Rachel, sentindo a tensão de seus dedos, percebeu o controle de ferro que o homem mantinha sobre os nervos. Ela já afirmou que foi apenas então que teve certeza de que Mayhew gostava muito de Sara; o que era algo bom de saber, mas não ajudava naquele momento.

— Acredito que sei a direção que ela tomou — disse a srta. Rachel a ele. — Veja, na conversa ao telefone mais cedo, ela

começou a mencionar uma cidade que começava com *San*...
e se ofereceu para *descer a estrada*. Isso não sugere que está
indo para o sul, digamos para San Diego?

Mayhew rasgou o bilhete em um gesto de descrença e
desespero.

— Deus, mulher, há milhares de cidades na Califórnia que
começam com San. É espanhol; é...

— Eu sei. Mas é uma chance. Que outra alternativa temos?

— Nenhuma. — Um pouco da fúria se esvaiu dele ao falar
isso devagar. Saiu do quarto e foi até o telefone ligar para a
delegacia de polícia. — Coloque isso no teletipo imediatamente — mandou.

Olhando para cima, encontrou os olhos sérios da srta.
Rachel.

— Não há muito que posso passar a eles — disse a ela,
cobrindo o receptor com a mão. — Não fazemos ideia de que
tipo de carro eles estão usando.

— Vai ser um carro alugado — falou a srta. Rachel. — Mas
não temos tempo de ir aos estabelecimentos que alugam veí-
culos.

Mayhew falou de repente ao telefone, contando-lhes o
que sabia: as informações que a srta. Rachel ouvira do telefonema de Sara, um carro dirigido por motorista com uma mulher jovem no banco traseiro. Provavelmente guiando para o
sul. Ao terminar, olhou para o relógio de pulso. Eram 9h40.

— Maldição! Acabamos de perder por pouco! — gritou ele.

— Talvez não... ainda — disse logo a srta. Rachel. — O seu
carro é muito rápido?

A mesma ideia tinha passado pela cabeça de Mayhew,
mas não lhe agradava ter uma passageira. As mulheres gritavam com a forma como ele fazia curvas. Contudo, a srta.
Rachel foi pegar o chapéu e o xale e tinha voltado antes que
ele pudesse sair.

— Vou com você — disse ela, friamente.

Ocorreu a Mayhew que, desde o início, a srta. Rachel havia considerado aquele caso como dela, e uma onda de raiva irracional se ergueu dentro do homem diante da calma determinação dela.

— Você não pode ir — disse ele de súbito. — Isso é assunto da polícia, e não seu.

Ela permaneceu na porta, observando-o com um desagrado frio.

— Suponho que saiba o que está fazendo — comentou, e quando ele não ofereceu resposta: — O senhor não vai vê-la. Não presta a mínima atenção em chapéus.

Como sempre, Mayhew foi pego de surpresa pela imprevisibilidade das palavras dela.

— Chapéus? — falou ele, ainda nervoso.

— Chapéus — repetiu a srta. Rachel, e prosseguiu como uma professora dando uma lição no aluno mais idiota e desordeiro. — Não sabe que a melhor chance que temos de pegá-los é reconhecendo o chapéu de Sara pela janela? Acha que o carro vai estar andando em uma velocidade baixa o bastante para que possa acelerar e olhar à vontade? — Ela parou para erguer o queixo na direção do detetive. — Caso não saiba — disse ela, com cuidado —, Sara tem três chapéus, e eu reconheceria qualquer um deles.

Ele tomou o braço dela em silêncio.

— A senhora ganhou. Vamos.

Sara ficou esperando por não mais que três minutos na esquina da James com a Terceira; então, desviando devagar do tráfego e indo em direção ao meio-fio, apareceu um carro preto comprido. Um motorista, com chapéu e óculos, se esticava do lugar ao volante para abrir a porta de trás para ela.

— Olá! — disse Sara, entrando.

O motorista apenas assentiu em resposta, com a atenção no carro à frente.

O homem era um motorista experiente e cuidadoso. Sinais e placas de trânsito foram obedecidas com precisão escrupulosa até chegarem à autoestrada para o sul. Então, ele começou a acelerar.

Sara analisou o motorista com curiosidade. Não era um homem alto ou, ao menos, tinha o hábito de dirigir curvado no assento, pois tudo que ela conseguia ver de onde estava sentada era o topo dos ombros e parte desleixada do pescoço abaixo do chapéu. Ele precisava urgentemente de um corte de cabelo, pensou Sara, mas então, perdendo o interesse, voltou os olhos para o azul ofuscante do mar.

Os quilômetros e as horas voaram.

Em um cruzamento, o carro parou e fez uma curva. Olhando para fora do veículo, Sara viu de relance um arco alto com uma placa acima da estada.

— Cavernas San Dimas! — exclamou ela na direção do motorista. — É lá que vou encontrar o meu pai?

Por um segundo, o homem no assento da frente se mexeu de forma que o rosto apareceu no retrovisor. Os olhos observaram os dela através dos óculos.

Foi nesse momento que Sara começou a sentir medo.

— Que coisa maldita — disse Mayhew, entredentes, pela lateral da boca.

— Sim. E assustadora — falou a srta. Rachel sem pensar, vendo um caminhão cheio de canos que mais pareciam que iriam empalá-los imediatamente.

Mayhew os salvou de serem mortos pelos canos com uma manobra no último minuto, como um mago, e eles deram a volta no caminhão e o ultrapassaram.

— É um homem, afinal — disse ele. — Um sujeito com uniforme de motorista. Mas onde entra Turner? Diabos, apesar daquelas mãos, deve ser Malloy. Ele pode imitar uma mulher. Era ator.

No entanto, a srta. Rachel discordou.

— Não. É bem mais simples do que isso.

As sobrancelhas de Mayhew se ergueram.

— Acho — falou ela, com cuidado — que vamos encontrar Malloy... hoje.

20. A SRTA. RACHEL SABE DE TUDO

A costa acima de San Diego, a quinze ou vinte quilômetros da cidade, fora quebrada, fissurada e rachada pelo mar. Cá ficam os abismos que dividem as escarpas do topo até a praia lá embaixo; lá ficam os perigosos barrancos em ruínas que cedem; e por toda a formação, como as células de uma colmeia, existem cavernas formadas pela maré. As cavernas superiores são nada mais que buracos empoeirados e negligenciados pela terra. As inferiores, no nível do mar, são famosas no mundo inteiro pelos vislumbres da vida marinha que proporcionam.

Havia um aglomerado de carros estacionados na entrada da via principal, mas o automóvel que levava Sara não parou lá. Ele seguiu por uma estrada pouco usada, tomada pelo mato, que contornava a beira do abismo, até estar fora da visão dos carros que pertenciam a outros visitantes. Então, parou, e houve um instante de silêncio absoluto durante o qual o único movimento de que Sara estava consciente eram as batidas do próprio coração. O motorista não lhe dirigiu o olhar.

— Devo descer aqui? — perguntou a moça, quando o silêncio se tornou insuportável.

A cabeça com o chapéu assentiu em resposta. Sara abriu a porta e saiu, pisando nas ervas secas e na poeira. A brisa que soprava do mar estava fria e carregava o aroma da maré. Sara encarou o oceano, respirando profundamente, tentando diminuir o horror que ameaçava dominá-la.

— Siga-me — disse o outro.

A figura vestida de azul-marinho foi até a beira do abismo, analisou a queda livre através dos óculos e encontrou uma trilha inclinada e quase invisível que descia pela lateral até a escuridão. Mas Sara permaneceu parada.

— O meu pai... ele está aqui mesmo, não é? — A própria voz lhe soava estranha, perdida na desolação dos raios solares e do silêncio.

A figura de azul continuou, sem olhar para trás.

Sara olhou ao redor. Não havia outro ser humano no seu campo de visão, e mesmo o enigmático motorista de poucas palavras parecia um conforto melhor do que a solidão estranha daquele lugar. Ela se apressou para seguir pelo caminho difícil e quase destruído.

— Espere um minuto. Estou indo — falou ela.

No entanto, mais uma vez, não houve resposta.

A trilha descia, depois fazia uma curva para dar a volta no abismo acima da praia. Sara olhou para baixo e agarrou-se à pedra áspera. Lá embaixo, além de uma faixa de areia cinza, o mar estourava furiosamente entre pedras esverdeadas. O barulho que chegava a ela era como um vento forte soprando, e o medo acompanhava aquele som.

Encontrou o motorista parado, meio mergulhado nas sombras da entrada de uma caverna; a mão enluvada acenou para ela entrar. Lá dentro estava frio, escuro e com cheiro de terra. Sara se virou após dar poucos passos.

— Onde está meu pai? — Ela tentou colocar confiança na voz.

O motorista, sem responder, começou retirando as luvas e depois os óculos. O chapéu erguido deixou cair mechas de cabelo ruivo, que cobriram os ombros uniformizados. Sara observou, estupefata, até aquilo acabar.

— Não entendo — sussurrou, por fim, sentindo a parede úmida da caverna às costas enquanto se pressionava contra ela.

— Não? — disse a outra pessoa, zombando. Algo azul com um brilho metálico saiu de baixo do uniforme do motorista, com o cano voltado para Sara, que tremia junto à pedra. — O que gostaria de saber?

— Onde está meu pai? — perguntou, ofegante, olhando para todos os lados, menos para a ferocidade brilhante dos olhos da sua companhia.

— *Está aqui!*

Ela procurou ao redor, o espanto a distraindo.

— Onde?

— Pouco atrás de você. Está coberto de terra agora. Se fosse você, eu não o desenterraria. Não seria... agradável.

Dor surgiu nos pensamentos rodopiantes de Sara.

— Ele está morto! — choramingou ela na escuridão ecoante da caverna.

A boca angulosa à sua frente sorriu.

— Bastante morto — falou com cuidado.

Um novo pensamento fez a moça olhar mais uma vez para as reentrâncias às suas costas.

— Sr.... sr. Nicholson! — gritou ela, como se sua necessidade tivesse o poder de invocar o homem.

Mais uma vez o sorriso, mais uma vez a voz rouca.

— O sr. Nicholson foi... como podemos dizer...? Imitado. Ele não sabe que estamos aqui.

— Mas e a ligação? — berrou ela, como se a insistência tornasse aquilo verdade. — Ele me ligou de San Diego. Ou... alguém ligou.

— Ninguém telefonou de San Diego — corrigiu a outra pessoa. — Eu liguei de um telefone público na praia. É bem fácil fingir uma ligação de longa distância.

O motorista estava perto de Sara agora, o rosto anguloso sob os cabelos ruivos, cheio de fome de matar, de cobiça em dar fim a algo. Sara esticou o corpo contra a pedra. Seixos se desprenderam debaixo de suas mãos.

— Você sabe um pouco demais. Só um pouco — disse a voz rouca. — O suficiente para que seja melhor matá-la.

— Por que você... por que você matou o meu pai? *Por quê?*

— Ele pretendia me trair com Sticklemann. Eu arranjei o casamento: fui eu que a indiquei para ele na praia. Disse como ele podia falar com ela. Então, quando ele a conseguiu, quando íamos começar a ordenhar o dinheiro daquela vaca, seu pai quis dar para trás. Viu que, se fossem casados, poderia ficar com tudo para si.

Lágrimas lentas começaram a cair dos olhos de Sara, escorrendo pelas bochechas.

— Marquei um encontro aqui entre nós. Isso foi semanas atrás. Ele veio sem suspeitar de nada. — Aqui houve um sorriso, quase largo, pela astúcia exibida. — Eu o apaguei com uma chave inglesa. Havia chance de matá-lo, mas tive sorte. Quando ele acordou, eu... eu o *persuadi* a escrever um testamento, deixando tudo para mim.

Os olhos ferozes piscaram sobre ela.

— Persuadi-lo foi divertido. Só queria ter um pouco mais de tempo para passar com você.

Sara soltou o fôlego devagar.

— Depois, matei-o com a chave e cortei as mãos dele fora. Achei que poderia usá-las para plantar as digitais no assassinato de Sticklemann. Só depois descobri... Mas não importa. Ainda vou herdar a herança de Sticklemann através do seu pai... Tentei antes com você, na noite em que a estrangulei com uma das gravatas dele. Tive que sair pela entrada do sótão quando Mayhew bateu à porta. — Um grunhido de raiva verdadeira surgiu no rosto feio. — Seu pai mereceu tudo o que recebeu, porque era um rato traidor. Só queria que ele estivesse aqui para ver o que vou fazer com você. Era *eu* quem conhecia Lily. *Eu* sabia como controlá-la. Então, no final, ele se virou...

— *Você conhecia Lily?* — A respiração de Sara esticou as palavras em um suspiro longo. O rosto pálido dela se voltou para cima e, de repente, ela ficou parada no meio do medo trêmulo. — *Quem é você?*

— Eu... — A voz parou, e algo alerta surgiu no seu rosto.

A srta. Rachel observou a longa fila de carros estacionados, os olhos analisando fervorosamente cada um deles.

— Não estão aqui — disse ela, sem fôlego.

Os olhos escuros de Mayhew se estreitaram diante da luz do sol.

— Há uma estrada que acompanha o desfiladeiro. Mas parece deserta... tem certeza de que não pode estar enganada?

— Não. Não posso. Era o azul com a pena vermelha atrás. — A srta. Rachel estava se referindo ao chapéu de Sara. — Melhor tentarmos essa estrada.

A poeira subiu no rastro do carro e mato seco raspava na parte de baixo dos para-lamas.

— Ninguém passa aqui há anos — disse Mayhew até eles darem a volta em uma pedra e encontrarem o veículo abandonado.

Mayhew saltou do banco do motorista bem rápido e procurou no interior do outro automóvel.

— Não tem ninguém aqui — gritou para a srta. Rachel, que seguia devagar por uma trilhazinha que atravessava o mato em direção à beira do abismo.

Ela olhou para baixo, a figura minúscula se protegendo do vento. A saia de tafetá mais parecia a vela de um navio. Então começou a descer com certa dificuldade.

Foi aí que Mayhew ficou com pressa demais. Correu atrás da srta. Rachel e, em algum lugar perto do abismo estreito, ele cambaleou. A srta. Rachel viu o corpo dele passar, tropeçando no meio de uma grande quantidade de escombros e poeira. Havia um arbusto de aspecto robusto a alguns metros do ponto em que o penhasco cedia, mas a srta. Rachel não podia esperar para ver se ele conseguiria se segurar. Ela seguiu pela trilha até chegar à caverna.

A GATA VIU A MORTE   239

É claro que estava sendo esperada, pois a aproximação não havia sido exatamente silenciosa. O cano de uma arma automática de aparência perversa a saudou enquanto entrava.

Sara já disse que, naquele momento, a srta. Rachel foi absolutamente incrível. Ela não consegue entender como uma senhora tão pequena e resguardada pode encarar uma arma e aparentar um controle tão frio. Sara, porém, não tinha assistido a *O horror roxo*. A srta. Rachel acha que, se você não adquiriu autocontrole depois de ver um filme como aquele, nunca mais vai adquirir.

A idosa ignorou o cano que apontava para ela e olhou além do rosto distorcido acima do uniforme azul de motorista.

— Sara! — disse a srta. Rachel. — Sara! Você está bem?

A resposta veio em forma de soluços e um grito aos prantos.

— Volte!

Então, a srta. Rachel se dignou a olhar na direção da figura estranha que segurava a arma. Os olhos dela demonstraram reprovação.

— Devia ter vergonha de si mesma — falou, colocando a emoção para fora. Então se aproximou e analisou abertamente a pessoa à sua frente. — Você é uma coisa com aparência estranha agora. Mas acho que sei quem é.

Havia uma alegria cruel no sorriso que precedeu a resposta.

— É mesmo?

A srta. Rachel se aprumou.

— Sim. Já nos encontramos antes, sabe? Sua identidade estava na minha mente nos últimos dias. Usou tantas vezes o mesmo truque que me pergunto por que não adivinhei tempos atrás. Tirar dinheiro de Lily porque o casamento não era regular... De quem foi essa ideia, sua ou de Malloy?

— Minha, é claro. Vi Lily na praia outro dia. Ela não me viu, mas eu a segui, vi onde ela estava ficando. Tinha acabado de assumir a casa na praia. E estava falida. O meu marido era conhecido de Malloy, e quando Malloy apareceu para alugar um quarto, sabia que ele era o homem de que precisava. O divórcio que ainda não estava completo... Você vê como ele se encaixava.

— Sim, entendo. — O olhar controlado da srta. Rachel se aprofundou nos olhos assassinos e insanos. — Anne Sticklemann. Quando se casou com Turner?

Os dentes ficaram à mostra em um sorriso.

— Mais ou menos um ano depois do meu irmão morrer.

O sorriso desapareceu, como se a menção do nome verdadeiro tivesse aumentado a raiva da outra, e a figura de azul avançou. O dedo no gatilho foi ficando cada vez mais branco.

A srta. Rachel parecia congelada; então, como se o ouvido dela houvesse captado algum som do lado de fora, a cabeça se virou. Assim como a da outra mulher. A srta. Rachel se abaixou; quando se levantou, o topo da sua cabeça atingiu o pulso da outra, e a arma foi rodopiando para trás nas sombras.

— Maldita — disse Anne Sticklemann por lábios que ficaram brancos de repente, e foi para cima da srta. Rachel com as mãos descobertas.

No entanto, realmente havia algo entrando daquela vez. Os braços azul-marinho estavam quase sobre a figura da srta. Rachel, quando a aproximação estrondosa de Mayhew se tornou audível. Parecia que duas ou três pessoas vinham pela trilha.

A figura azul correu até a entrada e encontrou Mayhew na beira do precipício.

Mayhew foi pego de surpresa e o impulso da outra o lançou para trás. Ele se pendurou, arqueado e esticado; então agarrou o casaco azul. Sara tentou fugir, mas tropeçou em uma pedra e gritou. A srta. Rachel pegou um pedaço de granito — depois, ficaria impressionada com o tamanho — e foi com cuidado na direção das duas figuras que brigavam.

A sra. Turner demonstrava a força de uma louca.

A luz do sol iluminou o rosto quadrado de Mayhew — os lábios apertados, os olhos como fogo sobre os ombros da outra. O vento marinho carregava os seus abundantes palavrões sem fôlego para dentro da caverna. A srta. Rachel equilibrou a pedra.

Um seixo se mexeu sob o sapato da figura de azul. Era uma coisa pequena, mas aquilo a desequilibrou por um segundo, tempo que a força de Mayhew se mostrou. Ele a pegou e a segurou, mas a sra. Turner se soltou. Houve um grito como o de um animal, alto e feroz. Então a figura escura se afastou do detetive de uma só vez, se virando na direção do vento como um pássaro, e despencou pelo desfiladeiro com os braços e as pernas se debatendo.

Nenhum dos outros assistiu. Passou-se um instante que pareceu durar um século antes de outro som: o barulho úmido de um corpo batendo lá embaixo.

Mayhew respirava pesado, como um homem no extremo da dor. O rosto, as mãos e as roupas dele mostravam traços da queda e do progresso ao rastejar no penhasco. Olhou além da figura de cera que era a srta. Rachel, que deixara a pedra cair no chão para Sara, que se levantava. A moça começou a rir de forma estranha.

— Você está muito engraçado — disse ela, instável, e dos três ali reunidos, apenas a srta. Rachel compreendeu que ela não fazia a menor ideia do que estava falando.

Mayhew deu dois passos longos até a moça zombeteira e abalada. Agarrou o colarinho da blusa dela com os dedos marrons e lhe deu um tapa com a outra mão.

— Maldita seja! — berrou ele. — Nos traz até aqui e depois ri de nós... Você tem a mentalidade de uma hiena.

A srta. Rachel se aproximou com um grito.

— Não!

Estava quase chegando neles, mas viu que era tarde demais. Sara ficara séria muito repentinamente. Algo gelado e desdenhoso surgira nas feições dela. Na bochecha, havia uma mancha vermelha.

Mayhew a largou e coçou os olhos em um gesto de cansaço e confusão, e então foi até a beira do abismo.

— Agora, preciso pegar *aquilo* de alguma forma. — Ele se afastou e deixou as mulheres em silêncio.

Mayhew encontrou a srta. Rachel no quarto após o jantar. Ela estava fazendo a mala, separando tudo em pilhas arrumadas, sem se esquecer de nada. Com a batida de Mayhew, foi até a porta e o deixou entrar.

Mayhew começou batendo papo.

— Sara e a mãe já foram — disse a srta. Rachel de repente, no meio de uma conversa sobre o clima. O rosto de Mayhew ficou sombrio. — Não deveria ter feito aquilo, sabe? Ela ficou um tempo lá dentro com a... a outra. Pode imaginar algumas das coisas que ela disse para Sara. — A srta. Rachel esperou por um momento. Mayhew ficou em silêncio. — Ela não fazia ideia do que estava fazendo ou falando.

Mayhew estava parado, desconsolado, sobre uma cadeira. A srta. Rachel parou de fazer a mala para observá-lo.

— Sou um tolo — grunhiu ele, levantando-se e, com isso, salvando a cadeira.

Caminhou pelo quarto maltrapilho cujo papel de parede ainda estava colado em faixas desiguais no reboco.

— Não foi muito sábio, não. — A srta. Rachel continuou a tarefa dela.

— Olhe para isso. — Do bolso cheio, ele retirou um pedaço firmemente amarrado de fio e um soquete com uma lâmpada. — Isso estava tudo separado, espalhado pelo apartamento. Não encontrei o termostato.

A srta. Rachel deu uma olhada rápida no apetrecho.

— Foi usado de alguma forma na máquina de costura, não?

— Sim. O fio foi adulterado... quero dizer, o fio da máquina. — Ele a encarou de forma triste. — É uma coisa estranha para uma mulher saber.

— Não para Anne Sticklemann. Ela e o irmão tinham uma loja de conserto de aparelhos eletrônicos. Acho que... ela era como um homem em muitas maneiras.

— Há quanto tempo você sabia que era a irmã de Sticklemann?

— Não tinha certeza até o último segundo, lá na caverna. Então soube porque enfim a reconheci. Além disso, encontrei uma carta endereçada para Anne S. Turner. Isso ajudou. — Ela se curvou de modo sonhador sobre a mala. — E quanto a esse Turner com quem ela se casou?

— Morreu em um acidente de carro dois anos atrás.

— Isso explicaria por que ela precisava tanto de dinheiro. Quando viu Lily, deve ter pensado em pegar dinheiro dela de imediato. Malloy foi como uma resposta às preces dela.

— Lily devia saber que a sra. Turner era Anne Sticklemann.

— Não duvido. Parte do medo que ela demonstrara deve ter sido causado pela mulher. Lily tinha medo dos Scurlock, mas também era insolente com eles. Havia algo mais, algo bem maior, mais sutil e conectado com Malloy; um medo que eu sentia toda vez que ela falava dele. Deve ter sido o medo que tinha de Anne.

— Sua sobrinha teria sido idiota o suficiente para se casar com Malloy sabendo que o divórcio estava incompleto?

— Duvido. Lily já havia sido extorquida da mesma forma. Malloy deve ter contado uma boa história para fazer a minha sobrinha aceitá-lo... sobretudo com Anne Sticklemann em segundo plano. Mas tenho certeza de que boas histórias eram a especialidade dele, com o treinamento nos palcos ajudando a dar plausibilidade ao que contou à Lily.

Mayhew ficou parado perto da janela, encarando a escuridão que crescia.

— Tudo isso, então, foi feito na esperança de conseguir o dinheiro da sua sobrinha. Malloy estava por conta própria, tendo decidido abandonar Turner. Encontramos o testamento feito por Malloy. Foi... foi escrito de uma maneira estranha. Como se o homem mal conseguisse segurar a caneta. Estava entre as coisas da sra. Turner. Isso parece corroborar a ideia. — Sem pensar, ele passou o dedo pelo laço sujo da cortina da janela. — A polícia de San Diego vai desenterrar Malloy hoje à noite. Tenho que ir até lá.

— Adeus — disse a srta. Rachel, rapidamente.

— Adeus. — Mayhew parou à porta. — Suponho que não verei vocês de novo.

A srta. Rachel não parecia especialmente interessada.

— Acho que sabe que sou louco pela filha de Malloy — comentou Mayhew, segurando a maçaneta.

Sob o bronzeado, ele estava corado.

— Pois não agiu assim — respondeu a srta. Rachel.

Ela olhou para o tenente. Havia uma dispensa nos olhos dela...

A srta. Rachel colocou um bilhete sob a porta da sra. Marble:

Querida sra. Marble:

Acabei de perceber que a minha irmã e eu precisamos de uma empregada há algum tempo. Somos realmente idosas, a senhora sabe, e uma faxineira que vai duas vezes por semana não ajuda muito. Poderia vir trabalhar para nós? Vamos chegar a um salário que seja satisfatório para você. E pode ficar com Clara o tempo todo. Responda-me por correio no meu endereço em Los Angeles.

O nome e endereço da srta. Rachel foram colocados no bilhete em uma caligrafia meticulosa e detalhista.

A srta. Jennifer Murdock olhou além da torrada para a irmã sentada à sua frente na mesinha de café da manhã. Havia um leve tom ácido na voz, enquanto a srta. Rachel bocejava.

— Suponho — disse ela — que desde que retornou à vida comum, as coisas pareçam um pouco enfadonhas. Nenhum assassinato ou coisa assim.

Miados irritados surgiram da cozinha.

— Não. Não enfadonhas — respondeu a srta. Rachel, erguendo a cabeça para ouvir. Um olhar satisfeito surgiu em seu rosto. — Jennifer, não é estranho que Samantha tenha começado uma família a essa idade?

Jennifer perdeu a paciência em uma explosão aflitiva.

— Rachel, como pode falar assim? É perfeitamente óbvio o que deve ter acontecido... um gato vadio terrível! Você não ficou de olho nela.

Rachel esticou a mão para dar tapinhas no pulso trêmulo de Jennifer.

— Não fique chateada, irmã. No fundo, não importa, não é? E Clara gosta tanto dos pequeninos.

A sra. Jennifer ficou mais mole à menção de Clara e cedeu aos grunhidos.

— Tantas coisas aconteceram naquela casa, Rachel. Nunca vou entender direito. Meu Deus! *Como* você conseguiu ficar lá?

— Para mim, não aconteceu coisa o suficiente — falou a srta. Rachel, surpreendentemente.

Jennifer parou de tomar o café ao ouvir isso.

— Não aconteceu coisa o suficiente! — gritou.

No instante de silêncio que se seguiu, o som da sra. Marble, trabalhando na cozinha, foi audível.

— Não, não aconteceu coisa o suficiente. Foi isso o que quis dizer e falo sério. Sara e o tenente Mayhew deveriam ter resolvido a briga. Eles se gostam muito. No outro dia, o tenente Mayhew passou aqui rapidinho... você estava lá em cima e esqueci de mencionar depois... mas ele está com uma aparência horrível. Quase magro.

— Bom... — A srta. Jennifer explorou a ideia na mente. — Faça alguma coisa, Rachel.

— Já fiz. Convidei-o para almoçar na próxima quinta-feira.

Jennifer ficou exasperada.

— O homem não quer *comida*! Não é por isso que está magro! Ele está enamorado por essa garota.

A srta. Rachel manteve a serenidade.

— Eu sei. Ele vai conseguir ficar com ela.

— Como? — perguntou a srta. Jennifer, de queixo caído.

— Telefonei para Sara. Ela também vem. Não sabe que ele estará aqui, claro, mas ele vai estar. E acho que já tiveram tempo para superar os desagrados. — Ela passou manteiga em uma torrada com habilidade.

Um gatinho cor de marmelada com rabo escuro entrou, miando e contorcendo os bigodes. Jennifer o encarou, em dúvida.

— Você é uma detetive tão boa, Rachel — falou, com firmeza. — Talvez possa me dizer quem é o pai desses filhotes. Essas cores estranhas...

A srta. Rachel, porém, não tinha resposta para aquilo.

Entre gatos, cobras e pitadas de mágica

Por Cora Rónai

A vantagem de escrever um posfácio é que todos que chegam aqui já leram o livro, então não há a preocupação com spoilers. (Se você ainda não leu, começou pelo fim e não gosta de spoilers, vá embora, e só volte depois de terminar a leitura na ordem certa.)

A gata viu a morte não podia ser mais típico de sua época: é um perfeito romance policial dos anos 1930, a era de ouro do gênero, um tempo de leitores ávidos por entretenimento, sem televisões, computadores ou celulares que os distraíssem.

Os policiais não pretendiam ser grande literatura nem queriam confrontar o leitor com complicações morais ou filosóficas. Com fórmulas bem conhecidas e enredos mirabolantes, tinham o único e honrado objetivo de divertir — e eram abraçados com entusiasmo pelo público.

Nos países de língua inglesa viraram febre.

P.G. Wodehouse, observador atento da sociedade e um dos principais escritores cômicos do século XX, transformou o entusiasmo de seus conterrâneos por romances policiais em uma de suas melhores histórias. Em "Strychnine in the Soup" [Estricnina na sopa, em tradução livre], de 1933, o jovem Cyril só consegue que a amada aceite seu pedido de casamento depois de salvar a futura sogra do cruel destino de ir dormir sem saber quem era o assassino no livro que tinha perdido.

Quem conta a história é Mr. Mulliner, um dos personagens recorrentes do autor, que passa as noites conversando com os amigos no bar. Tudo começa quando um deles chega com cara de velório ao salão:

— O que foi, meu velho? — perguntou ele. — Perdeu um amigo?

— Pior. Um romance policial. Cheguei na metade durante a viagem até aqui e o esqueci no trem. Agora vou passar a noite sem dormir, me perguntando quem envenenou Sir Geoffrey Tuttle.

— Ah, eu já li esse livro. O culpado foi o encanador.

— Que encanador?

— Aquele que vem no Capítulo dois para consertar o chuveiro. Sir Geoffrey fez mal à tia dele no ano de 1896, de modo que ele decidiu se vingar prendendo uma cobra com cola no bocal; quando Sir Geoffrey ligou a ducha, a água quente derreteu a cola e isso soltou a cobra, que caiu por um dos buracos, mordeu a perna de Sir Geoffrey e desapareceu pelo cano de esgoto.

Li essa história há décadas, mas nunca me esqueci da cobra colada no chuveiro, caricatura perfeita de um enredo policial dos anos de ouro. Hoje somos cínicos e descrentes; fomos deformados pela realidade e pelo acesso instantâneo a todo tipo de informação e acabamos expulsos do paraíso dos enredos mirabolantes. Não acreditamos mais em cobras coladas em bocais de chuveiro.

Não há cobra em *A gata viu a morte*, mas há situações do mesmo quilate. Como, por exemplo, a seguinte frase: "Então a coisa mais simples, mais fácil, mais óbvia era dar um banho na gata!".

Não sei você, mas eu tive gatos a vida inteira — ainda tenho — e posso garantir que dar banho em um gato nunca foi simples, fácil ou óbvio. Pelo contrário. Ao chegar a essa frase, porém, quase no fim do livro, eu já tinha encontrado evidências suficientes para duvidar da familiaridade de Dolores Hitchens com gatos.

O primeiro choque acontece quando a srta. Rachel aceita o chamado da sobrinha e decide ir vê-la na cidadezinha litorânea onde vive — levando a gata Samantha consigo. A ideia de que uma gata pode ser posta em uma cesta de piquenique e transportada como bagagem assim, sem motivo relevante, é inteiramente absurda para qualquer pessoa que já tenha passado pela inglória tarefa de levar um gato ao veterinário (ou a qualquer outro lugar) em uma caixa de transporte.

"Isso não vai dar certo", pensei com os meus botões — e não estava me referindo à gata na cesta.

Eu tinha começado a leitura tão animada, tão feliz por ler um livro com um gato; quase desisti. Mas amo romances policiais, sobretudo os clássicos do século passado, gosto de descobrir novas histórias e logo me lembrei da cobra no bocal do chuveiro: realismo tem hora, ora.

Para apreciar *A gata viu a morte* é preciso ter disponibilidade para entender que Samantha não é uma gata realista e que, portanto, a relação dela com a srta. Rachel não precisa obedecer aos rígidos parâmetros do possível.

No terreno da ficção, especialmente dos antigos romances policiais, onde, em tese, cobras poderiam ser coladas em bocais de chuveiro sem despertar (muita) incredulidade, é inteiramente plausível uma tutora que não reconheça a própria gata, ou mesmo uma gata que aceite ser guardada dentro de uma cesta quando não é necessária à evolução do enredo.

Samantha é uma criatura mágica, vagamente baseada na espécie *Felis catus*, e como tal deve ser aceita.

Resolvido isso, o livro tem tudo o que buscamos no gênero, de pistas falsas a personagens ambíguos, passando por vislumbres de um cotidiano já muito distante de nós e que acena aqui e ali em sinais tão inesperados quanto a moeda de 25 centavos que o detetive deixa debaixo do prato depois de comer uma bela refeição regada a cerveja, por exemplo. Não fica claro se este é o custo total do prato ou apenas a gorjeta do garçom, mas há algo de idílico e de surreal em um mundo movido a centavos — sobretudo estando tal mundo situado na Califórnia, a capital mundial da tecnologia, famosa por um custo de vida que beira o estratosférico.

No final dos anos 1930, no entanto, ela era um estado em desenvolvimento, uma terra de oportunidades para migrantes de todos os cantos do planeta, atraídos por sua vocação agrícola, por uma série de obras públicas de grande porte e pela fábrica de sonhos de Hollywood. A praia Breakers, onde se instala temporariamente a srta. Rachel, não é um lugar imaginário, embora hoje esteja fora do alcance da maioria da população: a praia foi incorporada à Base Naval de San Diego, e só pode ser frequentada por militares e seus convidados.

Também é curioso encontrar a cidade de Tijuana, logo ali na fronteira do México, tratada por "Tia Juana", nome que sobrevive apenas em cartazes de restaurantes e empórios saudosistas.

Mas a marca mais representativa da era de ouro dos romances policiais está nas relações interpessoais e na descrição das personagens — a começar, no caso, pela própria srta. Rachel, que encontramos tomando café com a irmã na velha casa da família:

> Eram pequeninas, grisalhas e muito velhas; duas figuras peculiares usando tecidos xadrez, envoltas em xales de lã para se protegerem do frio da mansão sem aquecimento, empoleiradas nas cadeiras, mastigando torradas e bebericando leite.

Velhinhas de setenta anos eram irremediavelmente velhinhas, então agiam como velhinhas, vestiam-se como velhinhas e eram vistas como velhinhas, pessoas gastas e muito vividas a um passo da sepultura. Velhinhas de setenta anos continuam tendo setenta anos, mas já não são mais tão velhinhas: de lá para cá, a expectativa de vida das mulheres nos Estados Unidos passou de 66 anos para 81.

Só uma coisa não mudou desde então: sua imbatível astúcia como personagens de romances policiais, sempre prontas a desmascarar criminosos.

Avante, velhinhas!

Dolores Hitchens (1907-1973)

Dolores Hitchens foi uma prolífica autora de mistério que escreveu em diversos estilos e sob múltiplos pseudônimos. Boa parte dos seus livros foi publicada sob a alcunha D.B. Olsen (incluindo a série Cat [Gata, em tradução livre]), mas ela talvez seja mais conhecida hoje pelo livro *Fool's Gold*, publicado sob seu nome verdadeiro, que foi adaptado para o cinema como *Banda à parte* (1964), por Jean-Luc Godard. Foi uma das mais importantes autoras de suspense doméstico e ajudou a definir o gênero para futuras gerações.

Este livro foi impresso pela Geográfica, em 2023,
para a HarperCollins Brasil. O papel do miolo é
pólen natural 70g/m², e o da capa é cartão 250g/m²